Josef Einwanger · Öding

Josef Einwanger

Öding

Roman

R. Piper & Co. Verlag
München Zürich

Jede Ähnlichkeit mit lebenden oder verstorbenen Personen wäre rein zufällig.

ISBN 3-492-02762-8

Gesetzt aus der Garamond-Antiqua
Gesamtherstellung: Hieronymus Mühlberger
Printed in Germany

Die ganze Stadt hockt wie eine Spinne da.
Am äußersten Ende eines Spinnenbeines, in dem noch der Lebensgeist des Körpers zuckt, beginnen die Osterwiesen, flach, moorig, das viertel Jahr von Nebel eingefilzt. Ich sah über der Ebene den halben Himmel, eine weite, bis zum Horizont verlaufende baumbestandene Landschaft und den winzigen Zwiebelturm von Heiligenstatt. Diesen Punkt unter tausend anderen fingen meine Augen ein.
Am äußersten Ende eines Spinnenbeines, in dem noch der Lebensgeist des Körpers zuckt, stand unser Haus.

Meine Frau stach an der Böschung am Bach entlang das Unkraut aus. Sie kauerte zwischen kleinwüchsigen Weidenkätzchen, und ich sah für Augenblicke, wenn sie sich aufrichtete, ihr grellblondes, langes Haar auf die Schultern fallen.
Jetzt sind wir erst ein paar Monate hier, sagte sie, und ich stech schon die zweite Generation dieser daumendicken Wurzeln aus. Ich mein, ich grab tief genug, aber ich erwisch dann doch die Ausläufer nicht.
Unkraut, rief ich ihr zu, ist ein Zeichen für kranken Boden. Unkraut ist ein Heilmittel.

Ich hörte, wie die Kinder die Fahrräder gegen das Garagentor schleuderten. Die Räder rutschten ab und fielen scheppernd auf das Pflaster.

Wir sind im Garten, rief ich.
Sie kamen um die Ecke, schleiften die Schulranzen auf der Erde nach. Meine Frau hatte auf dem Terrassentisch gedeckt. Während Jürgen die Gartensessel zurechtrückte, lief Klaus zum Bach.
Der Steg ist fast überschwemmt! Warum ist das Wasser so hoch?
Im Sommer hat es viel geregnet, sagte ich, und das Bachbett ist sehr verwachsen. Es ist also schmaler und weniger tief. Wir müssen den Bach räumen.
Kommt zum Essen, sagte meine Frau, Frank hat doch am Freitagnachmittag Theaterprobe. Er bleibt gleich in der Schule.
Ihr könnt im Garten helfen, das schöne Herbstwetter müssen wir nützen, sagte ich zu den Buben. Ich hol Bäumchen; Apfel, Birne und Kirsche. Wir machen uns ein richtiges Paradies hier. Ihr könnt die Löcher vorgraben. Ich zeig euch die Stellen. Die Baumpfähle hab ich schon hergerichtet.

Als ich vom Gärtner zurückkam und die drei Bäumchen mit den Wurzelballen vorsichtig aus dem Kofferraum hob und ins Gras legte, rannte Klaus um die Ecke.
Kommt, rief ich, ich zeig euch, wie man die Bäume unterscheidet. Aber er war zu aufgeregt, winkte, schrie: komm zuerst du, und verschwand.
Ich sah, daß die Buben an einer Stelle den Wasen weggestochen hatten, und daß Jürgen südlich vom Haus kräftig den Spaten in den Boden stieß.
Papa, wir haben ein Grab gefunden!
Das gibt's doch nicht.
Da schau, Knochen und die Einfassung eines Grabes.
Es sind wirklich Skelettreste von einem Kind! Sagte meine Frau.

Die Buben schabten mit Holzstäbchen die Erde vom Schädel.
Ein Kindergrab in unserem Garten. Meine Frau schaute mich betroffen an.
Da war früher ein Friedhof, sagte Klaus. Zwei Häuser weiter vorne haben wir beim Ausbaggern gesehen, wie die Baggerschaufel ein Skelett der Länge nach auseinanderschnitt. Die Hälfte des Skeletts blieb in der steilen Erdwand stecken. Der halbe Schädel war mit Erde vollgepreßt.
Das Gelände hier am Bach lag früher weit außerhalb der Stadt, sagte ich.
Vielleicht war es ein Pestfriedhof oder der Friedhof für Ungetaufte oder für Selbstmörder, meinte Klaus.
Wie soll sich ein Kind selbst umbringen?

Wir gruben weiter. Die Buben sammelten die Knochen. Ich stach mit dem Spaten tief um die Steineinfassung herum. Gerade als Frank von der Theaterprobe heimkam, hatte ich das Grab freigelegt.
Sein Freund Willi war dabei, und ich winkte sofort den zwei kräftigen Burschen zu.
Helft mir doch bitte.
Auch meine Frau kam, und wir hoben zu viert die sehr schwere Einfassung aus dem Loch heraus. Sie war rechteckig und hatte von oben nach unten einen barocken S-Schwung. Wir schmiegten unsere Hände der Senkung und Wölbung im Stein an, befühlten das Grabgehäuse und kratzten mit den Fingern den Dreck ab.
Schön, sagte Frank, unser Haus hat ja eine L-Form. Das Grab paßt doch prima in den L-Knick hinein.
Er klatschte die Erde von seinen Händen.
Stellt euch rote Rosen drin vor. Ein Kindergrab als Blumentopf.
Machst du einen Scherz?

Er meint es vielleicht gar nicht abschätzig, sagte meine Frau, und wir stellten das leere Steingrab zusammen in den L-Knick.

Ich sagte es Frank nach: L-Knick. Hat das etwas mit Leben zu tun, dachte ich.

Klaus, hol bitte vom Spielberg Erde.

Er stieg mit einem Plastikeimer über den schon niedergedrückten Maschendrahtzaun und scharrte mit den Händen trockenen Humus in den Eimer. Meine Frau grub aus dem Beet vor der Terrasse blühende Polyantharosen aus und ein Blattgewächs, das ich nicht kannte. Vor dem gefüllten Steingrab kniend, wühlte sie in die Erde ein Loch für die Blumen. Dann drückte sie den schwarzen Humus über den Wurzeln fest, glättete ihn und berührte für einen Augenblick, als sie sich vorbeugte und anschickte aufzustehen, mit ihrem Gesicht, so schien es mir, die Rosen.

Die Sonne versank nördlich des Heiligenstätter Zwiebelturms. Über dem moorigen Boden der Osterwiesen ahnte man wieder die kriechenden Nebelgeflechte. Aber in unserem Garten und an den weißen Hauswänden verfing sich noch das rote Licht der Abendsonne. Ungerufen versammelten wir uns alle um das neubelebte, knochenleere Kindergrab. Auch Willi stand dabei. In die Stille hinein sagte ich: Wohin habt ihr die Knochen getan? Und dachte, an der Hausmauer lehnend: Man riecht noch den frischen Mörtel.

Eine Weile geisterten mir die Gedanken im Kopf herum: Was tun wir mit dem Kinderschädel?

In der Nacht träumte ich, daß das Kind, das damals starb, ein Tier gewesen sei.

Es waren doch Tierknochen, rief ich laut und fuhr im Bett hoch.

Ist was, sagte meine Frau.

Ich träumte, es waren Tierknochen im Kindergrab.
Nein, es waren die Skelettreste eines Kindes.
Auch meine Frau setzte sich auf, und ich sagte: Ein Baby ist wie ein Tier, das früher oder später stirbt. Für immer. Seine Eltern erziehen es erst zu einem Menschen, so daß ihm der Tod schrecklich wird.
Was du mitten in der Nacht denkst, du sollst schlafen, sagte meine Frau.
Oder ist ein Baby ein Mensch, und die Eltern erziehen es zu einem Tier?
Ich hab so Kopfweh, sagte ich. An den Schläfen und hinter den Augäpfeln, dieser Druck. Im ganzen Körper ein Zittern.
Ach bitte, beruhige dich. Es geht uns doch gut hier, und die Kinder sind gesund.
Weißt du, ich spür manchmal, wie meine Gedanken mich aus dem Leben hinauswerfen, und ich meine dann, wie ein weggeschleuderter Vogel durch die Luft zu sausen. Ohne selbst zu fliegen oder wenigstens zu flattern.
Es ist doch für uns alle gut hier, der schöne Garten wird ein richtiges Paradies. Vor allem für die Kinder. Wohin hast du eigentlich die Bäumchen getan?
Ich hab sie vergessen. Wegen des Grabes.

Ich schlich hinaus. Nebel drückte auf die Dächer. Die Straßenlichter hingen wie gelbe dunstige Sterne am Nachthimmel. Ich stieg durch das nasse Gras und fand die drei Bäumchen. Auf der Straße stand das Auto. Der Kofferraumdeckel war noch offen. Ich klappte ihn zu. Ein kurzer Schnapper pfiff durch die Nacht. Ich hatte kalte Füße bekommen und suchte die warmen Füße meiner Frau.
Bist du da, fragte sie.
Morgen pflanze ich die Bäumchen ein.

Oktober ist der Rosenkranzmonat. Weißperlige Rosenkränze gehören in die Hände der Erstkommunionmädchen, silberperlige zwischen die Finger der Bräute, schwarzperlige an die Hände einer Toten. Für das männliche Geschlecht fielen mir schon als Kind farbliche Abweichungen auf. Bei den steifen knöcheligen kalten Händen kam es mir vor, als wäre der Rosenkranz das Lebendigere. Seine Rundummonotonie hat ja etwas von Lebenswiederkehr.

Der Oktober bringt für Öding eine Pilgerwelle, sagte ich zu den Kindern, aber in der Stiftskirche gibt es schon noch Plätze.
Wir fuhren mit dem Auto und parkten in der Nähe des Kapellplatzes, der für Fahrzeuge gesperrt war. Meine Frau war daheimgeblieben, um das Mittagessen zu kochen. Klaus und Jürgen hielt ich an den Händen, Frank schlakste hinterher.
Wir ließen uns von der Menschenmasse durch den Haupteingang ins Kircheninnere mithineinzwängen, und ich flüsterte den Zwillingen zu, die ich jetzt verkrampfter an den Händen festhielt: Schaut zum Tod von Öding hinauf. In dem Körpergeschiebe, kaum, daß sie noch ihre Füße auf den Pflastersteinen des Kirchenbodens hatten, legten sie versteift den Kopf in den Nacken und sahen steil hinauf zum weitberühmten Tod von Öding, dem knochigen Sensenmann auf hoher Schrankuhr gleich rechts hinter dem Eingang.
Ich beugte mich zu den Kindern hinunter und flüsterte ihnen mit angestrengter Mundbewegung ins Ohr: Bei jedem Ausholen mit der Sense, sagen die Leute, wird ein Mensch geboren, bei jedem Hineinschneiden in die Mahd stirbt einer. In jeder Sekunde: wird/stirbt.
Als ich mich wieder aufrichtete, war ich glücklich darüber,

daß ich den Satz aufs Wort genau so hingebracht und gewiß auch von akkurat derselben Stelle aus und in ähnlichem Menschengedränge gesprochen hatte, leise zwar, aber bildhaft genug, damit er unvergeßlich bliebe, wie das meine Mutter bei mir getan hatte.
Frank sah ich nicht mehr.
Die Zwillinge, von Erwachsenen fast erdrückt, reckten ihre Gesichter hoch. Ihre Blicke verfingen sich oben an der Decke, doch ich verschwieg ihnen, daß ich mir im Innenraum der Stiftskirche seit jeher vorkam, als stünde ich unter einer riesigen, vielbeinigen Kreuzspinne. Über mir bog sich die gerippte Decke als Spinnenbauch, die dünnen Säulen seitlich und zwölffüßig mitten im Raum zitterten als lange behaarte Spinnenbeine, die mich erdrücken konnten, und die Mundwerkzeuge des herabhängenden Kopfes, der hohen Altarwand, zerkauten und verdauten mich schier.
Unversehens gerieten wir in die Gegenbewegung der Hinausdrängenden und fanden uns wieder, Hand in Hand, auf dem Kapellplatz.
Wir scherten aus der Menge aus, schauten nur zur Kapelle hin, und ich zerrte die schon unwilligen Kinder hinter mir her auf die barocke Fassade der Magdalenakirche zu.
Ein zweites Mal muß man es schon versuchen, sagte ich.
Drinnen zwängten wir uns an den kalten Mänteln der Besucher vor zur seitlichen, engen, in der dicken Mauer nach oben führenden Treppe, die sich um eine nur armdicke Säule wendelt. Ich mußte den Kopf einziehen. Oben kamen wir auf der Seitenempore heraus; unser Platz war immer ganz vorne rechts, auf Altarhöhe. So von oben blickten wir in den Raum, sahen Schöpfe und Nasenrücken, Schultern und überkreuzte Daumen. Wir waren darüber. Über dem Priester, über dem Altartisch. Die rituellen Handlungen des Priesters, sein Schreiten, Fingerbewegen, Kelchauswischen waren, von oben gesehen, geschrumpftes

Getue. Wir sahen in den Kelch, in die Goldschale hinein. Helle, vom Gold gespiegelte Lichtschimmer blitzten auf, sonst nichts. Meistens lenkte mich der Staub ab, den ich überall auf den Barockvorsprüngen und Ornamenten sah, der Staub auf den weißgetünchten Zwirbeln oder auf dem dünnen Blattgold der Engelsflügel.
Harte Glockenschläge läuteten uns hinaus. Ich empfand es einen Augenblick lang so. In Wirklichkeit wurde damit der nächste Pilgerschub hineingeläutet.

Schon als Kind lernte ich, der Glocke zu gehorchen, erklärte ich den Buben.
Klaus sagte erregt: Glocke ist wie ein Signal oder ein Alarm, auch in der Schule. Eine laute Zeitangabe.
Ja. Wir mußten, wenn die Glocke schellte, mitten im Wort zu schreiben aufhören.
Beim halben Wort aufhören?
Ja, mittendrin. Es wurde uns gesagt, ein ganz heiliger Mann hätte es auch so getan. Wer mitten im Wort, wenn die Glocke schellte, aufhören konnte, war stolz.
Ich möchte schon lieber fertigschreiben, sagte Jürgen.

Am nächsten Morgen um halbacht wünschten wir uns an der Haustür einen guten Schultag. Frank klemmte den Schulranzen auf dem Gepäckträger seines Fahrrades fest. Beim Wegfahren schwankte das Rad heftig unter seinem Körper hin und her. Klaus und Jürgen setzten sich zu mir ins Auto. Meine Frau winkte uns noch kurz nach, und ich sah, wie sie dann die Haustür hinter sich zuzog, als stülpte sie das Haus über sich.

Meine Schule lag sehr nahe, sie gehörte zum selben Stadtteil, aber ich ging die kurze Strecke nie zu Fuß. Ich wollte nicht so sichtbar an den kurzgeschorenen Gärten und blinkenden Fenstern vorbei, hinter denen die jungen Mütter ihre Kleinsten gerade für den Kindergarten herrichteten, die sich hätten gedrängt fühlen können, mit mahnender Stimme zu sagen: der Lehrer geht vorbei.

Mit dem Gongschlag stellen sich die achtundzwanzig Kinder im Halbkreis auf. Ich habe das mit den Erstkläßlern so vereinbart. Jeder nimmt sein Instrument. Einige hocken sich auf den Boden. Wir singen und musizieren. Orff und Lärm nennen wir das. Den Grundschlag geben die Kokosnüsse, Klappern und Rasseln. Die Rhythmiker trommeln, schlagen die Hölzer und streicheln die Bongos. Trommeln und Bongos sind leere Waschmittelkartons. Lasset uns gemeinsam singen, loben, danken dem Herrn.

Die erste Stunde ist Schreibkurs. Wir schwingen und drehen und spitzen die Formen. Wir üben auf Zeitungspapier. Ich denke an Klaus und Jürgen, die die dritte Klasse besuchen. Sie haben jetzt das Schnellrechenblatt vor sich liegen. Zehn Aufgaben müssen sie täglich als erste Übung unter Zeitdruck im Kopf ausrechnen. Gemäß Lehrerdiktat:
Siebenmalachtundzwanzigminussiebenundachtzig.
Manchmal sind sie nervös. Schon zu Hause.
Aus dem Warmrechnen, sagen sie ärgerlich, macht er eine tägliche Kleinprüfung. Punkt acht.
Leistung, hat mir der Kollege erklärt, Leistung, verstehen Sie, ist Arbeit in Zeit. Darauf komme es an. Früher sei er als Lehrer gefürchtet gewesen. Heute müsse man aufpassen. Sogar die Eltern würden ja mitreden wollen.
Knopf heißt er. Er ist breit und blond. Wenn er hinterm Pult sitzt, sieht er wie eine Aktentasche mit Griff aus. Stramm aufgenähte Taschen an der Brust, eckige Schultern und einen geduckten Kopf fast ohne Hals. Er hat Mühe, den Kopf zu drehen.

In der Pause kommt er, ein wenig außer Atem, an die Tür meines Klassenzimmers.
Wissen Sie, was Ihr Sohn Klaus in der Schule angestellt hat?
Nein, um Himmels willen, was?
Er hat ein anderes Kind an der Bommel der Mütze gezupft. Die Bommel löste sich. Wollfäden am Boden.
So, nicke ich und lasse die Schultern fallen, die ich in der Aufregung hochgezogen habe.
Meinem dienstälteren Kollegen ist es peinlich, mir das sagen zu müssen.
Ja, was tut man da? Muß er nun bestraft werden?
Auf jeden Fall ist die Bommel von der Mütze weg. Und beide müssen ja wohl wieder zusammen.
Sind die Wollfäden noch da?
Ich hab sie in die Klasse getragen, sagt er.
Mir drückt es Tränen in die Augen; ich drehe mich um. Damit niemand mein Gesicht sieht, sperre ich mich für Minuten ins Lehrerklo.

Daheim überfällt mich an der Tür meine Frau. Eine Mutter hat angerufen, Klaus hätte ihrem Kind die Mütze vom Kopf gezogen, und die Bommel sei abgerissen.
Klaus kommt.
Mit geballten und etwas bebenden Händen vor der Brust schimpfe ich ihn aus: Du bist jetzt Lehrersohn, Schüler an meiner Schule. Ich bin nicht mehr Glaswolleverkäufer. Lehrerkinder haben sich besonders zu verhalten, nämlich vorbildlich. Zupf doch niemand an der Bommel!
Der andere hat mich auch, zittert seine Stimme, die ihm dann erstickt, und er stürzt sich weinend an den Körper der Mutter.
Klaus, das ist doch nichts Schlimmes, tröstet ihn meine Frau und küßt ihn.
Er schluchzt, und ich höre, wie aus seinem Mund heraus-

gewürgt, ›Spaß‹ und ›Lustigsein‹.
Es ist halt so mit den Leuten und Kollegen, und Schule ist halt so, sage ich.
Aber wir müssen unsere Kinder schützen, sagt meine Frau ein wenig heftig, und Klaus hört es noch und ist nun fähig, seine Tränen selbst abzuwischen.

Ich war mir unbehaglich und ging zu Uli, meinem Freund, gleich in die Nachbarschaft. Alle Wände seines Arbeitsraumes strotzen von Büchern. Bibelkundliche Literatur überwiegt. Er las gerade Schriften von Hegel. Der Geist des Christentums.
Die einfachsten Tiere sind nur ein Darmkanal, rief er mir zu.
Aber wir! Sagte ich betont. Wir lachten, und ich war sofort in aggressiver Laune. Zeig mir dein Weisheitsbuch.
Ich las nur einen Satz: Da kroch ihm die Schlange in den Schlund – da biß sie sich fest.
Uli stand mir gegenüber, und ich glaubte zu sehen, wie er seine Maske von der Stirn her ins Gesicht schob, eine heitere jetzt, für mich. Ich wollte ihm doch meine Verwirrung gestehen, und daß ich oft steif und wie gefroren vor Angst sei.
Du mußt unter die Leute, sagte er.
Bibeltexte am Sonntag von Altarhöhe aus vorlesen, wie du?
Er schmunzelte. Heute abend spricht Dr. Pull, der Parapsychologe, da gehen wir hin.
Glaubst du daran?
Ich will hören, was andere glauben.

Im Gasthaus ›Zwölf Apostel‹ mußten zusätzlich Stühle in den Vortragsraum gestellt werden. Ich saß neben Uli in der Nähe des Ausgangs. Dr. Pull erzählte von Gedankenübertragung, Hellseherei und den Heilern auf den Philippinen.

Er sei selbst dort gewesen. Er habe sich selbst operieren lassen. Am Arm. Dann sei der Schmerz weggewesen.
Ich wandte ein, die Heiler hätten das Organteilchen, das sie ohne Schnittwunde angeblich entfernen und dann zeigen, in der flinken Hand versteckt, auch das Blutbläschen, das rechtzeitig platzt. Es wäre längst festgestellt, daß das Blut oft Tierblut ist oder von anderer Blutgruppe als das des Patienten.
Einer stand auf und erwiderte mir, so Wunderbares gäbe es eben auf der Welt. Der Glaube macht's.
Da stimmte ich zu, der Glaube macht's, der mit Gesten, Riten und Beschwörungen verstärkte Glaube. Die Aufforderung an sich selbst vertreibe den Schmerz. Der Appell an sich. Aber das war den Leuten zu gewöhnlich. Einen übermächtigen Mittler wollten sie haben, den Heiler und das Unerklärliche.
Ein Kapuzinerpater meldete sich zu Wort.
In Wemding sei es gewesen, im Klostergarten von Wemding. Während er Brevier betend auf den Wegen ging, hätte ihn eine Katze gestört. Anmiaut hätte sie ihn, an seine Beine hätte sie ihren aufgebuckelten Rücken gestrichen, beim Gehen sei sie ihm durch die Beine geschlüpft. Solchermaßen gestört, hätte er mit dem Schuh nach der Katze gestoßen, so etwas wie ›du Mistvieh‹ gerufen und sie verscheucht. Aber am folgenden Tag sei die Katze wieder dagewesen, hätte sich durch seine Beine geschlängelt, ihm den Katzenbuckel an die Waden gepreßt, daß er einen Stock nahm und nach der Katze warf. Am Kopf hätte er sie getroffen, und winselnd und fauchend sei sie mit eingezogenem Schwanz über die Mauer gesprungen. Tags darauf sei er durch Wemding gegangen. Auf der Hauptstraße sei ihm eine Frau mit Kopfverband begegnet.
Was ihr denn zugestoßen sei?
Ach, Pater, kreischte sie, tun Sie nicht so, waren's doch

sowieso Sie, der mir eins mit dem Stock über den Kopf geschlagen hat.
Den Atem der Leute konnte man hören. Einige Männer griffen jetzt nach dem Bierglas.
In die Stille hinein fragte ich, ob man diese Geschichte als Späßchen weitererzählen dürfe.
Alle schauten zu mir her. Dr. Pull stellte sich aufrecht hin und sagte mit strengen Worten, daß die Verwandlung von Mensch zu Tier und Tier zu Mensch durchaus möglich sei.
Alle atmeten durch.
Uli sagte: Heute bist du der Verlierer hier.

Hiersein.
Die Ankunft in Öding, vor zwei Jahren, sollte einen Neubeginn setzen.
Ich stieg in den Nahverkehrszug um.
Hundert Meter vorne rechts, sagte der Bahnbeamte, steht der Anschlußzug. An der Diesellok hingen drei Waggons. Ich setzte mich im mittleren auf die linke Seite. So, daß ich in Fahrtrichtung schauen konnte. Ich wollte meinen Zielort rechtzeitig sehen. Der Zug fuhr tiefer ins Flußtal hinein, und die Sonne, die den Septembermorgen hell ausgeleuchtet hatte, verschwand über einer Dunstwolke. Am Boden breitete sich ein flacher Nebelteppich, der gelegentlich aufriß. Ich konnte die ebene, feuchte Landschaft sehen. Ein sehr schwarzer, mooriger Boden grenzte an das Schotterbett. An den Feldrändern stand Wasser.
Der Waggon war fast leer. Ein älterer Mann und eine junge Frau saßen mir schräg gegenüber.
Der Nebel liegt in dieser Talwanne oft wie ein See da, sagte der Mann, tagelang, nur zwei oder drei Meter hoch, und die Stadt ragt wie eine Hallig heraus oder sie versinkt im feuchtgrauen Dunst, während über den Terrassen die Sonne scheint.

Die junge Frau sagte nichts. Ich schaute hinaus und sah den still daliegenden Nebelsee, der bis an die Waggonfenster reichte. Darüber löste er sich auf. Der Zug ruckte und hielt. Ich konnte das Stationsschild lesen: Heiligenstatt. Am nächsten Ort mußte ich raus.

Es fing zu regnen an. Als der Zug auf dem erhöhten Bahndamm in die Stadt einfuhr, sah ich die Häuser, Kirchenschiffe und Türme wie aus Graupapier gemacht. Ich stellte mich auf das Trittbrett. Der Zug rollte noch, aber ich sprang schon ab und zerrte die zwei Koffer herunter.

Öding, rief der Bahnbeamte. Mit einer deutlichen Dehnung des Ö, so daß mir gleich der Zuruf meines Lehrers einfiel: Vergiß die Ö-Strichlein nicht.

Wenn mich mein Lehrer über die Köpfe der anderen hinweg so anrief und dabei, Zeige- und Mittelfinger auseinandergespreizt, kurze Krähenfüßchen in die Luft zeichnete, zuckte ich zusammen. Ich lernte, Umlautstrichlein nie zu übersehen, und konnte mühelos aus a o u ä ö ü machen. Manchmal übte ich über den a o u so viele Strichlein, daß ein schräg fallender Regen daraus wurde.

Über ein Jahr später, in einer zweiten Klasse, sage ich: Kinder, wir zeichnen heute eine Blume. Mit Filzstiften.

Ein schwarzhaariges Bauernmädchen fängt an, sehr emsig und sorgfältig das Blatt von oben bis unten und von einer Seite zur anderen mit schräg fallenden Strichlein zu übersäen.

Was ist das, frage ich.

Regen.

Ich lasse sie ungestört weiterarbeiten, schaue den Kindern über die Schultern: überall Blumen.

Dann gehe ich wieder zu dem Bauernmädchen. Sie hat einen Boden gezeichnet, einen grünen Strich, und in der Mitte läßt sie einen winzigen Stengel herauswachsen, dane-

ben – ich meine, herabgefallen – liegt eine zarte rote Blüte. Sie hängt die Blüte mit einem abgeknickten grünen Strich an den kurzen Stengel.
Kannst du mir das Bild erklären, frage ich.
Der Regen prasselt auf das Land. Auch auf die Blume.
Deine Blume ist aber abgeknickt.
Ja.

Im Nieselregen blieb ich einen Augenblick vor dem rotziegeligen Bahnhofsgebäude stehen.
Mit zwei Koffern ist er angekommen. Das war wohl alles, was er hatte, hörte ich noch nach einem Jahr jemanden sagen. Niemand wartete auf mich. Hinter mir schob sich der Zug fort, und ich ging zum Orientierungsplan. Ich sah die Stadt aufgezeichnet. Das Zentrum war von vier Eisenbahngleisen wie mehrmals unterstrichen.

›Hiersein‹ wiederholte ich zu Hause erleichtert und prostete meiner Frau zu. Ihr Gesicht war vom wallenden hellen Haar wie versengt und noch blasser als sonst, so daß ich hätte beängstigt sein können, aber ihre Augen und der Mund hatten eine verlangende und trotzige Frische. Sie bewegte sich fast tänzerisch in dem knöchellangen, mit folkloristischen Mustern kräftig bedruckten Rock und wandte nun Uli ihr Gesicht zu: ›Hiersein‹ übernahm auch sie und sagte es heiter und aus einer Körperdrehung heraus; ich roch ihr leicht süßes Parfüm.
Auf die schönen Tage und Stunden, rief sie.
Wir stießen die Gläser an, erstickten ihr Nachklingen mit den Lippen und fanden nach kurzem Lob auf den Wein doch zu den auch von Uli so geliebten Gesprächen.
Mit der Wahrheit sinnlos leben, sagte er unvermittelt.
Bringt euch der Wein zum Sinnieren, lachte meine Frau. Man merkt euch den Lehrer an.

Uli ist ja, sagte ich, auch Parteimitglied, Referent des Kreisbildungswerkes, Lateinnachhilfelehrer, Vater, Ehemann, und er hat einen Sitz im Pfarrausschuß. Ich fühle mich am Kachelofen wohl.

Am nächsten Morgen weckte uns das Telefon. Ich kam meiner Frau am Hörer zuvor.
Placidus, du hier?
Ja, aber nur auf Durchfahrt.
Pater Placidus ist es, rief ich zu den Zwillingen hin, die gerade mit noch halb verklebten Augen und barfuß die Steintreppe herabkamen. Pater Placidus, euer Taufpriester, ist es.
Der uns den Namen Maria angehängt hat? Den Mädchennamen.
Ja, der.
Entschuldige, sagte ich ins Telefon, ich hab den Kindern erzählt, daß du es bist. Kannst du zum Kaffee kommen?
Nein, aber ich gratuliere zu eurem Haus.
Von wo aus rufst du überhaupt an?
Aus einer Zelle am Kapellplatz. Ich mußte im Telefonbuch erst eure Nummer suchen. Ist doch gut für die Kinder, endlich aus der Wohnung zu sein.
Ja, es ist schön hier. Einen freien Blick haben wir, und ein Bach fließt vorbei.
Seid ihr glücklich dort?
Doch. Komm bitte zu uns.
Ein andermal. Alles Gute.
Laß mich ihn grüßen, sagte meine Frau und griff nach dem Hörer. Er ist weg. Ich hätte gern mit ihm geredet. Du hättest ihm gleich den Weg zu uns erklären sollen.
Ich hab ihn lange nicht mehr gesehen, sagte ich.
Den Weg hättest du ihm gleich erklären sollen, vielleicht wäre er doch gekommen.

Ich lebte für Augenblicke von Sehnsucht. Placidus, der Jugendfreund, mochte sie ausgelöst haben oder der Hautduft meiner Frau; ich hatte das Gefühl, mich ganz und gar ausschütten zu wollen, hinein in einen Tag voller Sonne und Berührung und Lust. Aber Nebel drückte auf das Gemüt. Die Kinder wollten wieder ins Bett.
Ihr müßt zur Schule. Höchste Zeit!

Zwei Stunden später kam ich an Knopfs Klassentür vorbei. Er gab Befehl, die Tische genau in die Bodenmarkierung zu rücken. Jedes Bein hat seinen vorgezeichneten Platz, ordnete er an. Ich hörte die Tische rücken, und es übertrug sich mir die bedrohliche Spannung, die im Klassenzimmer herrschte.
Autorität muß von obenher durchschlagen. Kinder müssen lernen, kollektiv auf Signale hin zu reagieren, erklärte er mir in der Pause. Wenn das einmal klappt, erspart man sich das ärgerliche Zusammenschreien.

Am frühen Nachmittag brach die Sonne durch den Dunst. Meine Frau war wieder hingebückt an die Bachböschung. Ich schaute ihren kräftigen Armbewegungen zu und nahm eindringlich wahr, daß sie sich ununterbrochen in Haus und Garten schindet und das Unkraut schneller Wurzeln schlägt, als sie es herausreißen kann.
Wenn ich das Unkraut aussteche, sagte sie, als ich vor ihr stand, meine ich immer, wenn alles raus ist, wenn ich dem Boden geholfen hab, gesund zu werden, dann wird unsere Zeit hier um sein.
Wie kommst du darauf?
Das Unkraut würde den Boden schon gesund machen, aber das dauert Jahre. Können wir so lange warten?
So lange, du hast recht, haben wir nicht Zeit. Fahren wir doch für ein paar Stunden weg!

Ich merkte, daß ich ihr lieber Hilfe hätte anbieten sollen, aber ich wollte sie vom Unkrautvernichten befreien. Die Ankunft der Kinder half mir über die Verlegenheit hinweg und ich wiederholte: Fahren wir doch für ein paar Stunden fort.
Die Buben rissen die Arme hoch. Die Hausaufgaben machen wir am Abend.
Ich bleibe hier, sagte meine Frau, und warte auf Frank. Er bringt Willi mit. Beide wollen zusammen Latein und Englisch lernen.
Kinder, eßt schnell ein wenig Milchbrei. Jetzt gleich, wenn es sonnig ist, müssen wir fahren.
Sie löffelten und tranken fast den Brei hinab.

Wohin soll die Reise gehen, scherzte ich im Auto.
Nach Venedig, rief Klaus. Ein Schulfreund war dort, er erzählte, es sei schmutzig und stinkig.
Nein, es hat herrliche Prachtfassaden, sagte ich, viel schöner als die der Magdalenakirche hier, aber die Häuser sind unbewohnt, das Wasser klatscht seit Jahrhunderten an die Mauern und sie verkommen. Leere Häuser verkommen.
Mögt ihr zu meinem Geburtsort fahren, fiel mir plötzlich ein.
Ja, fein, das machen wir.
Ich zeig euch dort etwas Besonderes.
Eine Stunde später durchstreiften wir die Dickichte eines verwachsenen Hügels. Auf der Anhöhe wurde der Wald lichter.
Ich weiß hier einen Himbeerschlag, sagte ich. Wenn ich mich recht erinnere, ist er ungefähr so groß wie ein Fußballplatz.
Ich täuschte mich nicht. Einige weiße Birken und harte, grüne Buchen ragten in den hellen Himmel. Die waren damals noch Stauden, sagte ich.

Der Himbeerschlag stieg nach Süden an. An seiner Südwestecke wußte ich einen Fuchsbau. Das heißt, damals vor dreißig Jahren – ich sagte zu den Kindern ›vor dreiunddreißig Jahren‹ – gab es hier einen Fuchsbau.
Wir fanden die Erdhügel, sahen, daß die Eingänge mit Ästchen und Laub zugeschüttet waren, und wie vor dreiunddreißig Jahren war nur ein Höhleneingang benutzt. Frisch aus dem Loch herausgeworfene Lehmerde lag da.
Den Fuchs hab ich damals nie gesehen, sagte ich, er brach aber einigemal in Großvaters Hühnerstall ein. Von der Nordostecke des Himbeerschlages aus fand ich – ich sagte wieder ›vor dreiunddreißig Jahren‹ – ein weißes Rehgerippe. Es war vollständig erhalten. Jeden Sommer suchte ich es. Durch das Geäst fielen die Sonnenstrahlen auf das schneeweiße, vom Regen ausgewaschene Rehgerippe.
Wir krochen ins Dickicht.
Dort hinten war es, flüsterte ich.
Unter den nun hochaufgeschossenen Kiefern war wieder Unterholz gewachsen.
Irgendwo dort muß es sein. Ich erinnere mich genau. Noch sechs oder sieben Schritte geradeaus.
Die Stelle stimmte.
Das Rehgerippe, sagte Klaus scheu und erstaunt.
Ja, es ist noch da. Nicht mehr ganz vollständig. Vermoost. Jetzt stumpfweiß, trocken. Vielleicht hat es außer mir nie jemand berührt.
Dürfen wir es berühren, sagten die Kinder.
Ja.
Sie betasteten die Gebeine, zupften das Moos weg. Dann blieben wir eine Weile ganz still. Das anfänglich kurz in die Kinder gefahrene Erschrecken wich einer Verwunderung und Freude.
Wir lassen das Gerippe natürlich liegen, sagte ich.
Es war heiß im Dickicht. Insekten surrten. In der leichten

Luftbewegung knisterten Ästchen. Ich spürte Durst. Gebückt streiften wir langsam davon.

Ich bin von Sonne gefüllt, lege mich zu Hause auf den Rücken und lasse das späte Nachmittagslicht vom Fenster her in die Augen fallen, schließe die Lider. Im Nachbild sehe ich die Rillen des halb verschlossenen Rolladens und dunkle die Augen mit beiden Händen ab. Das Schwarze, das ich erwarte, wird bald zu einem silbrigen Blau. Dann malt sich ein purpurroter Fleck ein. Er flieht wie eine Wolke im Wind, verdichtet, verfädrigt sich. Ich bemühe mich, ihn im Zentrum als Punkt zu fassen. Fließende Farbspiele kreisen. Der Lilaball rollt immer wieder nach außen. Ich drücke die Fingerspitzen auf die Augäpfel und reibe. Ich erwarte ein festes Blau oder Lila, sehe aber eine schwimmende grüne Insel, die in Streifen zerrinnt. Karos bilden sich wie auf einem Millimeterpapier, und ich suche wieder den Purpurpunkt zu gewinnen, der wie in einem Koordinatensystem wandert. Das strengt mich an, und ich drücke von den Augenwinkeln her und schiebe flammendes Rot herein. Bis endlich ein tiefdunkles Lila heranschwimmt, das ins Schwarze vergeht, ein hohles, lichtes Dunkel, sehr geräumig. In dieser Ruhe fühle ich mich wohl.

In der Frühe stand Bernd, ein junger, ehrgeiziger Kollege, vor der Tür. Mittwoch, Seminartag. Treffen der Lehramtsanwärter an einer Schule im Landkreis zur Einübung in Theorie und Praxis.
Im Auto erzählte mir Bernd, der viel Jüngere, er schreibe nun die Stundenvorbereitungen auf pastellfarbenes Papier, Rosa nehme er für Deutsch, Zartblau für Mathematik, Lindgrün für Heimat- und Sachkunde.
Wir fuhren nach Süden. Der Blick von unserem Garten aus verfing sich im Tal, blieb im Trichter der Terrassenhänge.

Als wir den Berg hinaufkamen, ließen wir den Dunst des Tales hinter uns. Licht umflutete uns, am Horizont leuchtete ein prächtiger roter Farbbogen auf. Es durchrieselte mich plötzlich ein Gefühl, ich könnte Enge und Ohnmacht hinter mir lassen.

Unser Seminarleiter war Seminarrektor geworden. Wir gratulierten ihm. Ich merkte ihm sonst eigentlich keine Veränderung an.
Sie teilen sich in Arbeitsgruppen auf, sagte er, diskutieren, und einer gibt dann ein Kurzreferat.
Die Fehlformen des Schülerverhaltens.
Kommt, setzen wir uns im Kreis zusammen. Wir müssen anfangen.
Die quälen uns doch in den drei Jahren Vorbereitungsdienst bis zur zweiten Lehramtsprüfung, damit wir endgültig resignieren und angepaßt Dienst tun, sagte Ingo.
Keine Ideen haben.
Hättest du welche, fragte ich.
Nur die Idee vom glücklichen und humanen Leben. Das Leben glücklich meistern.
Machst du dir so viele Illusionen? Das Leben meistern, das bedeutet doch, zehn Prozent sollen das Leben meistern, indem sie herrschen, und neunzig Prozent, indem sie sich beherrschen lassen. Die Verteilung innerhalb dieses Systems muß funktionieren und die Gewöhnung an die Verteilung.
Ingo meldete sich wieder: Warum werden Politiker Politiker, Schulräte Schulräte und Lehrer Lehrer? Weil sie Macht ausüben wollen. Willst du das hören?
Politiker kommen mir dabei noch fair vor. Sie haben in aller Regel mit Erwachsenen zu tun, die sich wehren können. Um Kinder kümmern sie sich von vornherein nur im Interesse der Erwachsenen, antwortete ich heftig.

Politiker, Schulräte und Lehrer sorgen eben dafür, daß die Anpassungsmechanismen in der Schule funktionieren, meinte Bernd.
In so kurzer Zeit schon zweimal das Wort ›funktionieren‹.
Kinder sind die am leichtesten haßbare Masse, sagte ich langsam. Anpassung bis zur Verstümmelung. Es gibt Anpassungssüchtige. Sie sind süchtig, sich und andere anzupassen.
Mensch, seid ihr Klugscheißer, rief Bernd dazwischen, kommt mal endlich wieder zu uns, bevor ihr euch die Köpfe heißredet.
Es war still, und ich sagte mit ganz gedämpfter Stimme: Die Mundverschließer werden laut. Alle, die sich im Studium irgendwie politisch umtaten, verstummen, wenn sie im Dienst sind. Lassen sich sofort einschüchtern.
Klar, damit man drankommt, du Arsch, erregte sich Bernd. Leistungsdruck, Wettbewerb. Zehntelnoten für eine Berufschance, mein Lieber, das ist's. Da darfst du nicht mal ein rotes Hemd anhaben. Bitte, endlich zum Thema.
Merkst du nicht, daß wir heiß am Thema sind?
Nein, ich will über die Fehlformen des Schülerverhaltens sprechen.
Gut.

Ich sah zu Monika hin, die unbeteiligt blieb.
Auf die Frage, warum in ihrem Zimmer eine große Landkarte von Afrika hängt, sagte sie, ihr Freund lebe dort.
Sie soll ein etwa zweijähriges kraushaariges Negerlein an der Hand geführt haben, als sie hier ankam. In Straubing hat sie sich den Bambs geholt. Da fährt sie noch immer hin.
Eine Zigarette kann man an einer Kerzenflamme anzünden. Es soll aber in Straubing so gewesen sein, daß in einer Bar die brennende Kerze zwischen den Beinen einer Dame steckte.

War das sie?
Das hab ich nicht gesagt. Aber in Straubing wird es schon gewesen sein, daß sie den Neger gehabt hat, der ihr das Kind machte.
Ich weiß nicht mal, daß sie eins hat.
Sie hat einmal ein Foto hergezeigt, auf dem ein zweijähriges schwarzes Mädchen zu sehen war.
Ein Mädchen also.

Ich erinnerte mich an dieses Gespräch, das ich gehört hatte, ehe ich Monika kannte, und erzählte es zu Hause meiner Frau.
Seither verdächtige ich, sagte ich, und seither ist es mir wie ein Selbstschutz, hier alle zu verdächtigen.
Wieso?
Zuviel Vermutungen gehen von Mund zu Mund.
Hast du eigentlich Monikas Kind schon gesehen, fragte meine Frau.
Nein, nur die Fotografie.
Na, also.
Ich fand mich aber noch nicht ertappt, ging in mein Arbeitszimmer, blätterte in Büchern, griff zum Atlas, fuhr mit dem Finger in Zentralafrika herum und versuchte krampfhaft, mich an Namen von Negerstämmen zu erinnern.
Immer wieder verhedderte sich in meinen Gedanken ein schwarzweißes, rollendes Knäuel. Ich hatte ein anschwellendes Verlangen, das bewegte Gebilde zu entknoten: konnte ich zwei Körper herausbiegen? Eine weiße Frau und einen Neger, sich sehr heftig aufbäumende windende Körper, deutlicher jetzt eine schneeweiße Frau, die langbeinig einen schwarzen Körper umschlang, der im Kampf mit der Frau lag und in sie versank. Das Weiße verschluckte fast das Schwarze, und es blieb mir in den Augen, die ich

traumselig verschlossen hatte, ein erschlaffendes, nun zerrinnendes Knäuel.

Ich höre nichts mehr, sagte meine Frau.
Was man so alles lesen kann, meldete ich mich. Das niederrheinische Frauenlob. Das muß so vor neunhundert Jahren gewesen sein.

Aller schoneste van himelriche,
da du schines so wunderliche,
nim minen dinst minnencliche,
want ich dich minnen sunderliche.

Hat es früher nicht Nacktwallfahrter gegeben, fragte ich, so eng ans Gedicht gepreßt, als gehörte der Gedanke wie selbstverständlich dazu.
Ich weiß es nicht. Meinst du wirklich, ganz nackt waren sie?
Ja, Nacktwallfahrter. Später wallfahrteten Mädchen, Frauen und Männer in weißer Kleidung. Weiße Wallfahrtskleidung galt als Ersatz für ursprüngliche Nacktheit. Vielleicht war sie sogar das Überbleibsel eines heidnischen Jungfräulichkeitsopfers.
Begonnen hat alles mit ›wunderzaychen‹. Ein dreijähriges Knäblein war in den Bach gefallen und es wurde ›gantz tod herauß gezogen‹.
Schau, wie das geschrieben ist: ›gantz tod herauß gezogen‹.
Die Mutter legte es in der ›uralt Kapell‹ auf den Altar, und das Kind atmete wieder. Eine andere Mutter legte ein ›zertrucktes Kind‹, das überfahren worden war, auf den Altar, tat ein ›gelübd‹, und der Knabe war wieder ›gantz frisch und gesund‹.
Wäre Zeit, daß wir unsere ›zertruckten Kinder‹ auf den Altar der ›uralt heiligen Kapell‹ legten, sagte meine Frau.
Ich klappte das Buch zu und sagte: ich muß etwas für die

Schule kaufen. Transparentpapier, ein Blatt für jedes Kind. Wir malen mit Wachsmalkreiden darauf und hängen die Bilder ans Fenster. Jede Kinderzeichnung wird zu einem Spiel aus Licht und Farbe.
Aber dies war nur ein Vorwand, ich wollte hinaus, mich hielt es nicht in den Wänden, auch nicht im Garten. Ich fuhr mit dem Auto in die Stadt, parkte, rannte wie gehetzt einmal kreisrund um die Kapelle. Wie Jahrmarktsbuden flirrten die Verkaufsstände für Wallfahrtsfirlefanz: Kerzen, Engelchen, Madonnen, Kreuze, Kettchen, Krippchen, und alles einfach oder doppelt geweiht.

Ein Kollege von der Hauptschule, mir nur beiläufig bekannt, hielt mich an.
Haben Sie sich schon eingewöhnt, fragte er.
Wir sind ja schon einige Zeit da, sagte ich.
Welch ein Glück, in einem Gnadenort zu leben. Wissen Sie, wo ein Gnadenort ist, hebt sich gewissermaßen die Erde zum Himmel hoch und der Himmel läßt sich auf die Erde herab. Am Gnadenort tangiert der Himmel die Erde.
Ja, sie küssen sich sozusagen, sagte ich. Sie vereinigen sich eigentlich.
Ich merkte, daß ich mich ärgerte, grüßte und ging.

Ich fing zu laufen an. In dieser Hast kamen mir die Menschen auf dem Kapellplatz wie stehende Puppen vor. Sie hatten keine Bewegung, nur ich lief.
Ich beziehe den Osservatore Romano und den Playboy im Abonnement, hörte ich einen dunkelgekleideten Herrn sagen. Als ich mich nach ihm umblickte, kam mir das Dunkle schillernd vor. Schwarzschillernd. Ich war zerstreut, versuchte, mich an Kindheitserinnerungen zu orientieren, und fand einen um die Ecke weisenden Pfeil: Missionsausstellung. Eigentlich war es eine Indianerausstellung. Lebens-

groß standen Indianerpuppen vor ihren Zelten, Junge und Alte und kleine Kinder. Alle hatten aufgeschlagene schwarze Gebetsbüchlein in den Händen, und Rosenkränze hingen von ihren Fingern herab.
Ein paar Vitrinen weiter sah ich Schmetterlinge. Die Sammlung hatte mich schon als Kind beeindruckt. Ich selbst hatte Schmetterlinge nie mit einem bestielten Netz oder einem seidenen Tüchlein gefangen, ich fing sie mit bloßen Händen. Ich ließ es aber für immer sein, als ich sah, daß ein Zitronenfalter von seiner Farbe Stäubchen an meine Hände verlor. Ich wollte ihm seine lichte Farbe, die im Sonnenschein blinkte, unversehrt belassen. Um so mehr erstaunte und erschreckte mich die missionarische Schmetterlingssammlung. Es gab nicht bloß Zitronenfalter zu sehen, ich sah unzählige schlanke Körper mit wunderbar farbigen, fast handgroßen Flügeln, die alle Schmetterlinge meiner Kindheitswiesen an Pracht übertrafen. Sie waren tot, angenadelt und schöner als alle Falter, die ich je gefangen hatte. Einige hatten rote oder blaue Abwehraugen auf ihren Flügeln. In Reihen waren sie der Größe oder Kleinheit nach angeheftet. Hinter Glas. Schillern trotz Einordnung, dachte ich. In Reihen angenadelt sein, tot, seine schönste Seite zeigen, mit den Augfarben ablenken vom dünnen Körper, schillern und betören.

Als Achtjähriger durfte ich nach Öding pilgern. Ich wusch mir mit dem Wasser, das der heilige Bruder Pförtner aus einem Krug goß, die Augen rein. Mit beiden Händen fing ich das Wasser auf, um die geöffneten Augen richtig baden zu können. Damit ich besonders gesunde und hell sehende Augen hätte. Mit den so gereinigten Augen durfte ich in den Guckkasten sehen, ein kreisrundes Theater, in dem innen ein Karussell von Bildern vorbeitanzte. Außen hatte er rundherum viele Gucklöcher; zu je zweien gehörte ein

Hocker. Das Ganze befand sich hinter einem schweren Vorhang, der zum Abdunkeln nötig war.
Ich saß also auf dem Hocker, und schon die ersten Bilder, die immer nur kurze Zeit stehenblieben, verwirrten mich. Der Petersdom. Ich wurde schier erdrückt von den Mauern und Säulen. Ich bekam Angst. Aber dann segnete mich der Papst. Mich allein. Das nächste Bild. Eine dreifache Krone. Ich hatte nie ein ähnliches dreigestuftes, goldenes Kunstwerk gesehen. Ich war gefangen und längst mit dem Schauen nicht fertig, als die Tiara davonrutschte. Ich rutschte gleichfalls vom Hocker, um sie bei den nächsten Gucklöchern einzuholen, und rempelte dabei ein anderes Kind ungestüm vom Sitz. Meine hinter mir stehende Mutter entschuldigte sich. Es war ihr peinlich. Sie half dem Kind wieder auf den Hocker und auch mir. Aber die dreifache Krone war weg. Dafür erschien jetzt wieder der Papst. Auf einer Sänfte getragen. Wieder galt sein Segen mir. Wieder hatte ich zu wenig Zeit, eilte dem Bild nach und stieß zum zweiten Mal den Nachbarn vom Hocker. Ungewollt.
Meine Mutter nahm mich nun an der Hand und zog mich hinter sich her. Hinaus. Dabei fiel mir der schwere Vorhang, den sie schnell zur Seite geschoben hatte, mit der wulstigen Kante scharf ins Gesicht.
Ich mochte es gern, wenn meine Mutter mir mit ihren zwei gestreckten Zeigefingern über die Wangen fuhr, von hinten nach vorne Wulste pressend, und aus meinen Lippen einen hohen Schnabelmund spitzte.
Sie fütterte mich mit Küssen, die sie schnell hintereinander und schmatzend auf meinen Mund drückte. Dabei kamen mir ihre nahen Augen sehr groß, glänzend und stechend vor.

Auf dem Heimweg kaufte ich Haselnüsse und Walnüsse. Mich ließ der Gedanke nicht los, Kinder müßten zwar ge-

nug Küsse bekommen, aber auch genug harte Nüsse knacken.
Zu Hause suchte ich Klaus und Jürgen, umarmte sie und drückte ihnen Küsse auf die Wangen.
Nüsse hab ich euch mitgebracht, sagte ich und schüttete sie in eine Glasschale.
Du fängst aber heuer bald mit den Nüssen an. Sonst gab es die doch erst um Nikolaus, sagte meine Frau.
Nüsse sind gesund. Gib ihnen bitte zum Frühstück und Abendessen weniger Brei. Laß sie richtig feste Sachen kauen. Schon wegen der Zähne.

Von oben her schäumte Musik durch alle Räume. Heftig stießen die Rhythmen an die Wände, durchbrachen sie.
Frank, rief ich, das ist zu laut.
Natürlich hörte er mich nicht. Ich ging ins Dachzimmer hinauf, grüßte mit einer Kopfbewegung Willi. Beide warfen ihre Körper, so schien es mir, der Musik entgegen.
Das sind ja ganz harte, kampfbetonte Rhythmen, sagte ich laut und war mir unsicher, ob die Jungen die Musik so empfinden würden.
Sie nickten und übernahmen die Schwingungen vollends in ihre Körper. Dann legte Frank eine andere Platte auf. Der kaum verständliche Text zwang mich zum Kopfschütteln.
Diese Stimme allein ist Widerstand, sagte Willi.
Ich stürze jetzt eure aufgewühlten Gefühle ins Alltägliche hinab. Frank, du könntest mir beim Rasenmähen helfen.
Genügt es, wenn ich in einer halben Stunde komme?
Einverstanden.

Das Gras soll trocken sein zum Mähen. Die Nebelfeuchte hing noch an den Halmen, aber ich wollte nicht warten, sondern begann mit dem Handmäher zu werkeln. Die rotierenden Schneiden zupften und quetschten das schon zu

hoch gewachsene Gras. Am Hang stieß ich das Mähgerät hinab und riß es wieder an mich, trat einen halben Schritt nach links, stieß das Gerät hinab und riß es wieder hoch. Ein Rad des Mähers löste sich und rollte in den Bach.
Guten Morgen, grüßte der Nachbar über den Zaun.
Guten Morgen. Der Rasen ist wieder zu hoch gewachsen. Das schafft der Handmäher nicht.
Ich leih dir meinen Motormäher, bot er mir an.
Das wäre lieb. Ich hoffe, es ist zum letzten Mal. Immer wegen so blöder drei-, vierhundert Mark, die ein ordentliches Gerät kostet. Dabei hab ich für den Handroller schon hundertsiebzig bezahlt.
Mein Motormäher hat zweihundertfünfundvierzig gekostet. Im Supermarkt. Aber am Hang darfst du ihn nicht zu lange schräg lassen. Da kriegt er zu wenig Schmieröl.
Danke.

Weißt du, daß unsere Nachbarin ein Kind bekommt, sagte meine Frau beim Zusammenrechen des Grases.
Frau Taim? Die versuchen es doch schon seit Jahren, hast du mir mal erzählt.
Ja, sie freuen sich sehr.
Frank und Willi kamen.
Wir mähen am besten zuerst auf der Straßenseite und rechen alles zusammen, und dann machen wir am Abend ein kleines Gartenfest.
Ihr müßt noch eure Vokabeln pauken, und wie steht es mit Mathematik, Physik und Chemie?

Am Abend hockten sie um ein Feuer herum, auch Klaus und Jürgen kamen dazu. Willi schlug auf der Gitarre eine Melodie an, hart, schnell, hitzig. Sie summten und sangen, bespritzten sich später am Bach mit Wasser.

Es ist zu kalt, ihr müßt rein.
Der Zauber verlosch innerhalb von Minuten.
Willi, paß auf dem Heimweg auf, ermahnte ich ihn.

Ich konnte nicht einschlafen. Willi, dieser störrische, bissige und doch so gutmütige Junge, der solche Mühe hatte, in der Schule den Lehrern und dem Lernstoff Genüge zu tun: gehorchen, nachsagen, auswendig lernen.
Ich holte mir ein Glas Wein ans Bett, genoß die fruchtige Süße auf der Zunge. Willi, Willi Plew, fiel mir plötzlich ein, mein Schulfreund, aber der wurde gar nicht fünfzehn.
Im Westen vor dem Dorf, in einem einzeln stehenden Haus, hatte er mit seinen Eltern gewohnt, das Haus gehörte ihnen nicht, damit war die Existenz der Plews beschrieben, draußen vor dem Dorf wohnen hieß, nicht dazugehören. Willi Plew, mit zehn und elf Jahren ein wilder Querkopf, sauste flink wie ein Windhund durchs Gras, und während wir, seine Freunde, in den Kirchbänken kauerten, warf er die Angel in ein Inn-Altwasser und stahl Fische.
Am Ende des weißgetünchten, langen Lagerschuppens der Schmiede bog die Straße scharf um das Mauereck. Ein Langholzfuhrwerk plumperte durch die enge Dorfstraße, Willi sprang auf der Schmiedseite auf, klammerte sich an einer Kette fest, die weiße Mauer und die langen schweren Rundhölzer verengten sich zu einem sehr spitzen Winkel. Am Ende würden die Baumstämme das Eck des weißen Lagerschuppens wegreißen. Willi sauste unaufhaltsam in den Spalt; zwischen Holz und Stein wurde Willi zerdrückt. Hingeschmiert als roter Fleischfleck hing er an der weißen Wand. Langsam rann der zerquetschte Körper ab. Das Hirn quoll grau aus dem zersprungenen Schädel.

Mich schüttelte es, ich trank vom Wein und umarmte meine Frau.

Taims Kind wird es von Anfang an schön haben, sagte sie, Haus und Garten, Gras, Blumen, Vögel. Wir waren doch zu lange im Block.
Aber es gab damals keine anderen Wohnungen.
Häuser verkaufe ich, hatte Unterhuber am Telefon gesagt, Häuser. Wenn Sie Lehrer sind, brauchen Sie doch ein Haus.
Aber ich wollte nur eine Wohnung.
Im Block hinterm Friedhof war eine frei.
Bunker nannten die Leute den Block. Wie in die Wiese gefallen lag er allein da. Beton mit Luken. Ich beroch und betastete die Wohnung. Aus dem schlundigen Gang fielen links und rechts die Räume hinaus. Vom Wohnzimmer aus schaute ich in den Friedhof. Vom Leichenhaus her Gebimmel. Ich sah Leute mit hochgestreckten schwarzen, silbergeränderten Fahnen einziehen. Sie winkten, meinte ich einen Augenblick. Blechmusik dröhnte.
Zwischen Friedhof und Block breitete sich ein quadratisches Steinfeld aus. Lose hingeschütteter Kies.
Das ist der Parkplatz, sagte der Besitzer.
Gibt es für den ganzen Block keine Garagen?
Nein.
Und keinen Kinderspielplatz?
Nein.
Ich trat ein wenig zurück und sah im Fensterrahmen über dem Friedhof die wenigen Türme und Giebel der inneren Stadt. Ein Türmchen barock und gelb, zwei gotisch und grau. Grün eingemalt waren sie von den fetten Kronen der Kastanienbäume.
Als ich daran dachte, wie ich ein Vierteljahr lang den Tau von den Autoscheiben wischen und im Winter das Eis abkratzen würde, sagte der Hausherr: fünfhundertneunzig Mark Kaltmiete.
Ja.

In der Mitte des Blockwürfels liegen wie in einer Röhre Aufzugsschacht und Treppenhaus, erklärte ich den Kindern. Fensterlos. Nach allen vier Seiten hängen die Wohnungen hinaus. Unsere zeigt gegen Westen.
Dann sehen wir die Sonne untergehen, sagte Frank.
Ja. Ihr müßt aber immer schnell zum zweiten Stock hochkommen, das Treppenlicht ist sehr kurz geschaltet. Wer zu langsam ist, steht plötzlich im Dunkeln. Ihr müßtet nach dem Schalter tasten.

Vor dem langen Gang in der Wohnung blieben die Kinder stehen. Die weißlackglänzenden Einbauschränke machten den darmartigen Schlund völlig steril.
Die Kinderzimmer haben jeweils neun Quadratmeter, sagte ich zu meiner Frau.
Das ist aber wenig.
Dafür sind Wohn- und Eßzimmer zusammen 45 Quadratmeter groß. Schau, die kleine Loggia ist von Küche und Wohnraum aus begehbar. Kinder, steigt nicht auf die Betonbrüstung. Wer da hinunterfällt!

Wir hatten nur wenig Möbel. Wochenlang waren die Zimmer halb leer. Meine Frau hängte alte Vorhänge auf.
Du mußt zu unserem Zimmer mitgehen, baten die Zwillinge.
Warum?
Der lange Gang! Wir haben Angst.
Uns fiel ein, den weißen Gang mit bunten Bildern zu behängen. Wir erspielten jeden Meter. Überwanden mit einem Kegelspiel den Raum.
Jürgen, versuch, ob du die Kegel triffst.
Ja, drei hast du umgeschossen. Lauf hin und stell sie wieder auf.
Klaus, hol bitte den roten Ball.

Unter uns wohnte ein pensioniertes Berliner Ehepaar. Spielen Sie denn Kegeln, rief die Frau über die Loggia rauf. Wir werden Teppiche auslegen, beruhigte ich sie.

Schläfst du schon?
Wenn wir aus dem Block raus sind, könnten wir noch ein Kind haben, haben wir gesagt. Erinnerst du dich? Unsere blassen Wohnungskinder sind jetzt doch farbiger geworden. Möchtest du noch ein Kind? Vielleicht ein Mädchen? In welche Welt wir es hineinzeugen würden. Ohne daß wir es fragen könnten, ob es geboren werden wollte.
Ein Mensch zu sein, das ist doch, komme was da will, das Leben wert.

Immer, wenn ich an den Block zurückdachte, drängte es mich noch mehr, Haus und Garten, für die Kinder vor allem, zu einem Paradies zu machen.
Wir könnten die Wohnung verschönern, sagte ich, eine Kollegin, die Katharina, hat mir alte Bilder und Vasen und ein vergoldetes Kreuz angeboten. Ein kleines ehemaliges Altarkreuz ist es.
Vielleicht ist etwas Hübsches dabei, sagte meine Frau.

Ich hatte gemeint, in eine Grabkammer oder ins Allerheiligste zu kommen. Alte schmiedeeiserne Friedhofskreuze standen im Hauseingang Spalier. Auf den Namensschildchen waren die Goldränder fein nachgepinselt. Von den Decken hingen düstere Ewigelichtlampen herab.
Vieles ist hundert oder zweihundert Jahre alt, sagte sie. Sie war fünfzig. Ledig. Sie hatte einen leichten Buckel.
Ich mag das so, kreischte sie. Das gibt eine sinnvollere Lebensart, und ich fahr fast jedes Jahr nach Rom. Auf meinen Knien bin ich schon oft die heilige Stiege hinaufgerutscht.

Ich war noch nie in Rom, sagte ich.
Du könntest mit mir fahren, ich würde dir alles zeigen, und es müßte deshalb zwischen uns gar nichts passieren.
Ich erschrak fast über ihre Gedankensprünge und sagte, ich könnte schon mal mitfahren.
Sie zeigte mir die meterlangen Rosenkränze, die gedrechselten Kerzenleuchter und bot mir Wachsstöcke und alte Gebetbücher an.
Das sind Ex-voto-Gaben, sagte sie, Bitt- und Dankgaben für Rettung aus Not und Drangsal und zum Schutz gegen böse Geister. Das Knierutschen um die heilige Kapelle konnte nicht immer reichen, und man wollte sich nicht betroffen fühlen, wenn der Kapuziner mit drohendem Finger von der Kanzel rief: Kein Mensch geht unerhört aus Öding fort. Wenn es dennoch den Anschein hat, als würden eure Bitten nicht angenommen, liegt es an euch: eure Gebete waren zu gering, euer Glaube zu schwach.
Ex-voto-Gaben aus silbernen Hirnschalen. Lies mal: augöpfl, ohrlöffel, nasen, zung, kinpain, wang, gurgl, füeßl, händl, daumb, prust, pauch, ein kleines baar weiber bristl, ruckhen, seitten, magen, lunngl und leber aneinander, milz, nieren, prüchell und ein silber peermuetter in Form einer silber-pallierten schildkrott.
Nichts haben die vergessen. Bei Syphilis versprach man ›eynen gulden‹.
Was, die trauten sich mit Syphilis hierher?
Dafür geschahen dann auch Wunder. Eine an Gallenstein leidende Frau fand eines Tages nach dem Erwachen ›den stayn bey ihr in dem pette ligend‹ und brachte ihn ›onverzuch gen Öding‹.
Unglaublich, sagte ich. Fast unglaublich, und wechselte das Thema. Wie geht es in der Schule?
Die Kinder sind bös, wie besessen oft. Eigentlich sind's ja gar nicht die Kinder, Teufel und Geister sind's, die in sie

fahren. Die Kinder können gar nichts für ihre Bosheit. Plage-, Scherz- und Ulkgeister sind es.
Was meinst du?
Wenn sie zu toben und zu fauchen anfangen, die Teufel und Geister in den Kindern. Die fahren in die Kinderkörper hinein und ärgern uns Lehrer. Deshalb geht es in den Schulen so um. Ich reiß dann immer den Schlüsselbund heraus und schmeiß ihn auf die Kinder.
Was machst du?
Ich schmeiß den Schlüsselbund an die Lenden der Kinder, und wenn die Schlüssel scheppernd in die Ecke fliegen, werden sie ruhiger.
Auf die Lenden zielst du?
Ja, auf die Lenden.
Du hast doch Zwölf- und Dreizehnjährige.
Ja.
Mir stieg es ganz heiß auf. Katharina gehörte zu denen, die sich die Finger krummbeteten.
Was hast du für mich, fragte ich.
Die vierzehn Nothelfer, eine fromme, bäuerliche Arbeit, hinter hauchdünnem Glas, handgemalt und seitlich mit Silberpapier ausgelegt.
Knittrig ausgelegt.
Das ist es ja. So knittrig und ordentlich gerahmt.
Ich nehme die vierzehn Nothelfer. Schließlich ist einer dabei, der nach seiner Hinrichtung mit dem Kopf in den Händen noch laufen konnte.

Ich hätte mir vor Unbehagen die Kopfhaut aufkratzen können, noch während ich zu Hause im Wohnzimmer gleich neben der Tür, wo jeder täglich dutzendmale vorbeikam, die vierzehn Nothelfer anheftete. Unser Platz vor den Osterwiesen wurde mir von Tag zu Tag unheimlicher, das Dach tropfte mir schier auf den Kopf, es war wie aus geronnenem Blut, dessen Verkrustung immer wieder aufbrach.

Ich bin froh, in der Schule von Amts wegen eine Lehrmeinung haben zu müssen, mit den Kindern auf Transparentpapier malen zu dürfen. ›Mein Gesicht in einem fliegenden Drachen‹ und ihnen verraten zu können: Wir lernen die Eins.
Die Eins, flüstern ein paar.
Ich zeichne groß ein Haus mit steilem Satteldach an die Tafel. Regen setzt ein. Alle Kinder trommeln mit den Fingerkuppen auf die Bänke. Einige dürfen an der Tafel mit blauen Pünktchen einen schräg schlagenden Regen zeichnen. Ins Haus kommt nichts. Haus schützt. Dach schützt.
Die Kasperlpuppe irrt durch die Klasse. An meiner Hand hüpft der Kasperl von Bank zu Bank, überall klopft Regen. Er findet das Haus an der Tafel. Die Tür ist verschlossen. Er zuckt und hüpft ratlos.
Der Lehrer zuckt auch, mit den Schultern, da merken die Kinder, der will was wissen. Der Lehrer lenkt auf den Kasperl. Was will der?
Daß es ihn nicht mehr abregnet.
Der Kreideregen hagelt weiter auf ihn nieder.
Fünf raten falsch, einer hat's – der Lehrer ist glücklich – das Vordach hilft.
Da kann sich der Kasperl unterstellen. Das schräge Dach schützt.
Kasperl schüttelt sich ab und lehnt sich an die Hauswand.
Was half dem Kasperl?
Der schräge Dachvorsprung. Der hält den Regen ab. Und – Kasperl beugt sich vor und lehnt sich wieder an die Hauswand – und die Mauer. Er ist müde, kann sich anlehnen.
Dachvorsprung und Hausmauer. Der Lehrer zieht sie mit Kreide nach: schräg nach oben, Spitze, gerade nach unten.

Eine Eins. Einer ruft's. Eine Eins. Alle.
Finger hoch. In der Luft nachspuren: Dachvorsprung hinauf und Hausmauer herunter. Alle sprechen mit: schräg nach oben, Spitze, gerade nach unten. Eine Eins.
Die Eins schützt, und du kannst dich anlehnen, schießt es mir durch den Kopf. Was werde ich mir für die Zwei und Drei einfallen lassen? Die kunstvollere Gestalt loben? Aber wenn Kinderhände sie aus Plastilin formen, stehen sie unsicher. Die Vier ist konstruktiv, der Fünf und Sechs will ich einen besseren Ruf verschaffen. Aus der Sechs, schön hingeschwungen, kann man ein pfiffiges Gesicht mit Zipfelmütze malen.
Alle zeichnen Gesichter mit Zipfelmützen. Mit auf's Ohr herabhängenden Zipfelmützen.

Mir wird in der Klasse schwindlig, ich gehe ans offene Fenster, habe das Gefühl, hinter meinen Augen zu sein. Totenschädel faszinieren durch die Hohlformen der Augenhöhlen und der Schädelwölbung.
Wenn ich denke, daß Kannibalen Löcher in Menschenschädel schlugen und die Gehirne leertranken, wenn ich denke, daß Wissenschaftler tote Menschenhirne gefrieren und in hauchdünne Scheiben schneiden, um die Strukturen ablesen zu können, wenn ich überall spüre, wie Politiker, Priester und Lehrer nach Gehirnen greifen, wird mir bewußt, daß ich nicht einmal Rindshirnsuppe mag.

Mich beängstigten die Verwendbarkeitsspiele und Gefolgschaftsübungen in der Schule. Kinder wetteifern so gern, sagt mir eine Kollegin, woanders sogar im Schießen auf Pappmenschenköpfe, sage ich, und mir fällt ein Lehrer hier ein, Rektor, der reißt den kantigen Meterstab von der Wand, springt in Kampfhaltung auf das Pult, klemmt das Holzgewehr unter seinen rechten angelegten Arm und

schießt ratternd im Halbkreis ins Klassenzimmer. Der Schlag der Geschosse reißt die Körper der Schüler in die Höhe, daß es ihnen die Arme auseinanderwirft. Dann fallen die Köpfe und Körper wie tot auf die Tische.
Er erschießt sie alle.
Wie leblos liegen sie minutenlang da.
Im Spiel.

Er ist, so viele Jahre nach dem Krieg, ein öffentlich angesehener Mann mit besonderen Beziehungen zur übergeordneten Schulverwaltung und Regierung. Sänger im Kirchenchor.
Laß ich mir dadurch die Gewißheit verschlagen und die Gedanken zukleben: er ist doch nicht verrückt!
Und ich?
Hypnotisieren wollte ich können. Schon als Kind. Ich machte nach, was mir ein alter Mann erzählt hatte: Du mußt eine weiße Kreide nehmen, eine Henne fangen und sie seitlich so auf eine gerade Fläche legen, daß ein Auge auf den Boden gedrückt ist, das andere frei. Dann ziehst du von dem freiblickenden Auge weg einen geraden weißen Strich auf dem Boden; sie wird dem Strich nachstarren, gelähmt sein vom weißen Strich und sich nicht mehr rühren.

Eine weiße Kreide – geweiht, das konnte nur ein Vorteil sein – fand ich im Haus. Den Rest des Stückes, mit dem K + M + B an die Türpfosten geschrieben worden war. Die Henne mußte ich fangen.
Ich konnte mich bis auf eine Körperlänge dem zahmen Tier nähern und warf mich, mit beiden Händen zufassend, gestreckt nach einer Junghenne. Ich erwischte sie. Als Fläche wählte ich die Gred, den mit roten Ziegeln sauber ausgelegten Platz vor der Haustür. Ich legte die Henne seitlich hin,

drückte ihren Kopf so nieder, daß ein Auge den Boden berührte, und zog von ihrem freien Auge einen geraden weißen Strich weg, der sie hypnotisieren sollte. Zwei, drei Meter lang; ich mußte die Henne loslassen, die nun starr im Anstieren des geraden weißen Striches liegenbleiben sollte. Aber sie plusterte sich auf und rannte gackernd davon.

Ein paar Tage später hackte die Großmutter dieser Junghenne auf einem Holzstock mit dem Beil den Kopf ab. Ich sah genau zu, sah das ausspritzende Blut, den Kopf im Gras. Die Großmutter ließ die Henne los, und ich sah entsetzt, wie das kopflose Tier flog, weit über das Hausdach. Ich mußte es hinter dem Haus, auf der Schattenseite, wo ich immer Angst hatte, suchen.
Zuerst sah ich vom Blut rotgefärbte Grashalme, dachte dann an den weißen Kreidestrich und meinte, das Hypnotisieren hatte nicht geklappt, weil der weiße Strich durch die Fugen zwischen den roten Steinen unterbrochen war. Ein fugenloser Strich hätte es sein müssen.

Manchmal fällt mir dieser weiße Kreidestrich ein, wenn ich als Lehrer an der Tafel stehe, Striche ziehe und zu den Kindern sage: schaut her, so geht es.
Sie hängen an den weißen Strichen.

Heute übten wir in der Klasse Wettmelden, sagt mir eine Kollegin, während ich ein menschliches Skelett durch den Korridor schiebe.
Wettmelden, nicke ich erstaunt und denke, ich habe nie Wettmelden geübt. Lächle und sage: Wettmelden. Ich schiebe das schlenkernde Gerippe in das Klassenzimmer. Wie kommt ein Finger von der Faust weg? Denke ich. Indem er sich meldet (sich herausbiegt und geradestellt). Zeigefinger hoch.

Er hat ja schon den Namen davon. Einer regiert über alle. Der Daumen ist zu plump und abseits, der kleine Finger zu winzig, der mittlere zu umständlich und eingezwängt, der Ringfinger mit Rollen belastet. Bleibt der wendige Zeigefinger.
Rechts oder links?
Das ist die einzige Entscheidungsfreiheit.

Als ich das Knochengerippe den Schülern vorstelle und das Schaudern, Körperschütteln und Grinsen vorbei ist, sagt ein Bub aus der ersten Bank:
Der streckt den Zeigefinger hoch.
Wer?
Das Gerippe.
An der herabhängenden rechten Knochenhand ist der Zeigefinger hochgestreckt.
Der meldet sich, sagt ein Kind.

Zu Hause sah ich, ohne mich täuschen zu wollen, meine Lieben an. Ich wiederholte in mir das Wort ›meine Lieben‹. Die Zwillingsbuben schleuderten die Schulranzen weg: jeden Tag fünf oder sechs Stunden zuhören, abschreiben und nachsagen. Sie fluchten den Satz hin. Wir sind ganz fertig. Frank schlug, wie aus einer Daumenschraube entlassen, mit fremdgewordenen Händen, die Tür zu: die Anpasser und Auswendiglerner, ich halt das nicht länger aus. Bis endlich meine Frau wie zum Trost, und damit die Welt doch erträglich blieb, jedem mit fröhlichem Appetitwunsch den Teller mit duftendem Mittagessen vors Gesicht schob.
Ich sah in ihre verschreckten Augen und stellte mir aufblühende Buben mit glänzenden Augen vor, meinte, ihr klingendes Lachen von früher zu hören und ihre Körper gelokkert zu sehen: wie junge Menschen sein könnten!

Es ist eben schrecklich, sagte ich nach dem Essen zu meiner Frau.
Was ist schrecklich?
Daß Schule die Kinder gleichformt und die, die sich ohne Widerstand gleichformen lassen, belobigt.
Schule läßt den Kindern, meinst du, nicht ihre Eigenart?
Sie verlangt, daß alle zur selben Stunde dasselbe tun und denken und wollen und sagen. Das ist ein echtes Abrichten, verstehst du.
Und du träumst eben davon, Kinder sollten ihr Wollen und Fühlen ausleben können. Das steht doch nur als Lüge in den ›obersten Bildungszielen‹, daß Schule die Würde des Kindes achtet.

Es wird kalt, wir müssen den Kniestock isolieren, rief ich und klatschte ermunternd in die Hände. Von den beiden im Dachraum untergebrachten Kinderzimmern schlüpften wir durch ein niederes Türchen am Kniestock in den kalten dunklen Abstelldarm unter der Dachschräge.
Paßt auf die Balken auf, Kinder, und auf die Bretterverschalung. Es stehen Nägel heraus. Daß mir keiner mit dem Kopf dranstößt.
Schräges Dach, gerade Mauer, fiel mir ein. Schräges Dach schützt, gerade Mauer ist zum Anlehnen. Wie die Eins.
Den Kniestock müssen wir mit Styroporplatten bekleben.
Klaus, schlag bitte mit dem Hammer die Mörtelkrusten ab.
Jürgen, streich du die Platten mit Kleber ein. Ich drück sie an die Mauer.
Zum Schluß säuberten wir den Schlupfraum besenrein. Wir bekamen verstaubte Haare.
Mit einem Haus muß man sich so richtig einwintern, sagte ich. Das gibt ein gutes Gefühl.

Das Schaffen unterm Dach hatte mich angeregt, ich fing an, im Keller die Weinflaschen zu sortieren: Kabinett, Spätlesen, sogar eine Beerenauslese fand ich. Sie kam mir viel zu schade zum Trinken vor.

Ich berührte die Flasche, bewegte sie kaum; für ein ganz einmaliges Erlebnis wollte ich sie aufheben.

Beim Wein läßt du dich nieder, überraschte mich meine Frau.

Eine Flasche Beerenauslese, sagte ich. Sie ist bloß zum Anschauen da, aber ich möchte wissen, woher im Keller immer wieder diese blauschimmernden Käfer kommen. Ekelhafte Biester, zwei Zentimeter lang. Wie eine Invasion. Ich hab schon Hunderte zertreten.

Du läßt sie dann tot liegen, und ich muß sie wegwischen. Wenn die einmal im Haus sind, kriegt man sie nicht mehr raus. Ich meine, die sind durch die Kellerschächte reingekommen.

Aber nie sieht man einen an den Wänden, nur auf dem Betonboden krabbeln sie herum. In den Ecken und Ritzen haben sie ihre Nester. Wovon sie sich ernähren? Die müssen doch etwas fressen? Außer Beton ist aber da nichts. Die können doch nicht aus dem Nichts kommen und von nichts leben?

Ich werde ein Vertilgungsmittel kaufen.

Kellerasseln nennst du sie?

Ja.

Ich meine, Kellerasseln sind grau, flach und kleiner. Und uralt. Also die gab's schon immer. Sooft ich jedenfalls in den Keller herabgeh, um eine Flasche Wein zu holen, kann ich Dutzende von diesen Biestern zertreten. Ich trete bloß so halb, mit Luft zwischen Schuh und Boden, daß sie nicht zerquetscht werden. Ich senke von der Ferse her den Fuß, dann knackst es ein wenig, und sie haben einen zerdrückten Kopf, und die Beine tanzen ohne Zugriff. Der Kopf klebt am Boden fest. Wie sie ›geigen‹, sagten wir als Kinder. Wenn der Kopf kaputt war und die Beine zappelten, nannten wir das ›geigen‹. Die Lebensgeister sind es, sagten wir auch. Kopf angeklebt und Beine grifflos zappelnd, das nannten wir ›geigen‹. Bei Spinnen ist es am besten zu sehen. Noch ein einzelnes abgerissenes Spinnenbein ›geigt‹. Wenn die Zuckungen aufhörten, sagten wir: ausgegeigt. Schluß hieß: ausgegeigt.

Eine Spätlese nahm ich mit ins Wohnzimmer. Jürgen entkorkte die Flasche.
Darf ich nippen?
Ja.
Papa, ich hab mich heute in der Schule furchtbar blamiert. Ich mußte die Zahl 100 an die Tafel schreiben, und sie geriet mir so winzig, daß alle lachten.
Schreib halt so, daß alle es lesen können. Jede Ziffer in ein Kästchen: Eins Null Null. Oder solltest du die Zahl ganz groß anschreiben?
Sie wurde so winzig wie im Heft fast.
Stell dich halt nicht so an.
Aber ich war doch zum erstenmal an der Tafel.
Zum erstenmal an der Tafel? Du gehst doch in die dritte Klasse.
Wir durften bei Fräulein Bolde nie an die Tafel.
Überhaupt nie? In der ersten und zweiten Klasse überhaupt nie an die Tafel?
Niemand durfte sich bewegen. Wir durften auch nicht an die Tafel.
Und jetzt warst du bei Knopf zum erstenmal an der Tafel?
Ja.
Und hast so klein wie im Heft geschrieben?
Ja.
Da kann das Kind nichts dafür, sagte meine Frau. Erinnere

dich an die Bolde. Die Schüler mußten auch das Pausebrot sitzend in den Magen drücken. Wer sich im Unterricht rührte, wurde übers Knie gelegt.

Klaus fehlte in der Schule oft.
Er ist nierenkrank, erklärte ich Fräulein Bolde. Er muß strenge Diät halten und körperlich geschont werden. In die Nierengegend darf er keine Stöße bekommen.
Sie war 64 Jahre alt. Unverheiratet. Jeden Tag las sie den Kindern Legenden über Jesus vor. Das Jesuskind spielte mit anderen Kindern. Dabei fiel ein Bub vom Dach und war tot. Natürlich erweckte Jesus den toten Spielgefährten sofort wieder zum Leben.
Wer schwätzte, wurde übers Knie gelegt. Klaus war immer wieder dran. Mit dem Stock schlug sie ihn. Knapp unter die Nieren zielte sie. Vielleicht auch ein paarmal darauf. Natürlich vor der krampfhaft stillsitzenden Klasse. Haltung händeverschränkt. Zugeschaut.
Sie erzählte mir, sie wohne in einem der Chorherrenstöcke und hätte das besondere Glück, durch jedes Wohnungsfenster auf die Gnadenkapelle blicken zu können. Auch in der Nacht, wenn ich die Vorhänge wegschiebe, sagte sie, sehe ich die heilige Kapelle.

Aus kleinen Probiergläsern tranken wir den Wein. Meine Frau trippelte immer wieder die Treppe zu den Kindern hinauf, Frank saß über Latein, die Zwillinge mußten einen Aufsatz einschreiben, sie wolle auch noch ins Bad, die Haare waschen, ich hätte Verständnis, sagte ich, doch ich merkte ihr die gespielte Verwandlung an, wenn sie sich an den Kachelofen setzte, nippte, die Haare mit den Händen lockerte und dann wieder weghuschte.
Das Wasser brauste in die Wanne. Später war Ruhe. Die Uhr tickte. Tickte mir an die Schädeldecke.

Steter Tropfen höhlt den Stein.
Mir wurden die Sprichwörter an den Kopf geworfen, erinnerte ich mich. Zeit heilt Wunden. Besser die Haut aufgerissen als den Joppärmel. Steter Tropfen höhlt den Stein.
Unter offenen Dachrinnen waren die Kiesel weißgewaschen. Ich wollte es genauer überprüfen, suchte und fand Steine, zugegeben, weiches Tuffgestein war dabei, in denen ich fingertiefe Mulden und Löcher entdeckte, glatt, sauber vom Wasser ausgehöhlt.
Ich plante damals, als Kind, einen Versuch: auf einen aufgeblasenen Luftballon, den ich ans obere Ende einer Stange binde, so daß er wie ein Kopf dasteht, lasse ich Wasser tropfen. Gleichmäßig.
Während ich schon die Geräte herrichtete, fiel mir ein, das andauernde Darübernachdenken, was passieren würde, wäre für diesen Fall nützlicher. Ich gab den Versuch auf und überlegte, wie sich der Luftballon verhalten würde, wenn ich auf seinen Scheitel Wasser gieße. Wird er, da ich die Mitte nicht genau treffe, seitlich ausweichen? Wird er, in sich hineinfedernd, nachgeben? Aber ich stellte mir vor, den Ballon möglichst steif angebunden zu haben, daß er wie ein Kopf auf der Wirbelsäule hält. Wird er beim Tropfenaufprall dennoch seitlich ausweichen? Oder wird er sich unter dem gleichmäßigen Beschuß in eine stabile Haltung bringen? Ist er ein Gummikopf oder ein Steinkopf, der sich ein Loch schlagen läßt? Vermutlich wird sich der obere Bereich abnutzen, dünn und empfindlich werden, bis der Ballon plötzlich platzt. Die Tropfen vernichten ihn, dachte ich. Dann fällt die Gummihaut lasch und in Falten zusammen.

Beim Schädel soll es zuerst eine starke Rötung geben; bis eine Wunde aufplatzt. Herausrinnendes Blut wird vom Wasser abgewaschen.

Ich hörte damals jemand sagen, in einem KZ seien Menschen unter tropfende Wasserhähne oder auch unter fließendes Wasser gestellt worden. Unter dünnstrahlig herabspritzendes Wasser. Die Schädel, aufrecht an der Wirbelsäule, waren kahl geschoren. Dann hätten die Tropfen immer an denselben Stellen eingeschlagen, bis die Schädelhaut riß. Man hätte die Leute anschließend in warme Räume gebracht, damit die Schädel trockneten. Ich weiß nicht mehr genau, ob der Erzähler sagte, man hätte die Schädel mit Strahlern getrocknet. Auf die trockenen rissigen Schädel ließ man wieder Wasser tropfen oder scharf hinspritzen, bis die Haut aufsprang und das Blut vom Wasser weggewaschen wurde.

Wer mit drei Würfeln dreimal die Sechs würfelt, redet von Zufall. Es überwiegen die anderen Möglichkeiten. Gelegentlich wiederholt sich der Wurf mit dreimal sechs. Vielleicht alle halbe Stunde. Rafft man die gleiche Zahl der Würfelversuche auf eine Minute, trifft der Zufall in jeder Minute ein. Es ist gar kein Zufall mehr, dreimal die Sechs zu würfeln, es wird ein Gesetz. Bei weiterer sechzigfacher Verschnellerung kommt im Schnitt in jeder Sekunde der Wurf mit dreimal sechs.
Ein Tropfen auf die Schädeldecke ist ein Zufall. Langsam: ein Zufall. Schnell: ein Gesetz.
Ich erschrak.
Ein Lehrer, der einmal im Jahr ein Kind schlägt: ein Zufall.
Der einmal am Tag eine kindliche Seele verletzt: ein Zufall.
Dreißigtausend Lehrer: ein Gesetz.

Wein und Schlaf betäubten mich, nahmen mir das noch nachzitternde Bewußtsein, die Augenlider flatterten, ich torkelte in den Traum, der mich faßte wie das Leben: Männer in feinen Streifenanzügen entkleideten mich sehr or-

dentlich, schlitzten mir mit Rasiermessern die Haut auf, zogen mir die Haut vom Fleisch und setzten mich auf einen weißlackierten Blechstuhl an einen heißen menschenleeren Sandstrand.
Ich schrie unter der glühenden Sonne nach Haut.

Starr, mit stechendem Rücken und brennenden, aufgekratzten Hautflecken begann ich den Tag, öffnete das Fenster; Nebel rann herein.
Kinder, ein neuer Tag, bemühte ich mich in heiterem Ton zu rufen, macht es gut in der Schule.
Ich legte die tägliche Gymnastik mit meinen Erstkläßlern in die erste Stunde: wir gähnen, wir lockern und dehnen uns. Wir stampfen unseren Ärger in den Boden. Wir stöhnen unsere Sorgen weg: Schultern hoch, zurückziehen und fallen lassen. Und dabei zusammensacken und ›ah‹ stöhnen.
Nochmals bitte. Wißt ihr überhaupt, was Sorgen sind?
Sorgen sind, wenn jemand krank ist. Sorgen sind, wenn ein Unfall passiert.
Anita erzählt: Wir haben mit meinem kleinen Bruder Sorgen. Im Kindergarten sagt die Schwester immer, daß Jesus für alle Menschen am Kreuz gestorben ist, weil die Menschen so bös sind. Alle Erwachsenen und Kinder, die Böses tun, müßten eigentlich selbst am Kreuz sterben, sonst werden sie immer wieder schuldig am Tod von Jesus. Michael, mein kleiner Bruder, schreit in der Nacht oft auf. Er träumt immer, daß er gekreuzigt wird, und schreit dann vom Kreuz herab um Hilfe.

Wut stieg in mir hoch.
Dieser Ort, der wie eine Spinne dahockt, hat baldachinartig sein Fangnetz gewoben, ein Raumnetz ausgeworfen, weit hinaus, mit dem er Beute macht. Einen Fadendschungel

legen die Spinnen aus, in Erdlöcher locken sie ihre Opfer, bespeien sie mit Spucke, reißen der Beute die Beine unterm Leib weg. Signalfäden hängen sie auf niedere Masten, unsichtbar fast, die Fäden zittern die Berührungen weiter, aus den Verstecken springen sie hervor, lähmen die Opfer mit Gift, und mit aufgereckten Vorderleibern fesseln sie die Beute mit Spinnfäden aus den Spinnwarzen. Die in Fesselseide gebundene, gelähmte Beute hängen sie ans Netz. Das Innere der Beute wird verflüssigt und herausgesogen.
Dieser Ort, wie er das Weitersagen und Einhämmern beherrscht. Zusammengeschissen gehört Öding, sagte mir einer in seiner hilflosen Wut.
Was aber fiel mir ein?
Zu Hause verteilte ich die Arbeit. Frank strich den Jägerzaun, Klaus stutzte mit einer Schere das Gras um die Bäumchen herum, Jürgen fegte die Terrasse und den Plattenweg rings um das Haus, ich malte den Haussockel grau nach, während mir andauernd die Frage durch den Kopf jagte: Paradiesmacher, bist du zufrieden?

Auch der nächste Tag, Lehrertreff, ›Die Fehlformen des Verhaltens‹, brachte keine Antworten.
Ich schaute mich im Raum nach Monika um.
Ihr Kind ist krank, sagte jemand.
Hat sie also eines?
Ein sehr hübsches Mädchen.
Es gibt verschiedene Fehlformen des Schülerverhaltens, hörte ich den Seminarrektor wie durch ein riesiges Sprachrohr reden. Ich kam mir wie fremd in meinem Körper vor.
Wozu lassen sich Lehrer verführen: zu Kindanpassern, Kindverstümmlern, Kindzerstörern.
Erinnerst du dich an diese schachbrettartige Zusammenstellung? Für jedes Vergehen ein Feld.
Bernd rempelte mich mit dem Ellenbogen heftig an.

Abweichendes Schülerverhalten primär gegen Lehrer, primär gegen Mitschüler, primär gegen Ordnung, unbeabsichtigt, beabsichtigt, getarnt und Urheber anonym, offen und Urheber anonym, offen und Urheber offen, rasselte ich herab.

Bist ein guter Pädagoge.

Ingos Spott.

Kinder dürfen sich nicht alters- und entwicklungsgemäß benehmen; die Erwachsenen bauen betonierte, graue, riesige Schulkäfige, in die hinein die Schüler gepreßt werden. Alles feindlich, steril, seelenlos. Meint ihr da noch, die Kinder sind schuld? Sagte ich.

Ich solle meinen Vortrag gleich auf das Tonband sprechen, meinte Bernd, in der mündlichen Prüfung müßten wir ja auf eine Frage eine Viertelstunde lang antworten. Ich könnte mich üben.

Die Mitmacher, denen täglich mehr und mehr das Hirn austropft, sagte ich, nur die überstehen das System, wie Lernmaschinen mit gesteuerten Bewegungen funktionieren sie. Nein, danke!

Ingo hatte mir tatsächlich das Mikrofon vor den Mund gehalten. Ich hörte zu reden auf.

Gib dem Bernd das Gerät, der weiß etwas vom Drill. Von seiner Ökonomie.

Dreißig Kinder in der Klasse kannst du nur ordentlich unterrichten, hörte ich Bernd sagen, wenn sie diszipliniert sind. Disziplin ist in jeder Gesellschaft eine Notwendigkeit. Mensch, du denkst an der Leistung vorbei.

Ich schwieg und befahl mir, den Mund zu halten. Aber ich schaute alle an und erinnerte mich, daß wir in einer Seminartagung beisammensaßen. Die Bärte hatten sie noch. Damals schon sagte ich, na, da waren im Studium doch einige von uns ganz schön ›links‹. Sollen doch mal ein paar die Finger heben.

Kein einziger Finger.
Wir müssen endlich das Fehlverhalten vom gewünschten Verhalten unterscheiden, befahl Bernd.
In der Schule gilt als Fehlverhalten, was Kinder naturgemäß gern tun.
War das wieder meine Stimme?
Spontaneität führt zu Fehlverhalten.
Spaßhaftigkeit führt zu Fehlverhalten.
Bewegungsdrang führt zu Fehlverhalten.
Reflexe führen zu Fehlverhalten.
Falsche Neugierde führt zu Fehlverhalten.
Richtig verhält sich das Kind, das artig händeverschränkt dasitzt, bei jedem Lehrerimpuls den Zeigefinger hebt, reagiert, reagiert. Verstehst du?
Auf ein Augenblinzeln hin müssen sie reagieren, was meinst du, wie du dann gelobt wirst?
Von wem?
Vom Seminarrektor und vom Schulrat.
Ich mache das Kurzreferat nicht, sagte ich. Bernd hat doch ein Buch zum Thema dabei. Da steht es passend drinnen.

Kennst du die Geschichte vom Schulrat auf dem Baumstumpf, flüsterte mir Ingo ins Ohr.
Nein.
Das heißt, als der Schulrat ein Schulkind war.
Nein, ich kenne die Geschichte nicht.
Er ging oft in den Wald hinaus, stellte sich in einer Lichtung auf einen Baumstumpf und predigte. Den Füchsen, Hasen und Bäumen. Vom lieben Gott und vom Bravsein. Holt's euren Buben ab, der steht wieder draußen im Wald auf dem Stumpf und predigt, sagten die Leute seinen Eltern zur Haustür hinein.
Diesen Drang muß man haben, diesen Drang.

Im Auto spürte ich einen aus dem Körper kommenden Aufstand: tun, was lustvoll ist.
Kinder, rief ich schon am Gartenzaun, was habt ihr vor?
Sie liefen verwundert auf mich zu.
Ob sie der Sonnenschein nicht auffordere, doch, Fußball möchten sie spielen, also los; und ich sah sie über den Bach springen, den Ball schossen sie voraus in die Wiese.
Ich ging ins Haus und berührte meine Frau: Weißt du, der Trott ist das Schlimmste, sagte ich und küßte sie überfallartig.
Die Stimmung konnte ich hinstrecken bis zum Kaffeetrinken draußen auf der Terrasse, dann kamen die Kinder von der Wiese her zurück: Papi, wir müssen Hausaufgaben machen; du hast immer gesagt, die Schule ist schön. Das stimmt gar nicht. Sie ist langweilig. Man darf sich nicht rühren. Dann so viele Hausaufgaben.
Die vermiesen mir das Lernen seit Jahren, sagte Frank. Diese Notenschnitte. Um dreikommafünf oder vier. Neulich sagte die Englischlehrerin, Kinder, die letzte Schulaufgabe habt ihr gut gemacht. Aber es gab zehn Fünfer. Ich hab eine Vier. Das macht doch keinen Spaß.
Laßt euch das Essen trotzdem schmecken, Kinder.

Wie sie kaputtgehen, dachte ich. Anschauen müssen, wie die Kinder in der Schule kaputtgehen.
Vor vielen Jahren sah ich den Film ›Sie tanzte nur einen Sommer‹, sagte ich zu meiner Frau. Hast du ihn auch gesehen?
Nein.
Ulla Jacobsson war die Tanzende. Hat mir gut gefallen. Irgendein Ahnen von Freisein. Ich tanzte nachahmend im Freien. Es ist wirklich wahr. Ich bewegte mich schwingend über ein Stoppelfeld. Das konnte ich ja schon als Kind, auf Stoppeln barfuß laufen. Jetzt tanzte ich barfuß über die

gelben Stoppeln, die Arme auseinandergeworfen. Ich war glücklich. So einfach geht das, dachte ich.
Dann stand im Bistumsblatt: Sie tanzte einen Sommer zu lang. War doch Sünde, was sie tat. Das blieb mir übrig. Sünde war es. Ich glaubte es und tanzte nie mehr über ein Stoppelfeld.
Unseren Kindern geht es ähnlich. Fräulein Bolde hat in der ersten und zweiten Klasse ständig versucht, den kindlichen Rede- und Bewegungsdrang zu zerstören. Und wie sie im Vorsortieren die späteren Gesellschaftsfunktionen einübte. Erinnerst du dich: Na, Klaus und Jürgen, wie war es in der Schule?
Meine Frau fing an, mir die Szene vorzuspielen.
Heute, sagte sie, hatten wir in der Klasse Besuch. Von einem Lehrer. Da haben wir das Spiel mit den Edelpüppchen und Blechpüppchen vorgeführt.
Wie geht denn das?
Wenn ein Besucher in die Klasse kommt, ruft die Lehrerin laut: Edelpüppchen hoch. Dann springen ungefähr zehn Kinder auf, und die Lehrerin sagt dem Besucher, das sind meine Edelpüppchen, die können mal ins Gymnasium gehen. Dann setzen wir uns, und sie ruft: Diamantpüppchen hoch. Da stehen vier Kinder auf. Bei Goldpüppchen, meine ich, sind es sechs.
Ergibt das dann zusammen die zehn Edelpüppchen?
Ja.
Und die anderen?
Die heißen Silberpüppchen und Blechpüppchen. Die Blechpüppchen sind die ganz dummen.
Zu welchen gehört denn ihr?
Wir gehören zu den Goldpüppchen.
Also zu den Edelpüppchen.
Ja.

Ich hatte das Spiel meiner Frau angenommen, wir sprachen in Rollenverteilung die Szene und lachten hinterher lange. Wir lachen darüber, sagte ich. Dabei geht es um die Zukunft der Kinder.

Willi, Willi, du bist verrückt, schrie Frank und stürzte die Treppe herab, der Willi ist auf dem Dach, er springt ab.
Was ist los? Der Aufschrei preßte mir die Angst in den Hals.
Der Willi. Zum Dachfenster ist er hinaus. Er will springen. Willi, Willi.
Frank und ich rissen draußen im Garten die Arme hoch: Willi.
Was habt ihr denn, rief er, ist doch viel zu niedrig zum Springen.
Willi komm herunter.

Uns so einen Schrecken einzujagen, sagte meine Frau.
Ich lud die jungen Leute zum Plaudern ein. Sie tranken Weißbier und verzogen bei jedem Schluck den Mund. Ob den Erwachsenen kein sinnvolleres Leben einfiele, Leistung von früh bis spät, Sortierung in gut und schlecht, und ob der Tod etwas Süßes sei.
Etwas Süßes? Nein. Das Ende. Das Ende eines doch auch schönen Lebens.
Dann redete ich vom Wechsel von Arbeit und Freizeit, vom Gefühl, Erfolg zu haben, aber Frank unterbrach mich, er sähe nur Konsumfreiheit und die Verführung zu Glücksgefühlen, die einem beim Konsum und dem Erfolg kommen sollen. Lernt doch mal, was ihr da für schöne Gefühle habt.
Willi wollte lieber die Beine in die Sonne strecken. Richtig leben, das gäbe es doch bloß in den Ferien, und da säße einem schon die Angst im Nacken, weil ja wieder diese

Schule käme. Leben, was das überhaupt sei? Hinterher käme nichts. Wäre doch eine dicke Lüge, das vom ewigen Leben. Er hätte ein Gedicht nach seinem Geschmack gelesen, ungefähr so:

Herr, erlaß mir das ewige Leben,
ich möchte meine Ruhe haben,
so wie die geschossenen Hasen
und die erfrorenen Raben.

Wie gesagt, so ähnlich wäre das Gedicht gewesen. Sie wollten jetzt Musik hören.

Ob die Sucht nach Perfektion, der Anpassungswahn und die Verklemmungen und der daraus folgende Haß überall so schlimm seien wie hier, fragte ich meine Frau.
Ich weiß es nicht, sagte sie. Aber ein besonderer Ort ist das hier schon.
Ist doch kein Zufall, sagte die Bolde, daß die Wallfahrt in Öding um 1490 begann. Damals wurde Amerika entdeckt, da hat die Himmelmutter auf den Glauben in Europa gezeigt.
Ja, sagte ich.
In der Reformationszeit, stellen Sie sich vor, wurden die Fensterscheiben der Gnadenkapelle mit Steinen eingeworfen, obwohl es Wunder genug gegeben hat, daß die Leute hätten glauben können. Als die Schweden kamen, führte der Inn Hochwasser, und so blieb die Stadt verschont. Sie konnten nicht herüber.
Wenn die Wallfahrt zurückging, ergänzte ich, gab es auch immer weniger Opfer- und Weihegaben. Sie mußte nach schlechten Zeiten immer wieder belebt werden. Nach einer Teufelsaustreibung 1570 an dem gräflichen Fräulein Sybilla Fugger pilgerten die Leute wieder aus nah und fern her. Bis von Prag und Straßburg kamen sie.

Echt katholischer Geist, konnte die Bolde zitieren, wehte wieder in und um Öding. Und wissen Sie, darum lese ich den Kindern jeden Tag eine halbe Stunde lang fromme Geschichten vor.
Ich weiß schon, sagte ich und dachte, daß es zum echten katholischen Geist gehört hatte, Hühnerknöchelchen fein eingepackt als Reliquien von Heiligen zu verkaufen. Natürlich hatte man vorher die Hühnerknöchelchen mit der Gewandfaser des Heiligen berührt, damit der Segen hineinfuhr. Man wollte ja niemanden betrügen.

Ich wandte mich wieder meiner Frau zu und sagte: Die Kinder müssen sich auch wehren können.
Ich konnte mich als Kind nicht wehren, sagte sie.
Wie ich das Mich-Wehren lernte? Ich zögere, solche Geschichten den Kindern zu erzählen. Bei jedem kleinen Versuch, sich zu wehren, bekommen sie Strafaufgaben und Verweise. Dagegen sind Kinder und Eltern doch gleichermaßen machtlos. Alles schlucken, sich alles gefallen lassen.
Ich weiß noch genau, sagte ich, wie ich mich zur Wehr setzen lernte. Das war sehr komisch. Ich war ungefähr sechs und mußte zum Zahnarzt. Ein Zahn sollte raus. Ich saß oder lag eigentlich auf dem Sessel, der Zahnarzt zog an dem Zahn, unterbrach, ging zum Fenster, ich hielt den Mund offen, er kam und zog. Als ich richtig schreien wollte, sagte er: jetzt hab ich ihn. Ich hatte es gemerkt.
Darauf rauchen wir aber eine Zigarette, sagte er, und bot mir eine weiße lange Zigarette an. Ich stand zwischen ihm und meiner Mutter. Er zündete seine an, qualmte und hielt mir die lange weiße Zigarette vor den Mund und das brennende Feuerzeug. Ich war so überrascht, daß ich schrie: nein, ich rauche nicht. Aber er gab nicht nach: Du wirst doch mit mir eine Zigarette rauchen, sagte er, und hielt sie mir vor das Gesicht, steckte sie mir fast in den Mund.

Nein, schrie ich, nein, ich rauche keine Zigarette.
Dann flüsterte er zu meiner Mutter hin: die ist doch aus Schokolade.
Ich hörte es. Zorn stieg in mir hoch. Ich fühlte mich hereingelegt, stampfte auf und schlug ihm die Zigarette aus der Hand.

Du warst ganz schön eigensinnig, sagte meine Frau.
Ich meine, ein Kind muß zeigen und sagen dürfen, was es will oder nicht will. Es muß schon gehorsam sein, aber irgendwo geht das ja an seine Existenz. Es muß sich entwickeln können. Einsichtig. Mit Gefühlen. Das meine ich.
Die Zahnarztgeschichte hat sich übrigens später nochmals ähnlich wiederholt. Als Fünfzehnjähriger arbeitete ich in einer Anwaltskanzlei. Zusammen mit einem gleichaltrigen Mädchen war ich auf Probe angestellt. Der Tüchtigere von uns sollte als Lehrling ›genommen‹ werden. Das Mädchen hieß Lydia. Sie war hübsch.
War sie deine erste Liebe?
Nein. Aber sie gefiel mir. Ich empfand sie zart und feinfühlig, und ich verband später mit dem Namen Lydia immer ›zart‹ und ›feinfühlig‹. Dem Chef war sie zu schüchtern, zu wenig rührig, deshalb rief er sie einmal unerwartet an: Mach einen Kopfstand. Sie blieb erschrocken stehen. Mach einen Kopfstand, rief er, packte sie am Hinterkopf, drückte ihren Kopf vornüber zu Boden, faßte sie an den Füßen und stellte sie zum Kopfstand auf.
Ich saß wie angewurzelt auf meinem Drehstuhl, sah, wie Lydia im Gesicht rot wurde, sah dann ihr Gesicht nicht mehr, denn der Rock fiel über ihren Kopf. Ich sah ihr weißes Höschen und ihre Schenkel. Ich hatte Ärger und Wut in mir.
Jeden Morgen mußte ich den Chef auf seiner großen Hausterrasse mit einem Wasserschlauch abspritzen. Auch im

Winter. Er huschelte in der Badehose, ich stand in Bürokleidung da.
War er auch im Winter in der Badehose draußen?
Ja. Abgehärtet sei er, sagte er. Ich mußte ihn von Kopf bis Fuß, an Bauch und Rücken abspritzen. Einmal riß er mir den Schlauch aus der Hand und übersprühte mich von oben bis unten mit Wasser. Den ganzen Tag saß ich mit nassen Kleidern im Büro. Nach ein paar Wochen war im Ort Volksfest. Ich hatte zwanzig Mark Monatslohn. Er kam auf mich zu, streckte mir ein Fünfmarkstück entgegen und sagte: das schenk ich dir zum Volksfest.
Ich schlug ihm das Geld aus der Hand.

Die Kinder kamen. Wir sind mit den Aufgaben fertig.
Ganz fertig?
Mit den schriftlichen.
Klaus, du mußt noch Geige spielen. Fang bitte gleich an.
Ich saß über Erstkläßlerheften und hörte Klaus zu. Auch ich spielte als Kind Geige. Manchmal überfiel mich dabei Angst, und ich griff verlegen und ein wenig in Atemnot an meinen Hals.
Schön, Klaus, rief ich ins Nebenzimmer.
Ich spiel die erste Geige in dem Quartett ›Gott erhalte Franz den Kaiser‹ von Joseph Haydn, antwortete er.
Wunderbar, mach schön weiter.
Ich horchte ihm zu, unterbrach ihn dann und sagte: Ich hab das Stück auch gespielt. Auch erste Geige. Professor Schramm spielte Bratsche, der zweite Geiger war ein zarter Bub, so wie du. Der Cellospieler hieß Schäfer. Sein Name beruhigte mich. Wenn ich den Cellospieler mit seinen langen schlanken Fingern am Instrument sah, dachte ich immer an die Granitsteinbrüche seines Vaters. Sie hatten tief abstürzende Wände. Es war mir unheimlich, davor zu stehen. Mich zog eine Gewalt fast hinab. Eines der riesigen,

ausgebeuteten Erdlöcher war mit Wasser gefüllt. Wie ein See. Ich denke, so fünfzig Meter tief.
Jetzt bist du über den Cellospieler Schäfer und die Granitbrüche zu den Erdhöhlen gekommen, sagte Klaus.
Ich glaube, ich dachte an die Erdhöhlen, weil man dem Joseph Haydn, nach seinem Tod natürlich, den Kopf vom Leib trennte. An dieser Geschichte lernte ich, mir die Hohlform eines Schädels vorzustellen.
Das ist ja grausam, sagte Klaus. Warum wurde dem Haydn der Kopf abgeschnitten?
Vielleicht bloß, weil es ein genialer Kopf war, wie man so sagt. Spiel jetzt bitte weiter, Klaus.
Ich kann die Melodie der Kaiser-Hymne überhaupt nicht selbständig hören, sagte ich zu meiner Frau. So als Quartettmusik mit erster und zweiter Geige, Bratsche und Cello. Ich wehre mich gegen den sich aufdrängenden Text. Trotzdem, ich summe, lisple ihn mit. Habe Textgefühle. Deutschland Deutschland über alles. Auch wenn die zweite Geige oder die Bratsche die Melodie übernimmt, ich sehe das schnappende Oberlippenbärtchen, höre das Gebrüll, die stampfenden Armeen.
Du hast, sagte sie, ehe du im Quartett spieltest, Text und Melodie gelernt.
Kann ich das nicht mehr trennen?
Du möchtest die Hälfte vergessen und die Hälfte behalten. Wegen der Angst beim Geigenspiel, ich weiß. Von Professor Schramm habe ich sie gelernt. Da er mir immer wieder die Geschichte von einem Wiener Jungen, einem Juden, erzählte. Er war sein bester Geigenschüler. Ich war sein zweitbester. So sagte Schramm immer, der fünfunddreißig Sprachen studiert hatte, Geige spielte, Priester war und den Tod fürchtete. Erblindet ist er in Passau gestorben. In der kalten Jahreszeit hatte er sich in seinem Zimmer, das er nur selten verließ, in eine braune Bettdecke eingehüllt. Dieser

Wickelverband reichte vom Hals bis zu den Fußknöcheln. Nach jeder Geigenstunde sagte er: Wenn ich morgen noch lebe, kannst du wiederkommen.

Sein bester Geigenspieler starb so: Man fesselte den Jungen an die Wand, baute ein Holzgestell auf und montierte ein Rohr daran, dessen eine Öffnung an seinen Bauch gedrückt wurde. In das Rohr sperrte man eine Ratte mit dem Kopf in Richtung Bauch. Auf der bauchfernen Seite wurde das Rohr verschlossen.
Die Ratte nagte und fraß und fraß.
Das Rohr wurde in den Bauch hinein nachgeschoben. Es dauerte einige Tage mit dem Geigenspieler.

Sein zweitbester Geigenspieler war ich. Immer hatte ich den Tod des besten Geigenspielers vor Augen. Diesen jungen langsamen Tod. Diese sehr konstruierte Vernichtung eines Individuums.
Mehr und mehr spürte ich, daß es darum ging, sich von den anderen nicht vernichten zu lassen. Wenn sie mit den Rattenrohren kommen! Wenn sie es fertigbringen, mir das Rohr an den Bauch anzusetzen, ist es zu spät.

Ich stand auf, umarmte Klaus und auch Jürgen, der hereinkam, drückte sie fest an mich, küßte jeden auf die Nasenspitze, schaute in ihre Gesichter, wollte das Feuer der Augen sehen, die glatte heiße Stirn, das glänzende zupackende Lachen, sah die ängstlichen Augen, die erschrockene Stirn, den gelähmten Mund: Kinder, ich hab euch gern, sagte ich, rieb ihre Wangen mit meinen Händen rot, massierte ihre Oberarme und den Rücken, wollte ihnen Lebenskraft und Wärme einreiben in ihre zarten weißen Körper: Kinder, wir helfen zusammen.

Vom Licht des Tages wollte ich mich plötzlich zurückziehen, ich legte mich hin, schlüpfte ganz in das Nest des selbstgewärmten Federbettes, versteckte mich unter der Decke, krümelte mich zusammen, zog die Beine an den Bauch und lenkte mein Hirn nur auf mein kugeliges, augenblickliches Dasein in dieser warmen Bauchhöhle.
Aber ich konnte das Bewußtsein nicht einmummeln. Ich dachte die Dehnung der Sekunden: nur so bleiben dürfen.

Wären wir doch besser im Block geblieben!
Hast du geträumt?
Ich spürte die Hand meiner Frau. Du liegst seit zwei Stunden.
Dann hab ich wohl doch geschlafen.
Du sagtest, wären wir doch besser im Block geblieben. Hast du geträumt?
Ja.
Belastet dich das Haus? Es ist doch für die Kinder besser hier.
Natürlich. Für die Kinder. Aber ohne es hätten wir leichter weggehen können.
Denkst du an Weggehen?
Du nie?
Waren wir beim Hauskauf eigentlich überzeugt und glücklich, wie man so sagt?

In der Frühe erwachte der Block. Über hundert Menschen hockten auf Klos, putzten Zähne. Einer davon war ich. Sich für den Tag herrichten. Ich hatte Morgenangst. Beim Rasieren erst kam ich zu mir.
Guten Morgen, Kinder.
Ich berührte meine Frau. Guten Morgen.
Das Frühstück steht auf dem Tisch, sagte sie.
Habt ihr die Schulsachen eingepackt?

Trink zuerst Tee, Klaus, in kleinen Schlucken, das ist gesund.
Es gibt Quark mit geriebener Schokolade.
Sollen wir uns dann nochmals die Zähne putzen?
Ich denke schon.
Seht ihr ordentlich aus? Laßt euch anschauen.
Einen schönen Schulvormittag wünsche ich.

Ich stellte mich auf die Loggia, um einige Atemzüge frische Luft zu spüren. Wie aus einer Höhle hinaus und hinunter blickte ich über die Stadt. Ich hörte die Glocken von allen Türmen her. Das Vaterunser mit seinen sieben Bitten fiel mir ein. Ich meine, ich sagte es tief unten in mir auf.
Ich schaute auf den Friedhof hinab. Wir konnten alle paar Tage bei einer Beerdigung zusehen. Es war noch nicht lange her: der Sohn eines Studienrats hatte sich vergiftet. Über das offene Grab hinweg kondolierten die Kollegen und Freunde. Die Frau des Studienrats war vor Schmerz zusammengebrochen. Sie nahm an der Beerdingung nicht teil, sie hatte sich im Bett begraben. Über einen Erdhaufen hinweg streckte ich dem Studienrat die Hand entgegen.
So etwas kann passieren, sagte er. Der Junge hat den Druck nicht mehr ertragen.
Alles Gute für Ihre Frau.
Ich hab ihr gesagt, sie soll mit ein paar anderen Männern schlafen. Das hilft ihr sicher drüber weg, sagte er.

Ich hatte mich aus der Betthöhle herausgestrampelt, über meine Stirn, eben und begehbar wie ein Fußboden, ging jemand. Über die Stirn trippelten Finger. Wie Schuhabsätze schlugen sie auf. War es Franks heftige Gangart? Wohin gehst du, Frank?
Du bist übermüdet, sagte meine Frau.
Ach, es waren deine Finger.

Ich sah verschwommen ihr Gesicht.
Du bist ganz heiß, sagte sie.
Vom Block, halbwach, hab ich geträumt. Ganze Szenen liefen mir durch den Kopf.
Du mußt dich ein paar Tage ausruhen. Bleib liegen, vielleicht kannst du tief schlafen.

Ich zog wieder die Decke über mich. Es waren also gar nicht Franks Schritte. Es waren die Fingertritte meiner Frau. Oder doch meine Schritte? Die zwei Treppen hinauf zum Schulamt. Ich wollte mich vorstellen, damals vor zwei Jahren, klopfte an die Tür, sagte ›Grüß Gott, Herr Schulrat‹, nochmals ›Grüß Gott‹ und nickte zu den Sekretärinnen hin, die an einander gegenüberstehenden Tischen saßen. Dahinter, vor dem Fenster, so daß ich im Gegenlicht sein Gesicht nicht recht sah, lehnte der Schulrat.
Bitte, warten Sie und nehmen Sie Platz, sagte eines der Mädchen.
Ich setzte mich auf einen Stuhl neben der Tür. Der Schulrat redete mit den Mädchen, schäkerte minutenlang, ich saß, hörte das belanglose Gerede, das Lachen, in das ich nicht einbezogen wurde. Plötzlich, auf mich losspringend, mit vorgestreckten, angreifenden Armen, schrie er: Wenn Sie meinen, Sie könnten hier Wünsche haben.
Er öffnete die Tür seines Büros, wies mir den Weg, hörte nicht auf, mich anzuschreien: Bilden Sie sich bloß nicht ein, es ginge hier nach Ihrem Kopf, zeigte auf einen Sessel, in den ich mich steif hineinsetzte. Hastig ging er hin und her, schrie in Befehlen auf mich ein, fuchtelte mit gestreckter Hand herum, hatte ein rotes Gesicht, und ich sah seinen Mund zwischen den ziehenden Muskeln, immer diese brüllende Öffnung im Gesicht: Wenn Sie glauben, Sie könnten hier Wünsche haben.
Ich floh in meine Gedanken, hatte taube Ohren und eine

taube Haut, wurde unter dem Geschrei des Schulrats müde und spürte dennoch, daß ich lebte.

Ich dachte an meine Frau, meine Kinder, wir hatten den jahrelang nierenkranken Klaus mit Reisdiät und Hingabe gerettet, die Familie war aufgelöst, ein Haus haben wir aufgeben müssen. Ich hatte das Abitur nachgeholt, den Beruf gewechselt, studiert, und das alles, während ein Kind lebensbedrohend krank war. Ich freute mich so, Lehrer zu sein, ich stellte mir die Kinder vor, für die ich mehr als ein bloßer Stoffvermittler sein wollte, ein Miterzieher, ein Freund und offener Mensch.

Mir fiel die Dritte-Reich-Vergangenheit des Schulrats ein, von der mir schon während des Studiums einer erzählt hatte. Er sei schon immer ein Eiferer und Choleriker gewesen. Gleichzeitig erinnerte ich mich daran, daß vor dem Schulamt eine bronzene Fischerfigur in doppelter Lebensgröße steht. Angestrengt und zurückgebeugt zieht der Fischer am Netz, das noch im Wasser hängt. Der Fang ist noch nicht sicher. Das bayerische Wappen mit Löwen und weißblauem Rautenmuster hing über der Haustür. Ich hatte beim Hineingehen die Schuhe gründlich abgestreift.

Nun mußte ich meine Nase putzen. Augen und Nase waren mir feucht geworden. Ich zog das Taschentuch heraus, wischte über die Augen, sah dann wieder das rote Fleisch seines Gesichts. Auf dem Boden bemerkte ich etwas Nasses. Meine Tränen. Ich wischte mit der Schuhsohle darüber.
Mir fiel der Kopf vornüber in den Schoß.

Im Kampf zwischen Hunden streckt das unterlegene Tier in einer Demutsgeste dem Sieger die Kehle zum tödlichen

Biß hin. Der Sieger beißt nicht zu. Ihm ist der am Boden liegende Verlierer den Biß nicht wert. Er schenkt ihm das Leben.
Bei Wölfen gibt es ein noch demütigenderes Verhalten. Da ist es der Sieger, der dem am Boden liegenden Opfer seine Kehle zum Biß hinstreckt, wissend, daß der Elende am Boden nicht beißen wird.

Konnte ich denn nichts tun? Ich wollte wenigstens etwas sagen, hatte Mühe, die Wörter weit hinten im Hals zu bilden. Doch sie kamen nur als Geröchel.
Wut war in mir, ich dachte, daß ich doch seit Jahren auf diesen Tag hingearbeitet hatte, nun mußte ich erniedrigt und feige dahocken. Eingerollt war ich. Wenn er gewollt hätte, hätte er mich aus dem Sessel herausschütten können. Ich wäre am Boden gelegen. Da kam er zu mir her, klopfte auf meine nach vorne geklappten Schultern und sagte: Na, stehen Sie auf, was wollen Sie denn?

Gegen Abend holte ich im Supermarkt Milch und Obst. Ich sah ihn zufällig, wie er ins Drahtkörbchen am Arm die Semmeln zählte. Er sah mich auch, wich mir aber aus und huschte mit Hausfrauenschrittchen an die Kasse.
Ich hatte Zeit, ein wenig spazierenzugehen. Bald war ich außerhalb der Stadt und sah in der dunstigen Luft die schimmrige Scheibe der Sonne untergehen. Dieses Bild erinnerte mich an Napoleon, den ich mit vielen so verehre, der ein so großer Töter war, Kaiser und Feldherr, der auf St. Helena klein und dick und gelb starb, der auf dieser schwitzenden Insel saß und Tacitus zitierte: Am äußersten Rand der Erde hört man das Getöse der untergehenden Sonne. Bei der Vorstellung, wie der kleine dicke gelbe Napoleon in Feldherrenhaltung durch die feuchte Luft blickt und die wäßrigrote Scheibe sinken sieht, packte mich ein

Schaudern – bei dem plötzlichen Gedanken an seine Ohnmacht: Am äußersten Rand der Erde hört man das Getöse der untergehenden Sonne.

Von dem Tag an, in Schulamtsnähe oder wenn ich Gitterkörbe sah, drängte sich mir der Satz auf: Schleifer sind das. Ich schüttelte den dabei aufkommenden Argwohn immer wieder ab, wollte mich frei fühlen und ohne Urteil, und hatte einmal den Wunsch, die ganze Stadt überschauen zu können, sie mal von oben zu sehen, sie auch liebzugewinnen.
Für fünfzehn Mark konnte man mit dem Segelflieger einen Rundflug machen. Fünfzehn Minuten lang. Ich flog nicht gern, weil mich die Enge im Flugzeug einschnürt und das Klappern der Tragflächen beängstigt. Aber ich ging doch zu Fuß hinaus zum Flugfeld, an einem Bach entlang durch die Osterwiesen, und stieg ein.

Ich sah das breite Flußtal zwischen den bewaldeten Hängen und die Stadt. Vielfingrig ästelte sie sich auseinander. Sie hockte starr auf dem Boden. Der bepflasterte Kapellplatz war wie ein grauer Fleck, in der Mitte grün aufgehellt von den Kapelldächern. Ich suchte den Block. Da. Nun kam ich vom Block nicht mehr weg, der wie ein Würfel dalag, und in dessen Mitte ich den dunklen Schacht und unsere an den Schacht angehängte Wohnung wußte. Plötzlich flatterten wieder die Flügel, und es drängte sich mir die Vorstellung der nach hinten zusammenklappenden Flügel auf. Die Flügel als eine Schere, die uns zerschneidet. Jetzt, da wir zur Landung ansetzten, kam ich auf den Begriff ›Schere‹. Und dachte dazu ›schleifen‹. Am falschesten Platz, meinte ich, fielen mir die zwei Wörter ein. Ruppig setzte die Maschine auf. Ich stöhnte, als ich wieder den feuchten Grasboden betrat. Wieder Boden, sagte ich.

Das Wort ›schleifen‹ habe ich schauend, hörend und fühlend kennengelernt, so daß es mir, denke ich daran, die Schultern hochreißt und prickelnd über den Rücken läuft. Ich mußte dem Großvater die Schaufeln halten, wenn er sie mit der Feile schliff, und das gab ein so ekelhaftes, schneidendes und jämmerlich pfeifendes Wetzgeräusch, daß es mich dabei andauernd schüttelte. Aber ich wagte nicht zu sagen: Großvater, ich halt das nicht aus. Er schrie, komm her, halt die Schaufel. Und ich mußte halten, zwei oder drei Schaufeln lang, und mußte das quietschende Raspelgeräusch ertragen.

Lieber war mir der Weg zum Scherenschleifer. Scheren hatten für mich schon immer etwas Faszinierendes. Das Auseinanderspreizen der zwei Schneiden. Und ich war wahnsinnig neugierig und hatte wirre Vorstellungen, als ich einmal einen Mann sagen hörte: die nahm mich wie keine vorher in die Schere. Ich weiß nicht, warum ich mir nur das Öffnen von Frauenbeinen als Schere vorstellte. Männerbeine gaben keine Schere ab.
Schleifer nannte meine Mutter aber nicht nur den Scherenschleifer, Schleifer nannte sie auch unseren Nachbarn: so ein Schleifer. Er hunzte die Hitlerjungen und hat meinen Vater mehrmals mit zwei Buchstaben bedroht, die er in die Luft zeichnete: KZ. Ich hörte, wie mein Vater in Urlaubstagen sagte, das geht doch zu weit, wenn wir russische Frauen und Kinder zusammentreiben und niederschießen. Ich bring dich doch noch ins –, schrie der Schleifer, und ließ diesmal die Buchstaben nicht weg, ins KZ.

Du hast Fieber, sagte meine Frau. Du brauchst das ganze Wochenende, um dich auszuruhen. Immer wieder bist du wach, so scheint es, liegst mit offenen Augen da. Aber du reagierst nicht.

Ich möchte einen Schnaps trinken, bat ich.
Das Getränk brannte in der Mund- und Rachenhöhle und ließ mich wieder, wie betäubt, ins Kissen und in den Wachtraum zurücksinken.

Dienstbezeichnung LAA. Lehramtsanwärter.
Berufswechsler sind Sie?
Ja, Herr Schulrat.
Bei der Vereidigung können Sie nach ›ich schwöre‹ den Zusatz ›bei Gott‹ weglassen.
Ich fühlte mich nicht angesprochen. Einer sagte, ich lasse ihn weg.
Während zwei andere vor mir auf den Schulrat hörten, lasen, nachsprachen und unterschrieben, dachte ich zurück. Als Angestellter damals in der Firma hatte ich das Gefühl, das könnte nicht so weitergehen. Jeden Tag per Telefon Glaswolle verkaufen.
Sechzig Ballen Pb an die Baustelle Brudermühlstraße.
Ja, danke.
Mit wirbelnden Armen eilte der Chef im Großraumbüro auf meine Glaskabine zu: eine Katastrophe, eine Katastrophe, schrie er. Alle Köpfe in allen Glaskabinen drehten sich meiner Kabine zu.
Sechzig Ballen Pb sind am falschen Bauplatz eingetroffen.
Ich saß im Drehstuhl, blickte zu seinem verzerrten Gesicht hoch.
Eine Katastrophe ist es, wenn ein Kind stirbt, sagte ich.
Er fauchte. Ich blieb sitzen. Wahrscheinlich hätte ich aufstehen sollen.
Außerdem lesen Sie Bücher, habe ich erfahren, rief er. Sie lesen Bücher. Sie haben sich am Abend zu erholen, gehen Sie spazieren, frische Luft und Schlaf brauchen Sie. Für die Firma sind Sie da, für die Firma.

Ich schwöre bei Gott, hörte ich mich sagen. Und unterschrieb eine Urkunde. Händeschütteln verabschiedete mich. Ja, Herr Schulrat, danke, Herr Schulrat. Kopfknickse.

Sie übernehmen die Klasse 7c, sagte der Rektor. Das Zimmer liegt im Nebengebäude im Keller. Kommen Sie mit.
Im Kollegium sind achtundzwanzig Lehrer, erzählte er mir, während wir den Schulhof durchquerten, die Busse bringen von allen Richtungen die Schüler heran.
Werkraum, Handarbeitsraum und hier Ihr Klassenzimmer. Sehen Sie, es ist hell genug. Die Böschung vor dem Fenster ist zwar steil, aber wenn man sich bückt, sieht man den Himmel. Probieren Sie es mal aus. Ich bückte mich und sah den Himmel.
In Ihrer Klasse unterrichten Sie Deutsch, Mathematik, Geschichte, Sozialkunde, Physik, Chemie, Musik und Kunst. Dann gehen Sie in die 8b mit Biologie und Englisch-B-Kurs, in die 6c mit Physik und Chemie, in die 7b mit Biologie, und außerdem kriegen Sie eine Werkgruppe.
Ja, Herr Rektor.
Der Klaßleiter der 8b gibt bei Ihnen Englisch, dafür geben Sie in seiner Klasse Englisch. Der Klaßleiter der 7b gibt bei Ihnen Biologie, dafür geben Sie in seiner Klasse Biologie.
Ja, Herr Rektor.

Mein Haar – Haar wie Jesus es getragen hat
Ich will es lang und liegend,
fliegend,
bürstenborstig, rabenhorstig,
ruppig, schuppig, struppig, zopfig,
eisenherzig, bubikopfig
oder voll Konfetti!
Kämmungslos verludert,

hemmungslos, geölt, gepudert,
löwenmähnig, strähnig,
wie Spaghetti!

Den Text fand ich in meiner Mappe. Für meine Siebtkläßler hatte ich ihn aufgeschrieben. Ich zerknitterte das Blatt in der Faust.

Am frühen Nachmittag begann ich mit den Unterrichtsvorbereitungen. Jede Stunde mußte schriftlich vorliegen. Realstufe, Symbolstufe, Abstraktion, Übung, Kontrolle und dabei Motivation und Organisation durchhalten, differenzieren: Für langsame und schwächere Rechner weniger Aufgaben mit Lehrerhilfe, für schnellere und bessere Rechner mehr oder schwierigere Aufgaben mit Möglichkeit zur Eigenkontrolle. Eine Stunde war das erst.
Die Zwillinge fragten mich, warum wir kein Einfamilienhaus mit schrägem Dach hätten.
Sie mußten das Haus, in dem sie wohnten, zeichnen. Da mißlang ihnen schon im Ansatz die Geborgenheitschiffre eines jeden Kindes: das spitzgiebelige Dach, Fensterchen und eine Haustür mit Klinke.
Nein, der Block ist kubisch, Flachdach darauf, kein abrinnendes Dach, das sich rotziegelig ausmalen läßt.
Ist das unser Haus?
Nein, es gehört dem Besitzer.
Alle dreißig Wohnungen?
Ja.
Sie gerieten über ihren Zeichnungen in Streit.
Ich dachte an die Pferchsituation. Zwölf Ratten im Käfig sind noch friedlich, vierundzwanzig im selben Raum werden aggressiv.
Meine Kinder im Blockpferch.
Ich hörte die unter uns wohnende Pensionistengattin

schimpfen: Die Kinder treten den Rasen zusammen. Verschwindet hier. Und euer Geschrei muß ich mir anhören. Sie saß wieder in der Loggia, hatte den ganzen Tag nichts zu tun, legte Karten und suchte einen Anlaß, sich abzureagieren. Nur ihre Hände sah ich, wenn ich schräg hinunterschaute, ihre Hände, die die Karten auslegten.
Ich schimpfte für die eingeschüchterten Kinder zurück.
Dreißig Minuten waren sie heute im Freien.
Das ist zu wenig. Auf dem Kiesplatz wurde immer mit Steinen geworfen. Klaus hatte schon einen zweiten Schneidezahn ab.
Kommt bitte rauf, sagte ich.
Wir müssen eine Strafaufgabe schreiben, klagte Klaus. So oft bekommen wir eine Strafaufgabe. Wenn jemand schwätzt, müssen alle eine Strafaufgabe schreiben. Aus dem Buch eine ganze Seite.
Pauschalstrafen sind unerlaubt, dachte ich.
Ich hab einen Klecks gemacht, hörte ich später Klaus. Soll ich jetzt wieder neu anfangen? Ich mag die Schule nicht mehr. Ich mag nicht mehr schreiben. Er weinte.

Ich fuhr im Bett hoch und schrie: Hilfe.
Was ist, sagte meine Frau.
Ich brauche Luft, ich ersticke.
Ich schwitzte. Meine Frau öffnete das Fenster, das nur einen Spalt offen war, ganz.
Um Hilfe hast du gerufen, sagte sie.
Schau bitte nach, ob die Kinder schlafen.
Alle schlafen gut.
Unser eigenes Dach. Endlich.

Am Morgen raffte ich mich auf, ich ließ keine Unterrichtsstunde ausfallen. Meine Frau bemühte sich, gutes Essen auf den Tisch zu bringen, nie fehlten Blumen oder eine brennende Kerze: Schmeckt es, Kinder? Eine süße Fruchtspeise soll einen guten Geschmack für den Nachmittag mitgeben.

Schön ist es hier in Öding. Wir schauen uns eine Lichterprozession an. Kommt Kinder.
Wir nahmen sie an den Händen.
Hier geht man doch an hübschen Gärten vorbei.
Vom Block aus führte eine schnurgerade Straße in die Ortsmitte. Die Kinder ließen immer ihre Finger an den Putzkörnern der Friedhofsmauer zappeln. Weißt du noch?
Der Weg zwischen Klostermauern und Friedhof glich einer beängstigenden Schlucht, sagte meine Frau. Die Kinder mußten zwei Jahre lang zur Schule da hindurch.
Wie immer bei großen Prozessionen war die Autozufahrt zum Platz gesperrt. Wir hörten bereits den sich dehnenden, vielstimmigen Gesang.
Die vielen roten Lichter, riefen die Kinder. So schön.
Rund um den weiten Platz hingen Lichtgirlanden unter den Fenstern. Einigemal war aus roten Glühbirnen ein M geformt. Das soll Maria bedeuten, sagte Klaus.
Wir stellen uns hier auf die Eingangsstufen vor das Geschäft, dann sehen die Kinder mehr. Oder wir müssen sie hochheben.
Dazu sind sie schon zu groß. Vor zwei Jahren ging das noch.
Sie sollten aber sehen, wie sich der Lichterzug von außen nach innen als Spirale zusammenwindet.
Wie ist das?
Die Lichterprozession zieht eine nach innen strebende Spirale, sagte ich ziemlich laut, weil der Gesang nun aus mehreren Lautsprechern dröhnte. Ich griff an meinen Hals.
Der Kapelle streben alle zu. Die Spirale ist die Symbolform eines nach Innerlichkeit strebenden Lebens. In der Mitte ist Gott. Oder hier die Gnadenkapelle.

Da gibt es doch farbige Postkarten, sagte Jürgen, da sind so Spiralenbilder drauf.
Ja, richtig, es wird überlang belichtet. Rote Lichtspuren ziehen Kreise nach innen.
Schau, es ist wirklich so.
Einen Augenblick lang, ich konnte es nicht verwehren, dachte ich an Strangulieren.
Der ganze Platz war inzwischen mit Menschen gefüllt. Ich merkte, wie das an das Gefühl ging. Lichter, Lieder, Gebetsgemurmel und nach innen drehendes Gehen, ein Dahinschlürfen eigentlich, ein tranceähnliches Zerfließen in den Rausch, ins Vergessen, ins Sichaufgeben, in Gefühle, zu denen Menschen sonst nicht fähig sind.
Halleluja Amen. Halleluja Amen. Wir leben, leben. Ewig wir leben. Der Tod ist besiegt. Halleluja Amen. Brauchen nicht mehr zu sterben. Er tat's für uns. Ist auferstanden. Halleluja Amen. Halleluja Amen. Wir leben, leben. Ewig wir leben. Der Tod ist besiegt. Halleluja Amen.
MeersternichdichgrüßeHimmelsmuttersüße. Omariahilf. Omariahilf. BittfürunsbittfürunsbittefürunsSünder. RosenkranzköniginschönstederFrauen.
Uns wehte der Atem der Sänger und Beter an. Eine Lähmung befiel uns. Die Kinder wurden müde. Mich fröstelte plötzlich.
Gehen wir, sagte meine Frau.

Herbstlaub tanzte im Garten, wirbelte vor dem Kindergrab, wo sich im Hauswinkel der Wind totstieß.
Meine Frau lag wieder hingebuckelt am Unkrauthang, kroch wie ein großer grauer Käfer auf der braunen Erde zwischen dem jungen rotblättrigen Essigbaum und den Asternstöcken hin und her, zuckte gleichförmig mit den kräftigen Armen und bohrte den Kopf fast in die aufgewühlten Erdlöcher.

Jeden Tag konnte der erste Schnee fallen und ihre Mühe zudecken. Sie streckte sich gerade und fiel gleich wieder in die Käferhaltung, krabbelte den Hang hoch und richtete sich erneut auf, stampfte die Erde von den Füßen und ging ins Haus. Ich hörte das Wasser in die Badewanne platschen, schaute mir den Erdhang an, sah im frisch geglätteten Boden ihre Handspuren, setzte mich hinter den Schreibtisch, las in Erstkläßlerheften, schrieb: ›Fein, Susi‹ darunter, oder ›Du hast dich sehr bemüht, Roland‹, korrigierte eine Mathematikprobe, teilte die Kinder in die Gaußsche Kurve ein, Notenvergabe, von der Drei nach oben ausstrahlend und nach unten abstürzend, hörte wieder meine Frau, sie kam im Bademantel herein, mit glühenden Wangen, das Manteltuch lag auf ihren festen Schenkeln auf, ihre noch nasse Haut dampfte, kurze Zuckungen bewegten ihren sehr schönen Mund.
Morgen fahre ich weg, sagte sie, ich muß hier mal raus.
Ich nahm ihr Wort wie selbstverständlich hin, als hätte ich es schon seit langem erwartet, empfand überhaupt keine Überraschung, nahm ihren Entschluß eher als Ermunterung auf: Ja, fahre weg, daß du mal deine Hände vom Staub dieses Hauses wegbringst, am liebsten hätte ich gesagt, vom Zerfall dieses neuen Hauses.
Ich begleitete sie am nächsten Tag zum Zug. Mit reiner, samtig getönter Gesichtshaut, sehr lockeren, fliegenden Haaren über ihrem festen hohen Nacken stand sie vor mir. Sie erschien mir schlank, und sie stieg mit einem völlig entspannten Lächeln ein.
Daheim schnitzelte ich das Gulaschfleisch, das Haus kam den Kindern wie entseelt vor, ich beschloß, meine Frau nicht zu fragen: wo warst du, was hast du getan, ich gönnte ihr die Atempause, den Blickwechsel. Als sie aber dann vor mir stand, noch erhitzt vom Tag, mit warmem festen Körper, mußte ich mir das Fragen doch verbeißen.

Später lagen wir entspannt und mit noch nachschwingenden Körpern da, heiß und kräftig atmend, und sie sagte: wir müssen den äußeren Druck hier abwerfen. Wie unter einem Fangnetz ringen wir, wollen unseren Kindern die Eingarnung ersparen. Uns gelingt das Abschütteln eher, das Maskentragen und Maskenwechseln, wie sie hier sagen, aber Kinder haben keine Masken, sie haben noch ihre eigenen Gesichter.

Ich hab dem Placidus geschrieben, sagte ich.
Meinst du, daß er uns helfen kann, und weißt du überhaupt, wo er zur Zeit ist?
Ich setzte seine Klosteradresse ein. Er hat uns doch Ansichtskarten aus Rom, Kanada und Bulgarien geschickt. Ihm, dem weitgereisten Theologen und Freund, der in Bagdad, Rom und anderswo studiert hat, würde ich ehrliche Antworten zutrauen.
Meinst du, Placidus würde zugeben, es gehe bloß um Unterdrückung? Und wenn ja, was könnten wir ändern?
Du hast recht. Aber ich hab den Brief schon abgesandt.
Ich war in München, sagte sie. Es war ein schöner Tag.
Wir müssen den Kindern helfen, sagte ich. Wenn wir die Kinder aus den Erniedrigungen rausbringen, geht es auch uns besser.
Kannst du Schule und Kirche ändern?
Ich habe Angst, sagte ich.

Hilf den Kindern, dann hilfst du dir selbst. Dies schien mir plötzlich die Lösung zu sein; aber den Kindern helfen, hieß das, sie den Lehrern höriger zu machen, sie im Auswendiglernen und Ruhigsitzen einzuüben, oder hieß das, sie selbstsicherer und widerstandsfähiger zu machen?
Deinen Schwerpunkt mußt du finden, Frank, deinen Schwerpunkt. Der gibt dir Standsicherheit.

Außer Schule ist doch nichts los, sagte er. Schule, Aufgaben, Essen, Schlafen. Ist das die begehrenswerte Welt der Erwachsenen? Aus dem Fußballverein bin ich schon ausgetreten. Ein bißchen Freizeit mit Freunden brauche ich.
Sich wehren, Frank, spucken wie die Fratzengesichter an den gotischen Domen. Aber ich glaub, das ist auch schon ein Spucken aus dem Rückzug heraus, mit dem Halt in Mauer und Turm.
Wer kein Ellenbogenmensch oder Wucherer ist, hat keinen Platz in dieser Gesellschaft. Du denkst auch nur statisch. Einen Schwerpunkt haben. Ich würde mich wirklich lieber überhängen wie die Fratzengesichter an gotischen Domen. Aber wer sich überhängt, kann ja nur ein Spucker und Böser sein. Ich weiß nicht, ob schon deshalb die Wasserspeier solche Häßlichkeit bekamen. Die Fürsten und Heiligen an den Domen standen ja seit jeher aufrecht und auf festen Sockeln.
Die Christen hatten schon immer, sagte ich, die größten Schwierigkeiten mit sich selbst. Einschränkungen, Verbote und Verklemmungen erzeugen Haß und Entladungen. Wer so viel nicht darf, muß zwangsläufig böse sein. Wer gehaßt wird, wird wieder hassen. Die Kette des Bösen, verstehst du, lassen sie nicht abreißen. Überleben, Frank!
Heißt das, sich in Ämter und Häuschen zurückziehen?
Für die meisten schon.

Innenweltschutz, dachte ich.
Ein Wort, das sich nicht so recht durchsetzen will. Wer und was alles greift nach dem Inneren des Kindes. Bei ›Umweltschutz‹ fällt den Erstkläßlern bevorzugt das Beispiel mit der weggeworfenen Bananenschale ein. Da können Leute drauf ausrutschen.
In der Schule ist es verboten, Striemen zu schlagen, zu ohrfeigen, an den Haaren zu zerren; verboten sind Beschimp-

fungen, Beleidigungen und üble Nachreden. Nicht verboten sind der stechende Haß, die Verachtung, das Aussortieren, die Nichtbeachtung, alle Verletzungen der Seele.
Innenweltschutz für das Kind. Wir sind zu ungeübt, als daß uns dabei etwas Besonderes einfiele.

Noch am selben Abend besuchte ich eine Veranstaltung. Zur Einstimmung wurde eine Bildmeditation angeboten. Jesus schleppt ein riesiges Kreuz, auf dem Kreuzbalken hocken hintendrauf ein paar Kerle. Er schleppt sie mit.
Zuerst stille Betrachtung. Alle Augen ruhen auf dem Farbbild an der Wand. Grün und Schwarz herrschen vor. Im Hintergrund Jerusalem. Keine Menschen sonst.
Keiner sagt etwas.
Der will die schassen.
Meine Stimme im Raum.
Ein Priester zuckt zusammen. Stille.
Schassen will der die Kerle.
Was heißt schassen, fragt der Priester und nimmt allen die Frage ab.
Der setzt doch das Kreuz gerade am Boden wie einen Hebel an, um die Kerle im Bogen wegzuschleudern. Das heißt schassen.
Ich war's, der sprach.
Die Veranstaltung war gestört. Erregung hatte die Leute erfaßt. Sie vertraten andere Meinungen: er trägt sie mit, die sind eigentlich gar nicht wert, daß er sie mitträgt, aus Gnade trägt er sie mit, das Kreuz trägt er für sie.
Der will die Kerle schassen.
Ich ging. War ich zu ungeschickt, zu radikal?
Vor Beginn der nächsten Veranstaltung, zwei Wochen später, bekam ich einen Anruf, ich solle bloß nicht erscheinen.
Aber der Wunsch, öffentlich etwas zu sagen, verstärkte sich. Ich hatte doch immer den Mut, meine Meinung zu

vertreten. Immer? Als Lehrer? Als Glaswolleverkäufer? Als Vater? Früher als Schulkind?

Die Schreisucht hatte ich schon in den Windeln.
Die Schreisucht wäre fast dein Tod gewesen, hat mir die Mutter oft erzählt.
Die Frais hat er, sagten die Leute. Ob er sie überlebt? In Öding hätte es den Fraisenpatron St. Valentin gegeben, der um Hilfe angerufen werden konnte.
Meine Mutter hat über die Ferne hinweg zur Himmelmutter von Öding gebetet. Ohne Erfolg.
Frais heißt Furcht und Schrecken.
Verursacht wird sie durch ›Anwünschen‹ oder den ›bösen Blick‹. Es war peinlich genug, wenn ein Kind die Frais hatte. Schon wegen der Schand. Es gab die kalte, fallende, abbrennende, gestoßene, stille und schreiende Frais. Sie trat als Darmfrais, Kopffrais, Sperrfrais, Wurmfrais oder als Zahnfrais auf.

Meine Mutter rannte zum alten Xantner. Er, erzählten die Leute, hat einmal sein Weib aus der Ewigkeit herübergeholt. Da saß seine Alte vor ihm, und er redete mit ihr, aber sie sagte, er solle sie in der Ewigkeit in Ruhe lassen.
Der alte Xantner sollte mich retten.
Meine Mutter mußte mich nackt auf den blanken Stubentisch legen, der verquer in die Ecke des Herrgottswinkels gerückt worden war. Dann verlangte der alte Xantner eine von mir angepinkelte, noch nasse Windel und einen Reißnagel. Er steckte an einem Zipfel der nassen Windel, die sich zu meinem Überlebensglück finden ließ, den Reißnagel durch, bückte sich unter den Tisch hinein und heftete das nasse Tuch von unten an die Mitte der Holzplatte. Ich lag genau über der hängenden nassen Windel, brüllend, und meine Mutter mußte den Raum verlassen; ein Mirakel-

büchlein hatte sie in der Hand, darin sie nachlesen konnte: ein 2järiges piebl, unversechens und augenblickhlich ein fraiß zugestossen, da eß an händt und füessen und am ganzen leib gefixert und gezitert, welches drey ganze wochen tag und nacht aneinander gewest und niemant dem khint leben konnt versprechen.

Die Frais führt zum Tod, früher oder später, sagten die Leute. Meine Mutter lauschte draußen vor der Tür, um zu hören, was der alte Xantner nun mit ihrem piebl machte. ›Ansprechen‹ mußte er mich, um das Böse aus mir zu vertreiben, mit Hilfe der hängenden Windel, die in Richtung Hölle wies, vermutlich als Sündableiter.
Ich überlebte und sollte fortan kein Schreisüchtiger mehr sein.
Auch kein Schreier mehr? Ein Verstummter?

Frank kam in mein Arbeitszimmer. Ein Buch in der Hand. Cäsar fasziniert alle, sagte er. Wie ein Redner für Tausende. Seine Siege, seine Mördereien und sein Abgang! Wer so viele Messerstiche bekommt, wird sympathisch. Seine taktischen und gnadenlosen Kämpfe gegen Unterlegene. Welch ein Ruhm! An solchen Männern werden wir aufgerichtet. Für das Leben.
Ich hasse das auch, sagte ich.
Autorität um der Autorität willen. Damit alles funktioniert und etwas abspringt. Jede Religion, jedes politische System hat Millionen Opfer gefordert.
Du hast recht, die Menschen wurden immer im Hinstarren auf Autoritäten erzogen.
Sonst könnte ja niemand mehr über andere herrschen. Liebe hat schon deshalb keine Chance, weil sie das Herrschen ausschließt. Die Liebe gehört den Herrschern, dem Cäsar zum Beispiel. Ihm gebührt Verehrung. Vercingetorix, den

Führer der gallischen Stämme, der sich mit einem Verteidigungsheer auf einem Bergrücken verschanzte, umzingelte er. Cäsar hatte die Ausdauer und Technik, einen Wall um die Barbaren bauen zu lassen. Die Barbaren, die nichts taten, als Land und Leute zu verteidigen. Cäsar siegte. Vercingetorix schleuderte ihm bei dem demütigenden Ergebungskult seine Waffen vor die Füße. Das war dem edlen Römer zuviel, daß ein Held, der sein Land gegen Eindringlinge erfolglos verteidigt, auch noch stolz ist. Für Jahre verschwand Vercingetorix in einen römischen Erdkerker, in dem er zum Tier verwilderte. Als Cäsar seine Siege in Rom feiern ließ, wurde das Galliertier angekettet durch die Stadt gefahren. Dann gehängt.
Ich unterbrach Franks Rede nicht. Er war wütend.
Allmählich begreife ich, sagte er.
Ich zuckte mit den Schultern. Was sollte ich dem Jungen sagen, der eine eigene Einsicht gefunden hatte? Er wartete auf Antwort, aber ich schwieg, und wir schauten durch das Fenster auf die flachen, schier endlosen Osterwiesen hinaus.
Alles wird jetzt im Herbst grau und erdig, sagte er.
Ja, Frank.

Verstumme ich? Verstümmle ich?
Mir ist dieser Wortzusammenhang noch nie aufgefallen, sagte ich zu meiner Frau. Verstummt sein ist gleich verstümmelt sein.
Ich redete in mich hinein: ohne Verstümmelung will ich leben. Handeln will ich.
Mir fiel ein junger Mann ein, den ich kürzlich gesehen hatte. Ohne Hände und ohne Füße hockte er am Straßenrand. Womit hebt er das Geld im Hut auf? Schöne blanke Stümpfe hatte er, wo die Hände beginnen sollten. Er kann unmöglich seinen Hintern ausputzen, dachte ich. Wie un-

vorstellbar mir der Verzicht auf das Feingefühl der Fingerspitzen ist. Wo die Füße beginnen sollten, hatte er schöne blanke Stümpfe, die er herzeigte. Dabei war sein Gesicht kräftig, fest und rot. Sein Hirn, dachte ich, ist ohne Hände und Füße. Was wäre ein Hirn ohne Füße, Hände, Augen, Ohren, Mund und Zunge?

Am Abend klingelte jemand.
Ach du bist es, Uli, komm rein, setz dich her.
Meine Frau lief mit lauten Tritten die Treppe herab, das blonde Haar hing ihr ins Gesicht, im Näherkommen hob sie die Hand, um es wegzustreichen, ein Röteanflug stieg in ihre Wangen; Uli, schön, daß du kommst. Sie streckte sich aus ihren gewölbten Schultern heraus, ein unversehens aufflackernder Eifer kam in ihre Bewegungen, Kaffee tischte sie auf:
Setzt euch her.
Uli zerbröselte mit seinen Fingern den Kuchen, wir lachten, vergaßen den kalten, grauen Novembernachmittag, mehr leben, sagte meine Frau, während sich das in ihrem Nacken nachlässig aufgesteckte Haar löste.
Menschen begegnen sich durch ihre Nähe, sagte ich und war mir plötzlich nicht sicher, ob sich ein Machtspiel der Zuneigung aufhitzte oder bloß heitere Losgelassenheit im Raum flirrte: wie in einem verjüngten warmen bebenden Körper stand meine Frau da.
Geh heute abend, sagte Uli, mir zugewandt, mit in die öffentliche Gemeinderatssitzung.
Er nahm die fast zitternde Spannung weg, nannte das Kaffeegebäck einen Leckerbissen und schaute mich an, auf meine Antwort wartend: Was hast du dabei für einen Hintergedanken, mir ist es lieber, du erzählst mir davon.
Die Atmosphäre kann man nicht erzählen. Der Bürgermeister hält ein Grundsatzreferat. Du mußt ihn mal hören. Du

mußt überhaupt die maßgeblichen Leute besser kennenlernen. Dazugehören mußt du.
Der Bürgermeister lebt in Scheidung, habe ich gehört, sagte meine Frau.
Das ist eine alte Sache.
Aber ich seh ihn immer mit der Amtskette behängt, auch bei Prozessionen und gleich hinter dem Pfarrer.
Eine Bettfreundin zu haben, stört nicht, sagte Uli, wenn es nichts Schlimmeres gäbe. Steht ja auch in den Geboten des Mose an vorletzter Stelle: ›Du sollst nicht begehren deines Nächsten Weib‹.
Ach so ist das, sagte ich wie erleuchtet, ich dachte, die Gebote hätten gleichen Rang. Auf der ersten Tafel: Das Verhalten zu Gott, auf der zweiten Tafel: Das Verhalten zum Mitmenschen und zu sich selbst.
Nein nein, da gilt schon die Stellenzahl. Neunter Platz ist ziemlich unbedeutend.
Wie wir doch übergenau sind, sagte meine Frau.
Zurück zu den Geboten, forderte ich Uli heraus, ›Du sollst nicht töten‹ steht an fünfter Stelle. Ich denke, das widerlegt dich.
Mose hat doch selbst getötet. Im Zorn einen erschlagen. Und gerecht vor Gott.
Ach, jetzt blick ich erst durch. Darum steht die Sache mit dem Eigentum an letzter Stelle.
Du begreifst es.
Ich komme mit zur Versammlung.

Wir saßen unter altem Gewölbe und tranken Bier.
Im Herbst treffen jedes Jahr Vertreter der Deutschen Bundesbahn-Bezirksdirektion und der Ödinger Wallfahrtskustodie zur Pilgerverkehrsbesprechung zusammen, erklärte mir Uli.
Schon 1960, beteuerte ein Referent, wären 108 Sonderzüge

mit 67 000 Personen und 5700 Omnibusse mit 171 000 Personen herangeschafft worden. Endlich hätte man Lourdes und Fatima in den jährlichen Kommunionen geschlagen und die Aufwärtsentwicklung halte an, das sei alles Sache der guten Organisation. Vor allem die PKW- und Omnibus-Pilger nähmen zu, deshalb müßte bevorzugt der neue Omnibusbahnhof gebaut werden. Die achtundzwanzig Wallfahrtswarengeschäfte verzeichneten gute Umsätze, und das Gaststättengewerbe werde derzeit um einen Hotel- und Gastronomiebetrieb erweitert.
Dann sprach der Bürgermeister über das zukunftweisende Projekt Altstadtring. Man müsse für die Pilger um die heilige Kapelle herum eine beruhigte Zone schaffen und unter den Kapellplatz eine Tiefgarage bauen, Öding lebe schließlich von den Pilgern.
Ich solle mich zu Wort melden, meinte Uli.
Ich schüttelte den Kopf.
Es begann ein Bürgerstreit um die Trassierung der Straße. Ich langweilte mich, und mir fielen zwei Sätze ein, die ich so ähnlich mal gehört hatte: Der Egoist kann Egoisten nicht leiden; sie kümmern sich nicht um ihn. Und: Unsere Beziehungen stehen auf dem Papier, auf dem das Geld gedruckt ist.

Bald gingen wir, und mir schwirrten noch im Gerempel der Menschen die erhofften Zahlen über die Zunahme des Pilgerstromes im Kopf herum, draußen, als wir in feuchtkalter Luft den Kapellplatz durchquerten, stieg mir eine andere Lust auf: eine Art Unwesen treiben, einmal ›spontan tun‹, heimkommen, der Frau wie gewaltsam in einem wilden Gefecht die Kleider vom Leib reißen, den Uli zuschauen lassen. Nicht um ihm einen Gefallen zu tun, sondern um ihr das Lebenslaufschema aufzureißen und in einen verzehrenden, anschwellenden Rausch sexueller Wildheit zu verfallen. Je näher wir unserem Haus kamen, desto unabänderlicher zeigte sich der gedankliche Umschwung: morgen früh war wieder Schule für die Kinder und für mich, es würde für die Frau nur so ein verklärter unechter Empfindungsrest bleiben, kein anhaltendes, ausgelassenes Nachsummen einer Lebenslust.

Ersatzweise stand der Nikolaustag ins Haus, den wir zu einem Familienfest ausweiteten: die Kinder übten seit Tagen auf Klavier, Geige und Blockflöte, meine Frau schuf wunderbares, zartes Backwerk, ich brachte aus der Stadt Nürnberger Lebkuchen, Mandarinen und Nüsse mit. Ich fotografierte fürs Album: die Kinder neben den ausgeschütteten Nikolaussäcken am Boden liegend, die musizierenden Kinder und die Mutter im Kinderkranz.

So viele Nüsse, sagte meine Frau und bemühte sich, nicht auf die über den Teppichen verstreuten Schalen zu steigen.

Kinder müssen lernen, sich durchzubeißen. Einen Biß müssen sie bekommen.

Ach, deshalb bringst du in letzter Zeit so oft Nüsse heim.

Unsere Kinder haben zu lange Brei gegessen. Der war nur zum Schlucken. Sie brauchen harte Äpfel und Nüsse. Aus dem Apfel ein Stück knacksend herausbeißen, das ist mehr, als nur einen Apfel essen. Kinder, es gibt Walnüsse und Haselnüsse.

Die Haselnuß, Klaus, kannst du nicht mit den Zähnen aufbeißen. Nimm doch lieber den Nußknacker. Walnüsse könnt ihr ohne Knacker öffnen.

Auf den Boden legen und draufsteigen, sagte Jürgen.

Mach mal so eine Handquetsche. Mit beiden Händen eine Hohlraumpresse bilden. Leg jetzt zwei Walnüsse rein und drück sie gegeneinander.

Es sind Nüsse aus der Vorjahresernte. Frische Walnüsse heißen auch Schälnüsse. Bei Schälnüssen muß man von den

Nußkernen noch die bittere Haut runterziehen. Als Kind warf ich mit Holzscheiten die Walnüsse von den Bäumen. Dann schlug ich die dicken grünen Schalen ab. Ich bekam dabei grünbraune Finger. Wenn ich die Nußkerne schälte, war ich immer ganz andächtig. Mit den Fingernägeln häutete ich sie, mit meiner inneren Stimme betete ich.
Warum?
Ich war auf Kreuzsuche. Auf Kreuznagelsuche.
Beim Walnußschälen wurde ich fündig. Ich werde von einem Kreuz aufrechterhalten, das mir manchmal wehtut. Am Fensterkreuz hat sich die Nachbarin erhängt. Das Kreuzzeichen schlage ich groß über Stirn und Brust und male es klein auf den Mund. Wenn ich die Beine überkreuze, denke ich an Kreuz. Am Wegesrand ermahnen die Wegkreuze, an Kreuzungen zwingen Kreuze zum Kreuzzeichenschlagen. Um den Hals hängt ein Kreuz, im Hosensack steckt ein Kreuz. Auf jeden Berggipfel gehört ein Kreuz, vom Herrgottswinkel runter grüßt ein Kreuz, auf dem Nachtkästchen steht ein Kreuz, in der Schublade des Nachtkästchens liegt mein Sterbekreuz. Die Altäre sind ohne Kreuz keine Altäre; ich lege mit Zündhölzern Kreuze, kann nicht durch's Fenster schauen, ohne das Fensterkreuz nicht mitzusehen, über die Buttermilch muß ein Kreuz gespritzt werden, auf die Stirn ein Weihwasserkreuz, in die Handschale ein verstecktes kitzelndes Kreuz, auf jede Turmspitze, auf jedes Grab ein Kreuz. Auf der Spinne fand ich ein Kreuz und sogar einen Hinweis in der Walnuß. Wenn ich die grüne klebrige Schälnuß geöffnet hatte, spaltete ich sie in zwei Schmetterlingshälften auseinander, sehr achtsam, um den Kreuznagel in der Mitte zu finden: ein vielleicht vier Millimeter langes weißes Nägelchen, ein Abbild des Kreuznagels des lieben Heilands. Es war der schmackhafteste Teil, den ich nur in der frischen Schälnuß fand.

Ich kaufe immer Nüsse aus der Vorjahresernte, sagte ich zu meiner Frau.
An was man alles denken soll. Kinder, die mit Milch und Brot aufwachsen, werden intelligent und friedlich. Gelbe Rüben machen gute Augen. Vollkorn ist für die Zellteilung wichtig.
Das römische Weltreich soll ja am Genuß von Weißmehl kaputtgegangen sein. Die Germanen, mit Gerste und Hafervollkorn genährt, waren eben stärker. Vielleicht haben wir den Kindern zu selten den Buckel gekratzt, das mummelt sie so ein. Oder wir haben ihnen zu oft den Buckel gekratzt und sie damit so eingemummelt. Breikinder haben keinen Biß. Die schlucken bloß immer. Zubeißen und kauen muß man. Widerstand, verstehst du, Widerstand macht Biß.

Die ersten Schneeflockenwirbel und die überall in der Stadt glitzernden Lichtsterne, monoton gleichreihig an jeder Straßenseite aufgehängt, erregten die Menschen. Vom Christkindlmarkt her schwulten aus den Lautsprechern die Weihnachtslieder, und in der frühen Dunkelheit trugen die Väter ihre Jüngsten an den Duftständen vorbei.

Einen Stern sehen.
Ich übe mit den Erstkläßlern ein selbstentworfenes Spiel. Die Kinder stehen im Kreis; nach einem Xylophon-Vorspiel sprechen sie in verteilten Rollen:

Einen Stern sehen
staunend stehen
nicht alleine gehen
gebt euch die Hand
einer dem andern
wie ein Band

Ein Kind trägt den an einem Stab befestigten goldfunkelnden Stern. Eine Stern-Stunde war die Geburt Jesu, sag ich den Kindern. Wir singen vom Stern, zeichnen den Stern, bilden mit unseren Körpern den Stern, basteln aus Papier Sterne, backen Plätzchensterne und essen Plätzchensterne.
Ich komme mir ganz benommen vor.
Der Christkindlmarkt riecht nach Zuckerwatte.
Ich habe plötzlich die Nase voll.

Wurde ich zum Anpasser?
Gibt es das: im Spiegel durch sich hindurchsehen, sich dann auf's Bett pressen, mit den Fäusten auf die Brust trommeln, Mensch, was machst du, sich in die Ohren schreien und sich doch davonducken?
Verlor ich die Lust an mir, weil ich jedes Vorwärtsdrängen nur im Kopf durchführte?
Habe ich nicht im ersten Lehrerjahr mutiger unterrichtet? Wir berechneten die Innenwandfläche eines kreisrunden Silos. Wieviel Anstreichfläche ergibt es, wenn der Silo 17,5 m hoch ist und einen Innendurchmesser von 4,75 m hat. Eine Einstiegluke mißt 80 mal 140 cm.
Ein 14-jähriges Mädchen störte andauernd.
Schrie ich sie an?
Ich redete von Eigenverantwortung. Sie brächte Freiheit. Im Werkunterricht sägten wir aus Styropor große Buchstaben: wir steuern unser Verhalten selbst. Diesen Satz hängten wir als eine Girlande an die Wand des Klassenzimmers. Wir können den Satz nur stehenlassen, wenn wir uns wirklich selbst lenken können, sagte ich. Wir müssen uns an diesem Motto täglich selbst messen.
Aber bald nahmen wir gemeinsam und etwas traurig die Buchstaben wieder herab.
Wir sind nicht daran gewöhnt, uns selbst zu steuern, sagten die Kinder. Wir haben das nie gelernt. Wir mußten immer

tun, was man uns sagte. Jetzt ist es zu spät. Uns wurden bloß immer die Bücher um die Köpfe geschlagen.

Wie sie dahockten auf den Stühlen: die Folgsamen, still und tot, immer fragten sie, welche Farbe sie beim Malen wählen sollten; die Zerbrochenen, krumm, in sich gefallen, mit ängstlichem Spott im Gesicht, lasch; und die Aggressiven, straffe Frechheit auf der Stirn, mit stoßenden Ellenbogen, maulend, das heißt, zum Argumentieren nicht mehr fähig. Immer wieder versuchte ich, ihnen zu helfen, Deutschstunde, einen kurzen Text las ich vor:
Das kleine Mädchen und der Wolf. Von James Thurber. Das kleine Mädchen erkennt den Wolf in Großmutters Bett und schießt ihn tot.
Alle warteten, wie es weitergeht.
Die Geschichte ist aus, sagte ich.
Das ist aus ›Rotkäppchen‹, meldete sich ein Mädchen. Aber da hat der Wolf das Rotkäppchen gefressen.
Und hier hat das Rotkäppchen den Wolf erschossen. Das ist der Unterschied.
Der Unterschied muß uns nachdenklich machen: sich nicht von Wölfen fressen lassen, sich wehren, versteht ihr, es ist nicht mehr so leicht wie früher, kleinen Mädchen und Jungen etwas vorzuzaubern. Märchen sind nicht bloß Märchen, auch der verdeckte Aufschrei sozialer Not und Unterdrückung sind sie; Rettung aus eigener Kraft oder, wenn die Ohnmacht zu groß ist, Flucht in Wunder und Wunschbilder; darum gibt es so viele Schlösser, verzauberte Prinzen und Prinzessinnen in Märchen.
Vergleichen wir Hänsel und Gretel und Hans im Glück.
Den Notstand erkannte ein Mädchen, die Eltern können die Kinder nicht ernähren, dem Hans wird Gold und alles, was er dafür eintauscht, zur Last. Und, was weiter, will ich wissen. Der Wunsch nach Veränderung treibt an: Kinder

werden ausgesetzt, Hans befreit sich selbst, er löst sich von dem ihm Unwichtigen, und vor dem drohenden Tod greifen auch Hänsel und Gretel an, verbrennen in der Hexe das Böse und befreien sich.
Und Rotkäppchen? Es unterliegt, läßt sich verführen, Gewalt antun, ein fremder Befreier muß es retten.
Das kleine Mädchen bei James Thurber dagegen erkennt den Wolf als Wolf und tötet ihn.

Vor zwei Jahren war das, und nun, bei den Erstkläßlern, schlafe ich da noch beim Morgengebet?
Wir haben zwei Augen. Wir können mit ihnen schauen. Wenn wir nicht sehen wollen, machen wir die Augen einfach zu. Das ist wunderbar und sehr praktisch. Gott, wir sind froh, daß wir die Augen auf- und zumachen können, wann immer wir wollen.

Ich bekam Schmerzen. Ein heimtückischer, fast lähmender, dumpfer Schmerz im rechten Oberarm quälte mich, der mich jede Nacht im Bett schier verzweifeln ließ, der sich in der Schule verstärkte. Und ich griff in dieser vorweihnachtlichen Zeit oft an meinen Mund. Ich hatte Zahnschmerzen. Ich wurde das Gefühl nicht los, jemand hätte mir die Zähne eingeschlagen. Vom Oberkiefer zog ein surrender Schmerz zu den Ohren. Die Lippen kamen mir aufgerissen vor. Ich saugte Luft. Sie kühlte ein wenig. Immer wieder meinte ich, die abgeschlagenen Zähne auf der Zunge zu spüren. Das Geklapper, und wie ich sie wegspuckte.
Der Zahnarzt bescheinigte mir gesunde Zähne.
Nun ist es ein Jahr her, sagte sie, daß das mit meinen Zähnen war.
Ach, wie das furchtbar war, sagte ich und blickte auf ihre kräftigen, schönen Lippen; zum Glück sieht man fast nichts mehr.

Eine kleine Narbe ist schon geblieben.
Sie fuhr mit den Fingerspitzen abtastend über den Mund.
Ein Jahr ist es jetzt her, wiederholte meine Frau, es war noch im Block, kurz vor Weihnachten.
Sie drückte ihre Daumen fest in meinen Oberarm und rieb dann mit den Handballen kreisend auf der Schulter.
Bis ich nach Hause kam, sagte ich, war alles vorbei. Hast du den Mann wirklich nicht erkannt, der dich zusammenschlug?
Es war doch im dunklen Treppenschacht. Und wie unglücklich sich die Kinder in der Klinik an dein Bett stürzten. Weißt du noch, von da an wollten wir unbedingt ein Haus.

Endlich aus dem Block hinaus trieb uns eigentlich Slaziks Tod.
Ich fuhr gerade um die Friedhofsecke, von der aus man zum Eingang des Blocks hinsieht. Ein Notarztwagen hielt vor dem Haus, die Türen wurden aufgerissen.
Meine Frau, meine Kinder, wieder zusammengeschlagen, was ist passiert, rief ich.
Niemand beachtete mich. Ich rannte die Treppen hinauf.
Vor der Wohnungstür kam mir meine Frau entgegen.
Alles in Ordnung?
Ja.
Warum steht der Notarztwagen unten?
Ich erzähle es dir gleich, sagte sie und schob die neugierigen Kinder vor sich hin.
Wir möchten auch wissen, was passiert ist.
Wegen Herrn Slazik ist der Krankenwagen unten, das ist der große ältere Herr vom vierten Stock.
Die Kinder beruhigten sich, kehrten zu ihrem täglichen Ärger zurück: wir müssen die blöden Hausaufgaben machen, jeden Tag eine Seite abschreiben.

Was ist wirklich, fragte ich.
Herr Slazik, der mit seiner Frau doch erst seit drei Monaten im Block wohnt, hat sich im Keller erhängt. Stell dir vor, ich war noch unten in unserem Abteil, da hab ich ihn mit dem Strick in der Hand gesehen. Ich hab ihn als letzte lebend gesehen. Er kam mir so komisch vor. Wir haben uns gegrüßt. Hätte ich doch mehr mit ihm gesprochen.
Slaziks, das sind doch unsere Kellernachbarn.
An unserem Kellerverschlag hing er dran. Einige Holzlatten sind halb abgebrochen.
Wir gingen beide in den Keller.
So wie er gehangen ist, hat er als letztes unsere Marmeladengläser gesehen, sagte ich.
Warum er es wohl getan hat? Er muß einen Augenblick lang durchgedreht haben.
Oder es war schon eine längere Sache. Hier im Block. Vielleicht eine längere schwere Sache und dann der Augenblick, in dem er durchdrehte.

Du mußt mich jetzt öfter massieren, sagte ich zu meiner Frau. Ich hab es nötig, daß du mich richtig lebendig reibst. Glaub mir, sagte ich, seit du damals den Schlag bekommen hast, hab ich oft Schmerzen im Gesicht. Geschwollene Lippen, den Mund voller zerschlagener Zähne, daß es mich würgt.
Diese Vorstellung überfällt mich immer wieder. Ich lenke mich dann auf andere Körperteile ab. Ich denke, in meinen Fingern sind die Sehnen wie gespannte Saiten, in Glasröhrchen gehüllte Saiten, und wenn ich etwas betaste oder mit den Fingern trommle, höre ich feine Töne. Ich mag auch schöne Fersen und freue mich, wenn sie den Stoß des Körpergewichts abfangen. Manchmal berühre ich die Wirbel meines Rückgrates. Ich will sie einzeln spüren und drücke auf jeden scharf mit den Fingernägeln.

Ich merkte, daß es galt, meine Familie zu schützen, und mir wurden Alltäglichkeiten unheimlich.
Wenn die drei Buben beim Plätzchenbacken und Plätzchenausstechen halfen.
Nach dem Model wird die Form, nach dem Model wird die Form, sagte ich im Vorbeigehen. Gedankenlos. Ich nahm die Herzchenform: mit Blechherzchen macht man Teigherzchen. Und stach drei Herzchen aus.
Für jeden eines, sagte ich und schob sie ihnen zu. Mit Blechherzchen macht man Teigherzchen.
Ich hielt mir den Mund zu, erschrak. Sie hörten mit dem Ausstechen auf und schauten mich an.
Macht bitte weiter.
Mit Blechhäschen macht man Teighäschen.
Das kann man immer sagen, meinte Frank.
Blechbäumchen machen Teigbäumchen. Blechglöckchen machen Teigglöckchen.
Meine Frau und ich schauten uns an. Wir gingen ins Wohnzimmer und hörten die Kinder vor sich hinsingen: Blechherzchen machen Teigherzchen. Blechherzchen machen Teigherzchen.

Seit einiger Zeit höre und spüre ich in Wörtern und Sätzen mehr als früher, sagte ich. Mit Sprichwörtern bin ich erzogen worden: Nach dem Model wird die Form. Wollen die Kücken immer gescheiter als die Henne sein. Schuster bleib bei deinen Leisten. Gut getan ist recht getan.
In die Fußstapfen der Vorgänger, Vorbilder treten, wurde auch mir immer angeraten, sagte meine Frau. Im Winter übten wir das Gehen in Holzschuhen. Einer ging im Schnee voraus, und die anderen stapften nach. Bis an den Holzschuhen so viel Schnee klebte, daß wir umkippten.
Du, da bringst du mich darauf, daß wir im Frühling mit den Kindern im Garten das Stelzengehen üben müssen.

Das macht Spaß und gibt ein besonderes Gefühl. So steif und groß dahinstelzen.
Aus einer höheren Sicht so unsicher sein. Meinst du das?
Ich meine das Selbstgefühl.

Blechglöckchen machen Teigglöckchen, hörte ich die Kinder wieder singen.
Sich anpassen, sich Formen anschmiegen. Mit Hand und Fuß und Mund und Gemüt. So bilden sich im Menschen Komplexe. Die Hand an die Kerze legen, die Knie in Beuge halten, die Augen an eine Heiligenfigur heften, die Stimme ans Marienlied ›Meerstern ich dich grüße‹ anschmiegen, das Gemüt an die Melodie des Liedes gewöhnen. Ins Unterbewußte den Komplex Hand an Kerze, Knie in Beuge, Augen an Heiligenfigur, Stimme an Marienlied ›Meerstern ich dich grüße‹, Gemüt an der Melodie des Liedes in sich versenken. Unausrottbar.
So werden die Sehnsüchte gemacht.

Weihnachten ließ uns aufatmen. Ferien und Feste brauchten wir. Meine Frau hatte mit den Kindern Christbaumschmuck gebastelt. Mit Holzspan und Goldflitter. Am heiligen Abend glitzerten von der kerzengeraden, zimmerhohen Tanne Glaskugeln und Silberlametta. Frank las das Evangelium von der Geburt Jesu vor. Zwölf Sternwerfer sprühten auf einmal. Wir küßten und umarmten einander, wünschten ein frohes Fest. Wir sangen, und die Kinder spielten auf Klavier, Geige und Flöte. O du fröhliche Weihnachtszeit. Stille Nacht, heilige Nacht. Endlich packten wir die Geschenke aus. Ich als letzter, die Kinder halfen mir. Sie spielten, hatten glänzende Augen. Meine Frau und ich tranken eine Flasche Wein. Auslese. Aber schon am zweiten Weihnachtstag blieb alles schal. Nichts mehr ließ sich wiederholen. Die Kinder bauten eine Schneeburg.

Einen Iglu mit einem zusätzlichen Mauerring. Sie füllten Schnee in Plastikeimer, stampften ihn fest und kippten die Formen aus den Eimern. Am Abend lehnten sie müde am Fenster und schauten glücklich auf die Burg.
Morgen spielen wir, sagten sie.
Am Morgen war die Burg vom Regen wie zernagt.

Angesichts des Jesuskindes in der Krippe unterm Christbaum und der familiären Genugtuung, Weihnachten war doch wieder schön für die Kinder, drängte sich mir im warmen, auch vom Kachelofen angeheizten Zusammensitzen wieder die Frage auf: Möchtest du noch ein Kind? Ich weiß nicht recht. Ich glaube nicht. Wir haben drei und hatten genug Sorgen. Man gibt das ganze eigene Leben an die Kinder hin. Und man tut es ja gern. Aber für uns bleibt fast nichts.
Als die Kinder klein waren, war es schön. Vor der Schule. Die Schule veränderte alles. Diese Leistungssucht. So von innen heraus können die Kinder gar nicht mehr froh sein. Sie dürfen zu wenig. Überall Verbote.
Ob sie schon schlafen?
Ich hör nichts mehr.
Ich spür dich gern. Du bist warm.
Seit ich die Pille nicht mehr nehme, fühle ich mich besser.
Du hast einen schönen Mund und schöne Zähne.
Das hast du mir schon oft gesagt.

Die Tage zwischen Weihnachten und Neujahr, kühl und regnerisch, der Schnee zerrann wieder, diese Tage, die niemandem gehörten, dem alten Jahr nicht mehr, dem neuen noch nicht, der Schule nicht, aber die auch wir nicht an uns reißen konnten, die so leer, ungebraucht und vom Wetter feucht, austropften, lagen uns mit Glockengeläut in den Ohren. Die Kinder hatten wenig Lust auf Kirchenbesuch,

mir waren längst die Augen übergelaufen, angeschwollen und aufgebrochen, meine Frau hatte Sonntagvormittag mit Kochen zu tun.
Gehn wir doch, sagte ich, weihnachtlicher Schmuck ziert die Magdalenakirche.
Der Altar, umstellt von jungen, mit versilberten Glaskugeln behängten Fichten, sammelte alle Gedanken. Weihnachten gilt für alle. Weihnachten und Jahreswechsel gehen mir immer nahe. Aber die Altarwand wurde mir zur Prellwand, ich rutschte, an ihr haftend, in Erinnerungen ab: Silberglöckchen läuteten an den Christbäumen meiner Kindheit; zu Glöckchen, fiel mir ein, habe ich manchmal Glückchen gesagt.

Der Speisesaal damals in der Klosterkirche, als ich dreizehn war, kam mir immer wie der Abendmahlsaal vor. An den Längsseiten des rechteckigen Raumes ragten hohe Fenster auf, an einer Schmalseite das Kreuz, von großen Heiligenbildern geehrt, darunter stand das Lesepult. An der anderen Schmalseite, also dem Kreuz gegenüber, saß der Rektor. Allein diese Aufstellung faszinierte mich. Wie man doch in einem Speiseraum schon alles klarstellen konnte. Jesus und der Rektor, die beherrschenden Figuren.
Unter dem Kreuz verkündete der Leser am Pult das Wort. Und über allem der Himmel offen, ein bewegtes Deckengemälde, eingetaucht ins Blau, und alles drängte zur Mitte hin, zu Maria. Ich hatte sehr bald heraus, daß die Mitte ihr Schoß war. Unter dieser Darstellung schmeckte ich zum erstenmal ›Frauenschoß‹.
Ich saß in der Nähe des Speiseaufzuges und war gelegentlich eingeteilt, die Schüsseln und Töpfe mit dem Essen aufzutischen. Durch den Schacht hörte man Geräusche aus der Küche, Geklapper, auch die Stimmen der Küchenmädchen.

Auch ihre Stimme.
Hörst du sie, raunten wir uns zu.
Ihre Stimme aus dem Geklapper der Schüsseln herauszuhören, erregte uns.

Einmal schrillte aus dem Aufzugsschacht ein Wehschrei, der uns erschreckte. Wir saßen starr da, und ich hielt den Schöpflöffel in der rechten Hand, den ich gerade in die tiefe Suppenschüssel getaucht hatte. Ich rührte mich nicht. Das Schreien hielt an. Ein sehr schneidendes, dann stöhnendes und heulendes Schreien. Alle blickten zum Aufzugsschacht. Ich drückte den Schöpflöffel fest auf den Boden der Schüssel und füllte ihn bis zum Rand. Dann führte ich ihn zu meinem Teller. Es gab Erbsensuppe. Von dem grünen, ziemlich heißen Brei stieg Dampf hoch.
In dem Augenblick, in dem ich den großen blechernen Schöpflöffel mit Erbsensuppe in meinen Teller kippte, preßte sich aus dem Schacht ein zuerst brüllender, dann erlöster, entkrampfender Aufschrei. Endlich ein hastendes, stöhnendes Atmen, das wir in der Stille hörten.
Ja, es war ihre Stimme. Ich hatte keinen Mann, ich hatte keinen Mann, schrie sie, angestrengt keuchend.
Mir schoß es durch den Kopf: eine Geburt. Sie hat in der Küche ein Kind geboren, während ich aus dem Schöpflöffel die grüne Erbsensuppe mit einem apfelgroßen Zahnrad kippte.
Ein Zahnrad in der Erbsensuppe. Das lenkte die Aufmerksamkeit meiner Tischnachbarn auf meinen Teller. Inzwischen schloß ein Pater den Aufzugsschacht. Der Rektor ordnete laut den Vorleser an, ans Pult zu gehen.
Vierzig Märtyrer in Rom, zwei Märtyrer in Kleinasien, ein Bekenner in Südfrankreich.
Wir erfuhren immer, wo und wann in den Jahrhunderten Christen als Märtyrer oder Bekenner starben.

Eine Märtyrerin in der Küche, dachte ich.
Ich sah ihr rötliches Gesicht, wenn sie täglich scheu zur Kommunionsausteilung vorging, aus der Bank hinter mir heraus. Ich spürte den Luftsog, wenn sie vorbeihuschte. Sie war doch nicht dick, sie war doch nicht dick.
Mir blieben Rätsel.

Ich war oft hungrig, aber es widerte mich an, trockene Erbsenkugeln zu essen, die zur Schulspeisung aus einem blechernen Schöpflöffel in meinen Teller geschlagen wurden. Sie füllten meinen Mund als stumpfe bittertranige Masse, die ich mit der Zunge hin- und herrührte, nicht schlucken konnte, sondern ausspuckte. Ich spie den Brei, der sich nicht einspeicheln ließ, und die noch runden, unzermalmten grünen Kugeln in eine Kiste an der Wand der Turnhalle. In der Kiste lagen blaue kopfgroße Bälle. Einer war in zwei Halbkugelschalen auseinandergebrochen, und ich sah, wie der ausgespuckte Erbsenschleim in den gespaltenen Ball rann.
Noch nach Monaten ekelte ich mich, wenn ich an das Breiausspeien dachte und träumte, daß ich den Samen durch einen Schlitz in das weibliche Ei gespien hätte. Aber ich konnte doch damit das Mädchen nicht geschwängert haben.
Das Wort hat sie geschwängert, dachte ich.
Im Anfang war das Wort und das Wort war bei Gott und Gott war das Wort. Vom Wort im Johannes-Evangelium wurde sie in der Kirche am Schluß der Messe geschwängert. Wäre sie in der Bank vor mir gekniet, hätte ich es zwar doch sein können, denn die tägliche Morgenerektion verdankte ich dem Johannes-Evangelium: die nicht aus dem Blute, nicht aus dem Verlangen des Fleisches, noch aus dem Wollen des Mannes, sondern aus Gott geboren sind.
Geboren werden konnte man aus dem Blute, dem Verlan-

gen des Fleisches, dem Wollen des Mannes und aus Gott. Das erregte mich täglich aufs neue.
Aber sie kniete hinter mir, und ich hätte es nie gewagt, mich auffällig nach ihr umzudrehen. Nur das Wort konnte sie geschwängert haben, das Wort Gottes in der Kirche.

Sie wurde heimlich weggeschafft. Die Geburt des Kindes im Kloster blieb verschwiegen. Fliehen mußte sie sofort mit dem Kind. Dabei kreischte mir ihr Rufen im Ohr nach: ich hatte keinen Mann, ich hatte keinen Mann. Und sie war auch nicht dick. Niemand hatte von ihrer Schwangerschaft etwas gemerkt. Jeden Tag ging sie im Mittelgang der Kapelle zur Kommunion vor. Mit rotem Gesicht allerdings. Das Besondere wurde mir erst allmählich klar: wie ein Erlöser wurde das Kind gezeugt, geboren, vertrieben. Mit Zeichen verbunden. Das große Zahnrad in der Erbsensuppe. Ich erfand eine Botschaft: Erbsensuppe, grün, tausendfach, gedeihen, wachsen. Zahnrad, drehen, Kraft, weitergeben.

Dreißig Jahre später sehe ich mich manchmal um, höre genau auf junge Männer hin; ob sie Neues zu sagen haben. Und da und dort glaube ich, meinem Erlöser zu begegnen: wenn einer von Toleranz spricht, von Freiheit und Selbstverantwortung, ohne neu zu verführen. Da und dort, ich bin sicher, begegne ich ihm, dem stillen Erlöser, dessen Geburt ich damals durch den Speiseschacht miterlebte.

Jedes Kind als Erlöser ansehen, sich von den eigenen Kindern erlösen lassen und die Kinder erlösen!
Daheim zerrissen wir die Enge des Hauses, wir stürmten in den dünnen frischen Schneeteppich hinaus, bewarfen uns mit Schneebällen, die Kinder wälzten sich im Schnee, wir rieben uns gegenseitig die Gesichter ein, rollten dicke

Schneewalzen, sprangen hinein, daß wir darin versanken. Rotgesichtig, erhitzt, wild atmend lag ich minutenlang im Schnee, mir geht die Puste aus, schnaubte ich, die Kinder aber hatten nicht genug, sie bombardierten mich mit Schneegeschossen. Ich mußte mich ins Haus retten.
Laß sie tollen, sagte meine Frau. Ihre Körpergefühle und Spiellust, wie selten können sie sie ungetrübt genießen.
Durch das Fenster sahen wir, wie sie weitertobten, wie Tiere fielen sie aufeinander los, schrien vor Lust.
Ich wärmte mich am Kachelofen auf.
Die Schule zwingt sie in einigen Tagen wieder zum Stillsitzen; die Aggressionen müssen raus, sagte meine Frau.
Die Schule leistet die Herstellung eines ganz normalen Charakterkrüppels, sagte mir einmal ein Kollege. Und damit die Herstellung eines ganz normalen Menschen.
Schau hinaus, sie vergraben sich im Schnee.
Sie sahen uns hinter der Scheibe lachen und bewarfen nun das Glas mit Schneebällen.
Natürlich riß es mir den rechten drohenden Zeigefinger in die Höhe.
Noch nie haben sie eine Scheibe eingeworfen; es wird schon nicht gleich krachen, sagte meine Frau.
Da weiß ich etwas von Max und Moritz. Kinder dürfen über die beiden lachen, aber sie ja nicht nachahmen. Da gibt's die Frage, ob die beiden Eltern hatten? Unsterbliche Kinder müssen sozusagen auch unsterbliche Eltern haben. Wilhelm Busch, wenn ich mich recht erinnere, gab selbst die Antwort:

Max und Moritz
diese Knaben
hör' ich, sollen Eltern haben.
Einen Er und eine Sie –
nämlich Scherz und Phantasie.

Da haben wir's. Scherz und Phantasie. Alle, die nur ähnliches versuchen, verschroten wir zu Entenfutter.

Meine Frau brachte heißen Tee. Ich hatte mich umgezogen, fühlte mich nach der Schneenässe nun in einer Hitzeaufwallung warm und durchglüht. Die Kinder schlugen die flach über den Bach gepreßten Schneewächten herunter; die Schneebrocken schwammen wie Eisberge davon.
Wir schmiedeten Pläne: ob wir es uns leisten können, im Sommer an den Gardasee zu reisen, oder sollten wir lieber mit den Kindern zum Zelten in die Berge fahren? Auch hier am Ort müssen wir uns wohler fühlen, sagte meine Frau, ich gehe manchmal in die heilige Kapelle und bete für unsere Kinder.

Leben kam ins Haus. Klaus und Jürgen spielten mit den Nachbarkindern, Uli brachte ein Stück Christstollen, Frau Taim erzählte uns, wie sehr sie sich auf das Kind freute.
Willi kam. Sie sollten das Dach nicht vor lauter Übermut wegsprengen, sagte ich zu den Jungen. Nein, aber einen Prozeß wolle er anstrengen, rief Willi.
Gegen wen und in welcher Sache?
Gegen den Staat natürlich.
Unheimlich, was ihr vorhabt.
Ob sonst niemand auf die Idee käme, den Staat zu verklagen, weil die Schule den Kindern ihre natürliche Lebens- und Lernfreude zerstört. Die Jugend hätte das Recht, die Besitz- und Streßgesellschaft abzulehnen. Die Schule hätte wohl kein anderes Ziel, als die Kinder für die Vermarktung herzurichten, für das Leben ›fertigzumachen‹. Wenn für Andersdenkende kein Platz in dieser Gesellschaft wäre, würde er lieber freiwillig abspringen.
Der Willi macht mir Sorgen, sagte meine Frau, und Frank auch.

Wir konnten auch in den Ferien der Schule nicht entrinnen, konnten uns nur für Stunden den Zugriffen dieses Ortes entziehen, die Kinder zählten die freien Tage, denen die unfreien folgten. Ich spürte das Würgende, das uns allen am Hals lag, war hier nichts zu ändern, ich wollte mit Leuten vom Ort sprechen, einem Priester und einem Kollegen.

Im Chorherrenstock machte ich einen Besuch. Am Korridorende, in der perspektivischen Flucht, sah ich ein lebensgroßes Kruzifix (sooft ich mir das Wort Kruzifix auch vorsage, in guter Absicht, es bleibt ein Schimpfwort; als Fluchwort habe ich es ja kennengelernt).

Die Tür, in die ich hineinwollte, stand einen Spalt offen. Ich hatte den Fingerknöchel zum Anklopfen schon bewegt, als ich stockte. Ich hörte ein Wimmern, hielt den Kopf in den Spalt hinein und sah, über die Rückenlehne eines Sessels hinausragend, den Oberkörper eines dunkel gekleideten Mannes. Die Brust nach oben gereckt. Im zurückhängenden Kopf der offene Mund, umspannt von enger, blatternarbiger, fahler Haut. Der Schädel fast kahl. Die Lippen wie in den zahnlosen Mund gefallen, so daß sie beim Ausstoß des Atems flatterten. Den Körper, schien es mir, streckte er weg. Der Kopf kreiste, und als er röchelnd die Luft wegblies, rann Speichel aus dem Mundwinkel. Über dem grauen Schädel tanzten ekstatisch seine offenen Hände einen Kreiseltanz. Stirbt er?

Ich zitterte vor Erschrecken, wollte hinein, stockte: er lebt. Ich kam mir fehl am Platz vor, schlich rückwärtsgehend davon und brachte das Bild nicht mehr aus dem Sinn: das Entzücken im grauen, stöhnenden Gesicht. Warum Entzücken? Ich meinte, noch eine andere Stimme gehört zu haben; das Geschmeichle, den Atem und die Bewegungen einer Frau? War nur meine Phantasie daran Schuld, daß ich mir seinen weggestreckten Unterleib nackt vorstellte?

Verwirrt stand ich auf dem Platz, kam mir wie in einer drehenden Lostrommel hin- und hergeworfen vor, fühlte mich schwindlig und lehnte mich einen Augenblick lang an die Holzverschalung des barocken Marienbrunnens an, eines Salzburger Geschenks an Öding. Ich bildete mir ein, die dünnen Wasserrinnsale plätschern zu hören, und beschloß, auf den Besuch beim Kollegen zu verzichten.

Wie unversehens brach der Silvestertag herein, frostig; feiner grießeliger Schnee fiel. Ausklang. Ich wollte nichts tun, nur dem Tag eine friedliche, gelassene Stimmung geben. Alle badeten, wuschen sich die Haare. Am frühen Nachmittag gruben die Buben leere Bierflaschen in den Schnee als Abschußrampen für den Raketenzauber. Zwei Flaschen Sekt stellte ich kalt, sortierte den Wein. Welchen Wein mir das neue Jahr bescherte, wußte ich, er lag im Keller.
Ich umarmte die Kinder, blätterte in Büchern, räumte den Schreibtisch auf. Abschiedsstimmung wegen dieses Wendepunktes.
Meine Frau kam herein. Wie verwandelt, mit frisch gerichteten, goldgelb schimmernden Haaren, Glanz im Gesicht, im dunklen langen Abendkleid verjüngt und schlank, mit nun auch veränderten Bewegungen, schwingend. Ich starrte sie an, hing an ihrem ebenmäßigen schönen Gesicht. Du, sagte ich.

Am Christbaum flimmerten die Lichter, wir brannten die restlichen Sternwerfer ab, die Kinder hüpften immer wieder nach draußen, die ersten Böller krachten, hie und da barst am Himmel ein grellbunter Lichtpilz. Die Kinder zündeten die Fackeln an, zum erstenmal gingen sie allein in die Silvesternacht hinaus, in die Osterwiesen. Ihre flakkernden Feuer konnten wir verfolgen.
Der Abend wurde lang, das neue Jahr, die ersten Wünsche

stellten sich ein, völlig ungenau ausgesprochen: alles solle gut gehen. Gesundheit. Meine Frau legte eine Schallplatte auf. Ein paar fast vergessene Tanzbewegungen. Da kamen die Kinder zurück, rotgefroren, mit abgebrannten Fackelstümpfen, stampfend: Wärmt euch auf, gleich ist Jahreswechsel.
Ich kramte plötzlich in meinen Schulsachen, suchte einen Zettel, Silvestergedanken, die eine Schülerin meiner früheren siebten Klasse aufgeschrieben hatte:

Hau ab!
Ich hab's satt
in Erinnerung
ohne Schwung
zu verharren.
Wir sind Narren,
wir treiben,
wenn wir stehenbleiben.
Das Leben fliegt –
nicht, wenn wir es leben.

Das alte Jahr liegt im Sterben, Kinder, nur noch Minuten. Der Sektkorken knallte, das Naß rann über die Kelchgläser, die Kinder wollten hinaus.
Zuerst muß es Mitternacht sein.
Das Runterzählen begann, auch am Fernsehschirm, der jetzt in bunten Luftballonbildern mitflimmerte: Prosit Neujahr! Die Gläser klirrten, wir umarmten einander, die Kinder entschlüpften unseren Liebkosungen: wir müssen die Raketen hochjagen. Farbregen fiel auf uns herab, ein glückliches neues Jahr.

Zwei Tage war das neue Jahr alt, vergähnt, verschlafen: Wer am Neujahrstag viel arbeitet, muß das ganze Jahr viel arbeiten. Die Kinder wollten keinen Gottesdienst besu-

chen. Frank bastelte am Mokick herum, das er seit dem Spätherbst unbenützt ließ: Willst du jetzt im Winter fahren, auf den glatten Straßen?
Der Wind pfiff den ganzen Tag, prallte an unser Haus. Eiskalt. Die Zwillinge spannten an eine lange Stange mit Querrippe ein Leintuch als Segel: Was habt ihr denn vor? An den Kettcar bauen wir das Segel. An den Kettcar? Ja, der Wind treibt uns auf der Straße. Im Winter fährt man doch lieber mit dem Schlitten. Nein, wir wollen mit dem Kettcar segeln.
Später sah ich sie auf der schmalen Straße ein Stück vor unserem Haus durch die Osterwiesen auf dem Segelkettcar im Eiswind fahren.

Abend. Ich verriegelte das Haus, ließ alle Rolläden herunter, zog die Vorhänge zu, schürte den Kachelofen heiß.
Es klingelte. Zwei Polizisten vor der Tür. Ein Blitz quer durch den Körper: Was ist geschehen?
Sind Sie der Vater von Frank?
Ja.
Er ist verunglückt. Mit dem Mokick. Kommen Sie sofort ins Krankenhaus.
Lebensgefahr? Dieses, dem sekundenschnellen inneren Zusammenbrechen entgegengeschrieene Wort: Lebensgefahr!
Nein.
Frank, schrie ich zu meiner Frau hin, er ist verunglückt.

Wir standen vor ihm. Sein Kopf war eingewickelt, Arm und Beine waren geschient. Eine Schnittwunde klaffte von der Stirn über die Augenbraue und Wange bis zu den aufgerissenen Lippen.
Kind, wie ist das passiert?
Er konnte nicht sprechen.
Eine halbe Stunde lang war er bewußtlos, sagte der Arzt.

Ungefähr fünfzehn Minuten lag er auf der Straße.
Der Kopf, fragte ich ängstlich.
Schädelbruch, aber es sind keine Knochen ins Hirn hineingedrückt. Es sind drei Bruchrisse.
Eine Pause entstand. Warum sagte niemand etwas? Und warum griff er heute zum Mokick? Bei dem Eiswetter. Meine Gedankenraserei. Die Zwillinge, gerade heute fiel ihnen das Kettcarsegeln ein. Die Unruhe der Kinder: einmal tun, was man will. Frank, tat er, was er wollte? Wollte er? Was? Mokickfahren. Sicher! Und? Absicht? Nie! Wie käme er dazu? War er bei Willi? Ja. Absprung? Mir ist alles gleich. Nein! Und nicht so. Nie!

Er ist offenbar unschuldig, hörte ich den Arzt sagen. An der Kreuzung hatte er die Vorfahrt. Der Pkw kam von einer Seitenstraße raus. Ihr Sohn flog durch die Luft und wurde auf ein drittes, entgegenkommendes Fahrzeug geschleudert, dann auf die Straße. Vermutlich riß es ihm beim Aufprall auf den Pkw den Helm vom Kopf. Vier Wochen muß er mindestens im Krankenhaus bleiben, dann noch zwei Wochen zu Hause.
Soviel Schulausfall, dachte ich gleich.
Schädelbruch, sagte meine Frau völlig ermattet. Wir berührten seine Wangen.
Frank, alles Gute.

Das Haus kam uns leer vor.
Wie ein Kind fehlt, obwohl wir noch zwei um uns haben. Man denkt eben ständig an Frank.
Wie soll das bloß mit der Schule weitergehen?
Denk doch jetzt nicht an Schule.
Du hast recht.
Dann sagte ich nichts mehr, aber ich dachte an die Schule. An die Schulangst der Kinder. Der Lateinlehrer fiel mir

ein, wie er hautnah beim Vokabelabfragen oder Übersetzen neben Frank steht, den rechten Arm schon ausgestellt und abgeknickt, Zeigefinger schußbereit: falsch! Frank, angstverkrampft, wird in der Sitzhocke ganz steif.

Maul gab Frank Nachhilfe in Latein. Schon im Block. Er wohnte links ein Stockwerk über uns. Wenn ich auf unserem Balkon stand – ich konnte diese Betonscharte nie bewohnen –, sah ich ihn oft im Korbsessel behaglich schaukeln, den er an die Betondecke geschraubt hatte. Auch wenn ich mich von der Straße her dem Block näherte, konnte ich Maul im Korbsessel in der Betonscharte schaukeln sehen.
Er war ein gefürchteter Lehrer.
Ein Terrorist, sagten die Schüler.
Ein autoritärer Spinner, der die Kinder niederschrie. Ohne Geduld und Einfühlungsvermögen.
Mir wurde, sagte er, die Linealkante auf den Kopf geschlagen, wenn ich eine Vokabel nicht wußte. Nur die Einser- und Zweierschüler erkannte er an. Du kannst ja gar keine Zwei haben, sagte er zu Frank, du hattest ja in der letzten Schulaufgabe eine Fünf. Du kannst ja gar nicht ›gut‹ sein.
Meine Studienräte, sagte mir der Oberstudiendirektor, betrachten ihren Beruf als Job. Als nichts sonst.
Maul machte Frank fertig. Im Job.

Seine Frau bekam ein Kind, erzählte mir ein Kollege auf der Straße, ein Mädchen.
Was? Ich wußte gar nicht, daß eins unterwegs war.
Ein ziemlicher Schock für die Familie.
Warum?
Es ist ein Sechseinhalb-Monats-Kind. Kaum lebensfähig. Es steckte so lange. Sauerstoffmangel.
Man wird das Kind aber wohl drüberbringen?

Maul ist ganz nervös. Er hat Angst, sein Kind könnte einen Hirnschaden haben. Wäre doch besser, es könnte sterben, meint Maul, sagte mir sein Kollege.
Ich nickte.

Wir fuhren wieder zur Schule. Klaus und Jürgen saßen bei mir im Auto.
Am Nachmittag besuchen wir Frank in der Klinik, versprach ich ihnen.
Ich wußte sie wieder unter den Händen der Lehrer.
Unter den Händen von Lehrern und Erziehern sein. Solche mit Talaren waren es bei mir früher, die ständig das Brevier vor die Augen hielten. Die Brevierbeter. Wenn ich auf das Klo mußte, wurde ich bestraft. Kannst dich wohl nicht beherrschen, was?
Einmal war bei der Ausgabe der Fundsachen im Internat eine vollgepißte Unterhose dabei. Wem gehört diese Unterhose? Der Pater hob sie hoch, mit Daumen und Zeigefingerspitze ein paar Fransen berührend. Niemand meldete sich.
Wem gehört diese nicht ganz saubere Unterhose?
Ein Schmunzeln. Einige kicherten.
Ich finde die Wäschenummer nicht, sagte er. Schau du mal.
Ein nebenan sitzender Junge zog die Hose auseinander und fand die eingenähte Nummer: 108.
Wer ist 108?
Keiner meldete sich. Bis ein Geflüster um einen blonden schmalen Jungen einsetzte. Du bist doch 108. Du doch.

Zweiundzwanzig Stunden des Tages mußten wir schweigen. Zweidutzendmal am Tag beteten wir in sich ständig wiederholenden Wörtern. Ich konnte schweigen und beten. Ich war wie stumm.
Der redet ja nichts, sagten die zu Hause zu mir.

An mir vorbei sagten sie es den anderen.
Dann hab ich heimlich im Duden jeden Buchstaben und jedes Wort nachgelesen: A (Buchstabe), a – Ar und Aall (norw. Philosoph), Aasblume – und hielt 680 Seiten bis Zz (Zinszahl) und z. Z. (zur Zeit) durch. Ich schrieb die Wörter, die ich für mein Denken und Sprechen für wichtig hielt, in Hefte und bekam sieben Hefte voller Wörter: mißlingen, profan, tolerant. Und redete heimlich, vorwiegend beim Radfahren, am liebsten mit Goethe.

Den ganzen Schulvormittag schossen mir die Gedanken durch den Kopf, und ich dachte, ich könnte in meiner Ohnmacht am ehesten meinen Erstkläßlern helfen. Noch vor Schulschluß klopfte Herr Stösser an die Tür. Er wolle seine Tochter Angelika abholen. Ich ging mit hinaus. Mit zärtlicher, aber heftiger Aufforderung verlangte er vom Kind, es solle sofort ins Auto kommen.
Am Nachmittag rief er mich zu Hause an.
Er lud mich zum Skifahren ein, auf eine Hütte in fast 1800 m Höhe. Danke, sehr schön, aber Frank ist in der Klinik, die Schule und der Alltag halten uns in Atem. Gerade deshalb mal raus, meinte er, die erste Sektion kommt man mit der Gondel hoch, in der zweiten Sektion bringt uns ein Lift bis zur Hütte.
Schön, daß Sie an mich denken, aber danke.
Ich kann schon wegen der Gondelfahrt nicht, dachte ich hinterher. Gondel sperrt mich ein. Die Enge zwischen Menschen und Skibrettern erwürgt mich.
Zum Skifahren, sagte ich meiner Frau, hat mich Herr Stösser eingeladen.
Mach doch mit, du kommst mal hier raus.
Dann möchte ich auch die Kinder mitnehmen. Aber ich kann schon nicht, weil es in der Gondel hinaufgeht.
Du meinst, du hältst es in der Gondel nicht aus?

Wenn ich bloß daran denke, schnürt es mir die Luft ab.
Aber das bildest du dir bloß ein.
Nein, Enge bringt mich zur Zeit halb um.
Komm, wir besuchen Frank, sagte meine Frau.
Sie nahm mich wie ein Kind an der Hand, riß mich fast zum Haus hinaus, in großen Schritten sprang sie zum Auto: ich glaube, heute geht es Frank schon besser.
Er war umringt von Mitschülern. Willi war darunter. Ich ermahnte Frank, den Kopf ruhig liegen zu lassen. Später kannst du sonst, wenn du dich jetzt nicht schonst, immer Kopfschmerzen haben.
Er lachte, wandte sich seinen Freunden zu, und, aufgemuntert von soviel Herzlichkeit der jugendlichen Besucher, faßte auch ich Mut und kehrte vom Krankenhausbesuch zuversichtlich heim: alles wird gut.
Den Zwillingen machte ich Hoffnung auf einen Skiausflug auf die Hütte des Herrn Stösser.
Du mußt doch zuvor in die Gondel, lachte meine Frau.
Wenn die Buben dabei sind, übersteh ich das schon.
Klaus sagte, Papi, du mußt meinen Deutschaufsatz unterschreiben.
In mir sackte wieder etwas zusammen, ich atmete durch, stützte mich an der Stuhllehne ab: was hast du Schönes geschrieben, Klaus?
Das Papier war übersät mit roten Spuren. Hauptsächlich das W häufte sich. Wiederholungsfehler. Die Schüler mußten wörtliche Rede üben. Klaus hatte auf Verlangen des Lehrers zu Hause die verschiedensten Ersatzwörter für ›sagte‹ gesucht: entgegnete, meinte, erwiderte, versetzte, antwortete, wiederholte, murrte, flüsterte.
Es war peinlich, wie auffällig er das verlangte Abwechslungsprinzip befolgte. Umständlich und gespreizt wirkte der Text.
Es kam aber, für das Kind fast unvermeidbar, trotzdem

mindestens je zweimal ›entgegnete, meinte, erwiderte, versetzte, antwortete, wiederholte, murrte und flüsterte‹ vor. Und immer beim zweiten Mal stand ein rotes W dabei. Zum Haareausreißen, dachte ich. Du hast dich wiederholt, sagte ich.

Ich stieg die Kellertreppen hinab, trat ›Kellerasseln‹ tot: von der Ferse her senkte ich den Fuß, bis es knackste, sah dann, wie der Kopf am Boden klebte, wie der Hinterleib und die Beine noch zappelten. Wie sie ›geigen‹, dachte ich, ging weiter, drehte Weinflaschen, las Etiketten: eine Auslese, weil es Frank so gut geht.
Ich gab mich ganz der Betörung hin, dem süßen, heftigen Wein; einen Rosenstrauß hatte meine Frau ins Wohnzimmer gestellt. Immer wenn sie es nicht mehr aushielt, schenkte sie sich selbst Rosen als Aufforderung und Belohnung fürs Durchhalten. Aber trotziger und unwiderstehlicher war ihr ›Sich-Schönmachen‹, wenn sie alles hinwarf, ins Bad ging und wiederkam wie eine Fürstin, Schmuck um Hals und Arme, den Nacken frei. Ihr Gesicht erschien mir jugendlich. Ich spürte für Augenblicke ihre jetzt freie Lebensfreude und legte eine Platte mit alten Liedern auf. Und während ich mich noch über ihre sonst so bekümmerten Augen wunderte, die mich jetzt kräftig und liebevoll anschauten, umarmten wir uns schon, und ich empfand unsere Liebe so innig, daß ich meinte, sie müsse auch für unsere Kinder ein Schutz sein.
Lange lagen wir auf dem weichen Teppich, atmeten heftig, bis uns endlich eine Entspannung durchrieselte.

In der Nacht krümelte ich mich in das Bettnest, eine Kugel, die geringste Fläche nach außen. Träume rissen mich wieder auf, streckten mich, bis ich mich wieder willentlich zusammenrollte.

Unterrichtsstunde. Der Lehrer teilt Blätter aus, die Schüler schreiben auf die Schulaufgabenbögen Name und Datum, werden in eine isolierende Sitzordnung gesperrt, Bücher und Mappen als Trennwand zum Nachbarn hin aufstellen. Text durchlesen. So viel! In den verbleibenden vierzig Minuten. Der Lehrer redet noch immer, gibt Ermahnungen, erwartet ein sekundenschnelles Stiftweglegen, wenn sein Stopruf kommt. Er redet vom richtigen Zeiteinteilen und sagt, daß, wer vom Nachbarn oder von einem Spickzettel abschaut, eine Sechs bekommt. Es verbleiben noch fünfunddreißig Minuten. Sein Startkommando.

Kinderhirn, Kinderfinger, Schweiß. Wo fange ich an?

Doris hat Weihnachtsplätzchen geschenkt bekommen. Am ersten Tag ißt sie zwei Drittel des Vorrates, am zweiten Tag sieben Achtel des Restes. Dann hat sie noch zwei Plätzchen. Wieviel hat Doris insgesamt geschenkt bekommen? X-Ansatz!

Ich nehme einen Zettel. Das verstehe ich nicht. Sieben Achtel Weihnachtsplätzchen des Restes.

Ich esse Plätzchen und sie schmecken.

Der Lehrer sieht zitternde Hände. Vielleicht war der Stoff doch zu wenig geübt? Ich meinte, denkt er, wenn ich jetzt die Schulaufgabe bringe, bekomme ich den richtigen Schnitt. Dreikommafünf bis vier. Achtung, Stifte weg! Kein Geflüster. Arbeiten einsammeln.

Klaus 5, Jürgen 5.

Ein Schockspiel ist das, mehr üben, schrie ich und fuhr im Bett hoch.

Ach so, ich hab geträumt. Wie man bloß so echt träumen kann. Ich hab geträumt, daß Klaus und Jürgen schon ins Gymnasium gehen.

Die Zeit ist bald da, sagte meine Frau.

Wie man bloß so echt träumen kann.

Ich gebe zu, ich bin verletzbar. Aber ich will nicht länger Wunden haben.
Ich weiß, ich bin Körper und Hirn und das Leben- und Denkenkönnen daraus. Ich muß wieder zur Welt kommen. In Umarmungen ›Mensch‹ denken. Schützen muß ich mich vor den Verletzungen, Verstümmelungen, dem zu frühen Sterben und Totsein.
Immer wieder durchatmen, aufstehen, durchatmen, über die Stirn wischen, ein- und ausatmen. Den Mund probehalber bewegen: ich kann sprechen, kann Wörter sagen. Gedanken um die Erde spannen. Den Beleidigungen, Angriffen, Ermattungen, die mich dem Nichtsein näherbringen, widerstehen. Wie aus einem dumpfen Rausch ziehe ich die Schleier vom Gesicht, betaste die Haut, öffne die Augen, sage: Ich, denke an die Lebenden: lebe.

In der Frühe schippten Klaus und Jürgen den frischen Schnee der Nacht an den Zaun und schleuderten ihre Schulranzen in den Kofferraum des Autos. Ich rief meiner Frau zu: Grüße Frank, nimm ihm Orangen mit, Orangen sind wie Sonne, wie Leben. Sag, ich besuche ihn morgen. Gerade wollte ich die Autotür zuschlagen, da sah ich Herrn Taim; meine Frau eilte zu ihm hin.
Das Kind war schon tot, hörte ich ihn sagen. Welches Kind?
Frau Taim kam gestern abend ins Krankenhaus, sagte meine Frau und deutete mir an, wieder auszusteigen; aber das Kind war abgestorben.
Ach, wie schrecklich, ihr hattet euch doch so gefreut.
Ich schüttelte den Kopf, stand wortlos da: als ob es sich hatte verweigern wollen. Einfach das Leben, das wir bieten, gar nicht erst annehmen.
Ein Mädchen war es.
Es tut uns so leid.

Mir fällt es schwer, meine Erstkläßler in Disziplin und Stille hineinzuzwängen, Reagierpuppen aus ihnen zu machen. Wir setzen uns in einen Kreis, singen, schunkeln, trommeln, dann üben wir Rechnen. Einigen fehlt das Vorstellungsvermögen für Zahlen. Mit bunten Plättchen, die sie auf der Bank schieben und abzählen, gelingt es: sieben minus drei ist gleich – ohne Plättchen tasten sie nach den Fingern, ohne Finger rufen sie zuerst spontan eine beliebige Zahl, dann ängstlich eine andere beliebige Zahl. Nein, Herbert. Ich lege meine Hand auf seinen Kopf, er schiebt wieder Plättchen, ja, meine Hand in seinen Haaren streichelt, nein, das ist wieder falsch, schau, meine sich sträubende Hand, aufgestellte, abgespreizte, sich verkrallende Finger, eine abgesenkte Handmitte, nein, Herbert, meine spinnenfingrige krabbelnde Hand: Spinnenhand auf seinem Kopf. Ich ziehe sie sofort weg.
Noch in der Schule, am Pult, prüfe ich die Häßlichkeit der zur Spinne verformten Hand: abgetauchte, am Boden kriechende Handmitte, steil aufgestellte krabbelnde Finger; giftig kommt mir meine sich anschleichende Hand vor.

Frank geht es gut, ich hab ihm auch Bücher zum Lernen mitgebracht, sagte meine Frau. Das ist doch schön, jeden Tag kommt ein Schüler aus der Klasse ins Krankenhaus und hält ihn stofflich auf dem Laufenden.
Geht es ihm wirklich gut?
So den Umständen entsprechend, wie man sagt. Aber Frau Taim ist schwach und ganz zerbrochen. Stell dir vor, Herr Taim bekam einen Anruf wegen der Beerdigung des totgeborenen Kindes. Totgeborene und Nichtgetaufte, sagte der Mann am Telefon, verscharren wir gewöhnlich an der Friedhofsmauer.
Verscharren hat er gesagt? Da braucht's nicht mehr als Totengräber, Schaufel und Kind.

Ja. Herr Taim hat dann die Nachbarpfarreien angerufen, ob da ein Pfarrer bereit sei, ein totgeborenes Kind anständig zu begraben.
Und?
Nach Heiligenstatt kann er es bringen.

Mir schießen Sätze durch den Kopf, vereinzelte, die nicht zusammenpassen wollen: Die Kirche: sich hemmungslos auslügen. Der Satz wird niemand bewegen. Aalglatt. Wer kann uns schon! Solange wir an die Kinder kommen, an die lebenden, pflanzen wir uns fort. In den Kindern pflanzen wir uns fort. Setzen die Sehnsüchte wie Duftmarken. Daß sie ständig nach den Duftmarken suchen müssen. Zwanghaft müssen. Nicht loskommen. Ein Leben lang nicht. Die sollen es nicht besser haben.
Wer hemmungslos belogen wurde, wird wieder hemmungslos lügen.

Die Kinder schrieben ihre Hausaufgaben. Stille im Haus. Ich begann die Zeugnisse zu tippen: Gabriele mangelt es weniger an grundsätzlichen Fähigkeiten und Intelligenz als an Ausdauer, Fleiß, Gründlichkeit und Gewissenhaftigkeit. Ihre Schwächen sind hauptsächlich darauf zurückzuführen. Sie fehlte oft im Unterricht und versäumte viele wichtige Stunden. In Mathematik erreichte sie kaum ein Vorstellungsvermögen; sie rechnet nur durch Abzählen der Finger. Im Lesen ist sie ungeübt, aber nicht völlig unfähig. Der gesamte Leistungsstand und ihre fehlende Leistungsbereitschaft gefährden ein Vorrücken in die nächsthöhere Klasse.
Sechseinhalb Jahre ist sie alt. Einmal erzählte sie mir, sie hätte zugeschaut, wie die Mama nackt und gebückt war und ihr ein fremder Mann seinen Schwanz von hinten in den Leib gestoßen hat.

Nur das Geklapper meiner Schreibmaschine rappelte. Wenn ich anhielt, Stille. Ich schaute nach meiner Frau. Sie zog sich um.
Ihr müßt auf mich einen halben Tag verzichten, sagte sie, ich muß mal hier raus.
Es ist schon Mittag vorbei.
Ja, es kann spät werden. Zum Abendessen findet ihr genug.
Ich sah, wie sie versuchte, die verzehrende Angst aus dem Gesicht fortzulächeln, wie sie sich dann nachschminkte, die Haare in lockere Wellen auskämmte; ich fahr diesmal mit dem Auto, wenn du es entbehren kannst, ich komme bestimmt gut wieder heim.
Immer wurde ihr Körper schmaler, gestraffter, wenn sie wegfuhr, sie ließ vom Gesicht das Graue, Vergrämte herausfallen, innerhalb von Sekunden nur und mit einem Röteanflug. Mit einem Ruf zu den Kindern: Seid fleißig und geht bald zu Bett, ging sie, winkte mir zu, schob das Haus mit einer Handbewegung weg und fuhr davon.
Ich steckte mit den Kindern Schaschliks, wir brieten sie in der Pfanne, verschmorten sie etwas; Kopfsalat richteten wir an, es schmeckte uns.
Nun, bitte ins Bett.
Wir können nicht einschlafen, wenn Mami nicht da ist.
Sie besucht alte Bekannte. Wir gönnen ihr doch die Freude und Abwechslung.
Gute Nacht, Kinder. Schaltet die Musik bitte bald ab.

Ich tippte wieder Zeugnisse, Lob und Anerkennung für die meisten, gute Leser, gute Rechner, aber das Unbehagen und die Ungewißheit machten mich nervös: ich trank ein paar Schnäpse, holte vom Keller eine Flasche Wein herauf, Riesling, Spätlese. Was aus den kleinen Beeren auf gutem Grund und nach später langer Sonne herauszuholen ist, dachte ich.

Wo war sie? Sollte ich sie wieder nicht fragen? In die Nacht hinein fortbleiben, das hatte ich nicht erwartet. Sollten wir öfter zusammen wegfahren? Ihr Sich-Schönmachen, braucht sie das bloß für sich, für das Gefühl, ich bin noch eine schöne, begehrenswerte Frau?

Ich duschte, schlüpfte in den Bademantel, sah im Fernsehen die letzten Nachrichten an, schaltete ab, da hörte ich das Auto.

Ruckartig zog ich die Haustür auf, Kälte fiel herein, schwungvoll kam sie: schön war es, leider spät geworden, in München war ich, die Straßen frei. Als sie hereinkam, riß sie frische Luft mit, hatte Frische, ich band den Bademantel enger zusammen, Wein, ja, ein Glas Wein möchte sie. Ihr Gesicht war nun weiß, glatt, der Mund ohne Rouge. Ich trank einen Schluck Mineralwasser, holte dann eine zweite Flasche Wein: auf die Lebensfreude! Ihr Gesicht, für eine Stunde vielleicht noch froh und ungezwungen, dachte ich, auch ohne Spiel, echt und ungewohnt heiter.

Wir müssen mehr Lust am Leben haben, sagte sie, das ist alles, und ging hinaus und kam in ihrem schönsten Nachthemd wieder, zart, die Haare offen und schulterlang.

Möchtest du mal einen anderen Mann haben?

Vor lauter Arbeit keine Zeit, sagte sie heiter, aber wenn sich mal irgendwo eine nette Gelegenheit ergibt, warum nicht? Und nach einer Pause: Was hältst du davon, wenn ich mich operieren lasse?

Was sagst du?

Ich könnte mich operieren lassen, wie das andere Frauen auch tun. Wir haben ja schon drei Kinder.

Ach, das meinst du.

Die Eileiterdurchtrennung wird durch den Nabel gemacht. Man sieht hinterher gar nichts. Und wir könnten immer richtig zusammensein. Wäre doch für beide schöner. Oder nicht?

Das überlasse ich dir allein. Das betrifft ja vor allem dich. Weißt du, ich will kein Kind mehr.

Um sieben Uhr früh klingelte das Telefon.
Frau Stösser, ja bitte?
Ich werde ab jetzt jeden Tag die Angelika in die Schule bringen und auch wieder abholen. Wenn mein Mann das Kind möchte, dürfen Sie es ihm nicht geben. Das Kind lasse ich ihm nie. Es wird mir zugesprochen.
Lassen Sie sich denn scheiden?
Wir leben jetzt getrennt. Aber das Kind will ich. Sagen Sie vor dem Richter aus, daß das Kind zur Mutter gehört. Bitte.
Beruhigen Sie sich und verstehen Sie, daß ich Ihr Kind nach Schulschluß nicht festhalten kann. Mir tut Angelika leid, ihr junges Leben ist wichtig und muß Liebe und Halt finden.

Ihr Mann kam ihr beim Abholen des Kindes zuvor.
Sie lebt ja schon in München bei ihrem Liebhaber, sagte er. Warum will sie das Kind hier wegreißen? Sie hat alles, will auch noch die Kinder, liebt ihren eigenen Körper leidenschaftlich. In jedem Zimmer hängt ein großer Spiegel, damit sie sich nackt bewundern konnte. Im Sommer lief sie oft stundenlang in Haus und Garten nackt herum. Und ich gönnte ihr auch den Liebhaber, da wir mit den Kindern so viele Sorgen hatten und auch Geldnöte, aber ich sagte, sie müsse bei der Familie bleiben. Wir haben doch noch ein kleines behindertes Kind.
Das weiß ich nicht, gestand ich.
Es kann die Hände und Arme nicht recht gebrauchen.
Die Hände sind verkrüppelt.
Ach Gott, sagte ich.
Sie verläßt die Kinder. Aber ich weiß, wie geil sie ist, ich

hab immer wieder Briefe in die Hand bekommen. Sogar die Weiber untereinander haben sich aufgegeilt, am Telefon oder in Briefen. Auch die Metzgerin, bei der sie mal arbeitete. Die Weiber haben ihre Hosen ausgezogen und sich gegenseitig den halben Schweinerücken zwischen die Beine geklatscht. Mit Wucht und beidhändig haben sie sich den Schweinerücken zwischen die nackten Beine geschlagen.
Für die Angelika müssen wir den besten Weg finden, sagte ich.
Die Einladung zum Skifahren hat mit dieser Sache nichts zu tun, kommen Sie doch mit, herrlich, oben auf fast zweitausend Meter Höhe.
Ein so flotter Fahrer bin ich nicht, mal sehen, die Schule, ich rufe an.

Ich wischte mir über die Stirn; andere Leute haben ähnliche und andere Sorgen. Die wilde Angelika, streitsüchtig und anschmiegsam, rannte oft raus in der Klasse, warf sich an mich. Die Schwester mit verkrüppelten Händen, die schöne leidenschaftliche Mutter mit Liebhaber und Gespielin. Ist das Flucht in die Lebenslust? Oder Suche nach Rückgewinn der Lebenslust?

Daheim schaute ich alte Fotos an, Familienbilder. Wie die Zeit dahinrennt: Schau, damals, die Kinder, so lieb, und du, eine sehr schöne, junge Frau. Einen besseren Fotoapparat möchte ich, einen mit Belichtungsautomatik und präziser Optik. Es ist so wichtig, Erinnerungsfotos zu haben, von den Kindern, von sich selbst. Es ist doch unheimlich, wie es davonläuft, das Leben, nur Pflichten und Schule.
Schule, sagte meine Frau, hast du nicht wieder mal Seminartag?
Doch, morgen. Ich muß noch die Unterrichtsvorbereitungen nachschreiben.

Nachschreiben, von den gehaltenen Stunden?
Ja, als Nachweis.
Du brauchst sie nicht für die Stunden?
Nein, bloß als Nachweis.

Der Seminarrektor teilte Arbeitsgruppen ein, vergab Kurzreferate, nannte Fachliteratur.
Du hast da ein Buch von Ivan Illich, fragte Ingo.
Ja, sagte ich. Er hatte in einer Art Abfangstation in Mexiko durchreisenden Missionaren und Entwicklungshelfern das Schämen beigebracht. Sie sollten sich abgewöhnen, Indianern unsere Ideen und Produkte zu verkaufen: jeden Tag um sieben Uhr früh beginnt der Mensch zu arbeiten, auf Vorrat wirtschaftet er, Besitz und Leistung geben ein so besonderes Gefühl, und es springt dabei etwas ab. Schrubb mal schnell den Platz in der Hütte, wo der Kühlschrank hinkommt.
Warum ›hatte‹, fragte Ingo.
Was meinst du, wie viele versucht haben, den Störenfried zu vertreiben?
Hört damit auf, raunzte Bernd, so ein lästiges Thema.
Ach, ja. Ich zuckte mit den Schultern. Lehrer, sagte ich, sind ja engagiert, Kinder gewöhnlich, gehorsam, funktionell und berechenbar zu machen. Was sollen wir mit soviel kreativen, spontanen und kritischen Köpfen tun? Die machen doch bloß Scherereien.
Zurechtweisen, forderte Ingo, Aufgaben stellen, strafen, dann klappt es.
Dieses Allesthema Lehrer- und Schülerverhalten, sagte ich. Ich rechne bei der Prüfung mit einem Streß-Thema. Bin ich gestreßt, sagen ja schon die Grundschüler. Das rotiert doch alles: Leistungsdruck, die ständige Angst vor Noten, die eigentlich ja Bewertungen sind, Tadel, Beklemmungen, Schweiß, Verweigerung.

Verweigerung als Notbremse, sagte Ingo. Dem Kind fällt nichts mehr ein. Dem faulen Kind. Schulaufgaben sind ja nicht Proben dafür, ob ein Kind den Stoff beherrscht, sondern dafür, ob es den Nerv hat, eine Prüfungssituation zu bestehen.
Es gibt doch schon Anti-Streßmaßnahmen, rief Bernd dazwischen. In der ersten Klasse keine Ziffernnoten mehr. Hilfen für den einzelnen. Und die Musik- und Bewegungsstunde für die Kleinen.
Ja, Bernd, da bist du am besten, lachte Ingo. Hast ja einen Gruppenleiterkurs gemacht. So mit Gesang und Gitarre. Fang gleich an: Auflockerung eines Trainingsseminars. Wie damals in der Hütte: Scheiße auf der Kirchturmspitze bröckelt ab bei großer Hitze, Scheiße in den Einkaufstaschen hält die Kinder ab vom Naschen.

Frank durfte nach Hause.
Das Blut wirbelte in mir: Frank, wie gut, daß du wieder da bist.
Er humpelte, die Gesichtswunde war schön verheilt. Eine Narbe hast du halt, sagte ich.
Er schaute sich im Haus um, wie einer, der nie dagewesen ist. Alles berührte er. Lange saß er in seinem Zimmer, hörte Musik. Meine Frau trug ihm das Essen hinauf.
Am Abend versammelten wir uns um ihn: Bleib liegen, die Umstellung, gewöhne dich erst allmählich ans Gehen.
Ab morgen muß er verstärkt anfangen, den versäumten Stoff nachzuholen, sagte ich später zu meiner Frau.
Die Mitschüler haben ihm ja eine Menge Arbeitsblätter ins Krankenhaus gebracht.
Ich fürchte, er hat trotzdem Lücken. Zu lange hat er im Unterricht gefehlt. Es wird eine Plage für ihn werden. Zuletzt könnte es ihm so gehen, wie es mir Kollege Knopf erklärt hat: Der geschundene Mensch ist der erzogene. Hu-

manist und Altgrieche ist er. Das griechische Sprichwort könne man auch übersetzen mit: Der, dem die Haut abgezogen wurde, der Gehäutete, ist der Erzogene. Und wenn es schon die alten Griechen sagten, wie wahr muß es dann sein.
Ich gehe morgen ins Gymnasium, sagte meine Frau, vielleicht kann ich von den Lehrern den Stoff erfragen.
Aber wir wußten die Auskünfte und Antworten schon vorher: Schwer werde er es haben nach sechs Wochen Schulausfall.
Der Oberstudiendirektor verlange strenge Notenschnitte, sagte der Mathematik-Lehrer. Öffentlich würde er das zwar verneinen, aber wenn er als Referendar den Schülern gute Noten gäbe, bekomme er vom Schulleiter in seine Akten schlechte Noten. Ein Lehrer, der mit der Klasse gute Noten erzielt, kann ja kein strenger Lehrer sein. Also kein guter Lehrer.
Das kannte ich.
Da lügt sich doch jeder raus, sagte Frank, der Oberstudiendirektor ist doch wie Seife in der Hand. Einmal flutscht er oben raus, einmal unten. Halt den mal fest.

Kinder denken als Kinder. Sie haben ihre Erfahrungen und Meinungen so lange, bis sie die Erfahrungen und Meinungen der Erwachsenen nachahmen. Dann sind sie erwachsen und reden auf ihre Kinder ein, damit die wieder erwachsen werden.
Ich setzte mich an meinen Schreibtisch, blätterte wieder in Erstkläßlerheften. Lehrer sind staatlich organisierte Kindbereder. Was die alles den Kindern vorreden. In einer Klasse mit dreißig Kindern redet der Lehrer über die Hälfte. Einer redet über die Hälfte, dreißig teilen sich die andere Hälfte.
Dabei hat mir einmal einer gesagt, Unterricht sei Antwort.

Nicht selten redet der Lehrer drei Viertel von allem Gesprochenen. Und er deutet mit den Fingern, gestikuliert, blickt auffordernd oder tadelnd, schreitet hin und her, redet, daß ihm die Spucke davonfliegt.
Er wischt dann so nebenbei, wenn er sieht, daß seine Spukke ein Kinderheft bekleckst hat, die Spucke selbst weg. Manchmal fliegt seine Spucke den Kindern ins Gesicht, und sein Speichel klebt an Kindermündern. Dann wischen die Kinder selbst schnell mit der Hand hin.
Es kommt vor, daß er ihnen die Augen vollspuckt, und die Kinder reiben sich die Augen wieder klar. In meiner Schulzeit mußte ich mir oft die Augen klarreiben. Durch den Druck der Finger auf die Augäpfel entstanden bläschenartige, schimmrige und wandernde Flechten, so daß mir die Augen völlig getrübt waren.
Unter uns Kindern war nichts verächtlicher, als die Augen zugespuckt zu bekommen. Eine schnell aus gerollter Zunge dem anderen ins Gesicht gespritzte Ladung Spucke war dann am vernichtendsten, wenn sie das offene Auge des anderen traf. Daß er nichts mehr sah. Ich hab ihm das Auge zugespuckt, ihm ein Glasauge gespuckt! Eine ärgere Ehrvernichtung gab es nicht.

Am Abend feierten wir Franks Heimkehr. Es war Faschingszeit; die Kinder hatten ihre Zimmer mit bunten Girlanden, Papierschlangen und Lampions geschmückt. Kerzen brannten, Räucherstäbchen glimmten, ein Rock-Sänger schrie aus den Boxen.
Am Wochenende könnten wir doch mal ausgehen, sagte ich zu meiner Frau. In Maske. Es gehen viele in Maske. Wenn ein Maskenball ausgeschrieben ist, kommen alle in Maske. Es ist eben Vorschrift. Aber es sind geputzte, ordentliche und teure Masken.
Frank legte eine neue Platte auf.

Father and Son, sagte er, ein gut verständlicher Text.
Flehend und bittend fast kam mir das Lied vor: Es eilt nicht, zu verändern, entspanne dich und nimm's leicht. Du bist jung, das ist dein Vorteil, es gibt viel, was du noch wissen mußt. Such dir ein Mädchen, mach dich seßhaft, wenn du willst, kannst du heiraten, schau mich an, ich bin alt, aber glücklich. Ich war einmal wie du und weiß, daß es nicht leicht ist, still zu sein.
Frank übersetzte uns den Text des ganzen Liedes, ein Gespräch zwischen Vater und Sohn; nun ist da ein Weg und ich weiß, daß ich ihn gehen muß, betonte er.
Ich gestand ihm zu, die Kraft der Jugend liegt in ihren Träumen, und wer ihre Träume kaputtmacht, macht ihre Jugend kaputt.
Andere Musik war meiner Frau und mir dann zu laut. Klaus und Jürgen stampften die Rhythmen, sie klatschten, schwangen ihre Körper. Wir zogen uns ins Wohnzimmer in die Kachelofenecke zurück.
Sie sollen sich ein bißchen ausleben, die Kinder. Wenn man sie bloß loslassen könnte ins Leben hinein, ohne die Zwänge und Erniedrigungen. Und wir sollten auch lockerer leben, Fasching, laden wir doch Leute ein. Mit Uli macht es doch wirklich Spaß, das Zusammensitzen und Plaudern.
Es könnten auch einige mehr kommen, sagte meine Frau.
Möchtest du eigentlich mal mit einem anderen Mann schlafen?
Du fragst mich schon wieder danach.
Ich mein es bloß so. Im Fasching ein Abenteuer.
Ich weiß nicht. Das käme drauf an. Gefallen müßte er mir, und ich müßte in Stimmung sein. Sonst nicht. Möchtest du denn mit einer anderen Frau schlafen? Mal zum Ausprobieren? Die meisten Männer in deinem Alter versuchen's doch, sagt man.
Man hat doch gar nicht Zeit und Lust und Laune, an etwas

anderes als Arbeit und Schule und Normerfüllung zu denken. Musterverhalten vorzuzeigen. Ich glaub auch, die Scheu vor anderen Körpern ist groß. Wenn wir jemand begrüßen, die Hand geben wir her, ja, aber wer umarmt schon den Freund herzlich? Da hat mir Knopf erzählt, er hätte als Kind ein Kunstlexikon mit Farbdrucken und Papierkleidchen bekommen.
Warum mit Papierkleidchen?
Seine Mutter hatte vorher alle Nackedeien eingekleidet. Adam und Eva bekamen Hose und Schürzchen. Stell dir ›Das Paradies‹ vor, Ausschnitt aus dem Garten der Lüste von Hieronymus Bosch, welche Kleberei. Mit den Fingernägeln hat Knopf die Kleidchen weggekratzt, von unten nach oben oder von oben nach unten. Die Erregung, wenn er über die weißen Schenkel schabte. Aber oft sei das Papier eingerissen, es sei nur ein faseriges Gelbweiß übriggeblieben und nichts zum Schauen. Bei einer Freilegung sei er auch sehr enttäuscht gewesen: bloß zwei kleine Schwellungen mit rosa Pünktchen.

Wie scheu sind wir, einander zu berühren. Christen berühren einander nicht.
Hier, in Öding, gibt es kein Kino. Man verhindert es seit Jahren. In Filmen werden Berührungen gezeigt. Menschen, die sich umarmen.
Ersatzweise kann man im Gymnasium hier, in der Aula, ›Arsen und Spitzenhäubchen‹ anschauen. Filme, in denen getötet wird, sind anschauenswert. Liebe, Umarmen, Berührung sind zum bloßen Glücklichsein hier immer noch Sünde. Nur auf Gebot und Befehl hin keine Sünde. Bis ich das verstand.
Das Gespür für den eigenen Körper fehlt ganz und gar. Für dieses Sinnengehäuse, durch das allein ich lebe.
Einmal küßte ich, in der Badewanne sitzend, meine beiden

Knie. Sie kamen mir wie fremde Knochen vor. Auch als ich sie ableckte. Und ich hatte den Eindruck, ich sei eine Kuh, die ihr knochiges Kalb beleckt.
Es soll eine Kultur geben, sagte ich nun wieder laut zu meiner Frau, in der das Fest der geschlechtlichen Begegnung und ihrer Freuden tanzend und singend und liebend gefeiert wird.

Ich legte mich hin, war halbwach, hatte Lebensträume, die sich in Farbspielen spiegelten, rot und grellgrün hinter den Augenlidern. Dann ein weit zurückfallendes Erinnern; Alkohol entrückte mich der unmittelbar fühlbaren, schmerzenden Angst, tauchte mich in dumpfes Halbschlafen ab.

Gegen Kriegsende trug ich einmal eine Gasmaske. Die großäugige, rüsselige Form, die lippenlose Blödigkeit erschreckte mich. Ich prüfte, ob die seitlichen Abschlüsse eng am Gesicht sitzen, und merkte, daß der Gummirand wie ein Riemen auf meine Haut drückte. Sehr aufmerksam sog ich Luft ein und röchelte sie wieder weg. Ich kam mir wie eingeweckt vor und war froh, als ich die glotzköpfige Maske endlich vom Gesicht ziehen durfte.
Ich konnte frei atmen.
In der Maske hatte ich Atemnot, Erstickensvorstellungen.

Als ein Nachbarjunge ins Eis brach und unter den Schollen starb, erwürgte mich fast die Vorstellung, wie er im kalten Wasser ohne Luft noch verzweifelt gegen das rauhe grüne Eis schlug.
Mich überfiel auch immer die Angst, scheintot im Sarg zu liegen. Sich seiner bewußt sein, keine Hand rühren, keine Lippe bewegen, kein Auge heben zu können. Nur die Gedankenraserei im Hirn.
Und ich probierte aus, an wieviel Dinge man in einer Mi-

nute denken kann. In dieser Minute, die mir in Atemnot noch zu leben bliebe. Ich dachte an über hundert Dinge. An alle Ereignisse und Möglichkeiten im Leben.

Einmal wäre ich beinahe ertrunken. Traumhaft torkelte ich im mich umschmeichelnden, ziemlich warmen Wasser. Die leeren, grifflosen Bewegungen ins weiche Wasser hinein waren wie melodisch fließendes Fühlen. Ein Gespür der Verwandtschaft mit dem Wasser hatte ich. Eigentlich war es eine Seligkeit, wenn ich mich recht erinnere. Bis ich wieder auf Leben hoffte, als mein Kopf draußen war und ich gierig nach Luft schnappte.
Da erst kam die Atemnot.
Ich kann nicht durch Tunnels fahren. Zimmerschluchten mit Türen beklemmen mich. Vor allem, wenn an den Türen Namenschildchen, Titelschildchen hängen.
Ich greife dann an meinen Hals und denke daran, wie mich einmal ein Freund erwürgen wollte. Die Engstelle Hals, die Angststelle Hals, die so unwichtig zwischen Kopf und Körper ist, nur Leitungssysteme hat. Am Adamsapfel kann man einen totdrücken.

Ich schnellte im Bett hoch, rang nach Luft, griff an den Hals, riß die Schlafanzugjacke von der Brust, atmete ziehend und laut ein, hatte Herzklopfen, keuchte mit schweißvollem Gesicht ans Fenster, das ich weit öffnete. Gott, sagte ich.
Aber das bloße Wachwerden reichte nicht aus, um mit einem Zurückwerfen des Kopfes die Angstbilder zu verscheuchen; selbst wenn ich durch das Haus ging und die Lichter anknipste, war das ein nachtwandlerisches Dahinschlürfen, die lähmende Benommenheit machte mich trunken, und kaum hatte ich mich ins Bett gelegt, schaukelten mich wieder sanft die Angstwogen weg, die mich im

Traumtanz forttrugen. Erscheinungsbilder schwebten als helle Lichtkulissen vorbei: ich ließ mich gefangennehmen.

Wie ich mich immer von Erscheinungen verblüffen ließ.
Ich wohnte mit meiner Mutter im ersten Stock; Wohnküche und Schlafraum. Der Fußboden der Wohnküche war mein Spielplatz. Als ich einmal von den Holzscheiten, die ich aufgetürmt hatte, hochblickte und im Fenster, von dem ich wußte, daß es aus dieser Lage nur den blauen Himmel, die Wolken oder die Nacht zeigte, einen Mann sah mit schwarzem Zylinder, lachendem breitmundigen Gesicht, in schwarzer Jacke mit großen Knöpfen, da erstarrte ich vor Schreck. Diese Höhe, dachte ich. Ich wagte es doch nie, aus dem Fenster hinabzuspringen. Wie riesig mußte der sein.
Er winkte mir zu, zeigte eine topfgroße Schuhcremeschachtel, grinste. Aber er mußte mein Erschrecken gemerkt haben, denn er drehte sich um und ging steif davon. Ich erhob mich aus meiner starren Bückstellung, schlurfte in Hocke zum Fenster und sah seinen langen Körper, die stelzigen schwarzgekleideten langen Beine. Unfaßbar.

Wie ich mich immer von Erscheinungen verblüffen ließ.
Tonsur hieß der kreisrunde, hostienklein geschorene Ort am hinteren Scheitel, den die Patres als heiligen Kopfschmuck tragen. Einmal sah ich im Treppenhaus von oben herab auf eine Tonsur.
Der nackte kleine Hautfleck glänzte wie geölt. Es war fast Sünde, eine Tonsur von oben zu sehen. Wie etwas Verbotenes, etwas Sexuelles.
Einem Mitschüler, flink, nett, klein, mit einem Mittelscheitel, der uns die nackte Kopfhaut ahnen ließ, rissen wir an der Tonsurstelle die Haare aus. Täglich zupften wir ihm ein paar Haare aus. Wer in einer Gruppe hinter ihm stand,

zupfte. Wenn er sich drehte und wehrte, kam wieder einer hinter ihm zu stehen, der schnell ein Haar auszupfte. Wer hinter ihm saß, auf der Treppe hinter ihm ging, rieb mit der Fingerkuppe in zwei, drei Drehbewegungen seine Tonsur glänzend. Es war jammervoll anzusehen, wie er litt. Und ich merkte, daß Tonsur an sich nichts Würdevolles hatte, sondern ein Gespött war, und ich hätte zu gern einmal, wenn ich mich über die Treppenbrüstung lehnte, auf die Tonsur eines Paters gespuckt.

Ich brauchte lange, bis ich die Faszination des Schott-Meßbuches loswurde. Der Mehrfarbendruck auf dem seidenfeinen Papier, der vertiefte hohle Goldschnitt und die farbigen, samtenen Einmerkbändchen wirkten auf mich, wenn ich damit hantierte, seltsam erhebend. Beim Lesen und Beten und Auswendighersagen entstanden mir tausend Bilder. Ich wollte diese Zwangsbilder loswerden. Aber es half kein Schütteln und Abstampfen. Ich konnte nicht vergessen. Die Bilder waren in meine Gehirnfäden eingeknotet.

Es war Krieg oder es war auch der Krieg schon vorbei, und ich sang manchmal: Maikäfer flieg, der Vater ist im Krieg, die Mutter ist in Pommerland, Pommerland ist abgebrannt, Maikäfer flieg.
Ich suchte im Atlas Pommerland, das ich mir flach und grün und mit abgebrannten Häusern vorstellte. Immer wenn ich einen Maikäfer in die hohle Kugel der zwei Handschalen eingesperrt hatte und den harten Rücken des krabbelnden Tieres spürte, wurde mir so elend. Da fing ich an zu singen: Maikäfer flieg, und ich ließ ihn aus einem Loch zwischen Zeigefingerwurzel und Daumeninnenseite herausschlüpfen, der Vater ist im Krieg, streckte ihm den anderen Handrücken hin als Pommerland, abgebrannt, flieg. Immer flog er. Als wenn es immer derselbe gewesen

wäre. Mir kam der Reim befreiend vor, flieg, flieg, und grausam, Vater im Krieg, Krieg, und selbstzerstörerisch, Pommerland, abgebrannt. Pommerland übersetzte ich mit Vaterland.
Ich sagte meinem Freund: Du, ich hab ein Buch, da sind Bilder vom Pommerland drinnen. Ich hab es gelesen, und die Bilder von Menschen und Pferden sind schön. Schau, ich blätterte, da kommen gleich die Bilder, es sind viele.
Pommerland, Vaterland, flieg, Krieg, abgebrannt.
Todesangst kam mir immer, ich griff an den Hals.
Wo sind denn die Bilder, fragte der Freund.
Es sind mindestens fünf oder sechs ganzseitige Bilder von Menschen, Bäumen, Häusern und Pferden. Pommerland. In diesem Buch. Ich hab es gelesen.
Es ist kein einziges Bild drinnen, sagte mein Freund.

Aus der Frostnacht taute ein neuer Tag heraus. Über den Osterwiesen stieg vom dünnen Schnee, aus dem der Kot der Äcker in Häufchen schwarz herausragte, der Nebel wie Dampf auf, und durch die nasse Luft brodelte das Licht der Sonne. Schräg über mir wirbelte sich aus dem grauen Brei ein schimmriges Weiß heraus, bis endlich die wäßrigen, gelbweißen Strahlen durchstachen, die mir das Wasser in den Augen zusammenlaufen ließen.
Eine Stunde später sah der Himmel wie ein blaßblauer Hohlschild aus, den jemand leihweise, so kam es mir vor, vor mein Gesicht hielt. Ich atmete tief. Woanders, dachte ich, scheint die Sonne jeden Tag. Ich setzte Sonne mit Lebenskraft gleich, Süden mit mehr Lebenslust, drehte mich plötzlich schwungvoll um, rannte ins Haus und rief meiner Frau zu: Leben will ich.

Fasching im Keller. Wir hatten Einladungen ausgegeben, und die Gäste kamen verkleidet. Lauter Ehepaare. Auch ein Torero und seine Frau. Er mit einem roten, schwarz besäumten Umhang, den er im Tanzwirbel von der Schulter riß und seiner Frau entgegenhielt. Sie tanzte in das Tuch hinein, daß sich ihr schlanker Körper darin einwickelte. Als sie sich aus dem Tuchwickel wieder herausdrehte, sah ich ihre schmalen Hüften und die zuckenden Bewegungen ihres Unterleibes. Ich blickte bis zu ihrem Gesicht hoch, das von einem weiten Hut umspannt war. Der Hut war wie eine riesige bunte Blüte über ihrem Körper.

Ihr wurde das Kind aus dem Leib herausgeschnitten, flüsterte mir Lucie ins Ohr. Es war schon tot. Die Ärzte haben das Kind im Mutterleib zerstückelt. Richtig herausgeschnitten haben sie ihr das Kind. Ein abgestorbenes Kind im Mutterleib mit Werkzeugen mechanisch zerstückeln. Und das Kind blutet vermutlich noch im Leib.

Wir rückten an den zwei Tischen eng zusammen; ich spürte die festen Waden Lucies an meinem Schienbein. Prosit, vergnügt euch, wie ihr wollt.
Es ist schon etwas los in Öding, sagte der schwarzhaarige Torero, dessen weißes glattes Gesicht mir gefiel, Maskenbälle und Kaffeekränzchen genug. Man lernt dann die Leute mal anders kennen.
Aber eben doch wieder in Maske, unterbrach Lucie, deren Gesicht schon jetzt glühte.
Gewiß ist es ein besonderer Ort, sagte ich, hat ihm doch sogar Tucholsky einige Zeilen gewidmet.
Wirklich?
›Die Macht der Wissenschaft‹ überschrieb er den Artikel. In Bayern sei es gelungen, ein System zu entdecken, das jede von Gott nicht gewollte Wallung der Geschlechtlichkeit zunichtemache. Das Rezept dazu hatte eine hier gedruckte Zeitschrift veröffentlicht. Wenn die Reize kom-

men, muß man im Kopf 27 x 28 ausrechnen. Bis man das Resultat hat, ist das gereizte Nervensystem abgelenkt und alles wieder in Ordnung. So einfach geht das. 27 x 28.
Auch Tucholsky schrieb, daß er darüber gar nicht mehr schlafen konnte. Da in Schweden die Frauen sehr schön und wohlschmeckend seien, wäre er nie mehr ohne Logarithmentafel ausgegangen. Es hätte gut funktioniert, wenn Inge oder Karen oder Senta vorbeigekommen seien. Aber dann versagte die Methode doch. Weil er fand, das System hätte, mit Verlaub gesagt, ein Loch. Nämlich immer, wenn er 27 x 28 ausrechnen wollte, war etwas gar nicht mehr in Ordnung. Es müsse da irgend etwas haften geblieben sein, ein Komplex. Seine Mama habe ihm alle Rechenbücher fortgenommen. Rechnen rege den Jungen so auf.
Ich machte eine Pause und trank.
Das ist doch noch nicht zu Ende, sagte Lucie.
Nein, nein. Um der Sache näher zu kommen, schlug Tucholsky vor, 3 x 23 zu nehmen.
An den beiden Tischen grinsten sich alle an.
Geschrieben hat er das 1929. Einer hat kürzlich unseren Bürgermeister angerufen und ihm das erzählt. Der wußte nichts davon. Aber er fand den Text auch komisch.
Warum 3 x 23, frage Lucie.
Alle lachten.

Beim Tanz stieß sie mir ihren rechten Schenkel zwischen die Beine und schob mir ihren Unterleib entgegen.
In der Tischrunde sagte ich, da weiß ich noch eine Geschichte, die in der Ödinger Hauptschule passiert ist.
Ein Mädchen kam wie immer mit dem Fahrrad zur Schule.
Als sie im Schulhof gerade vom Rad stieg, schrie ein Junge sie an: Du hast eine Schlange unterm Rock.
Das gibt es doch nicht, rief Lucie ausgelassen und boxte mich mit der Faust auf die Schulter.

Das schrie das Mädchen auch zurück, sagte ich, du bist wohl verrückt, rief sie. Aber sie sprang dann doch ein paarmal auf beide Füße, als wollte sie die Schlange aus ihrem Rock herausschütteln. Und der Junge sagte, doch, gerade, als dein Rock hochgeweht war, hat ein Schlangenkopf herausgeschaut. Ungefähr zwischen deinen Beinen.
Die bindest uns einen Bären oder besser gesagt eine Schlange auf, jauchzte Lucie wieder.
Nein, jetzt kam ein Lehrer hinzu: Was ist hier los?
Eine Schlange!
Wo?
Unter ihrem Rock.
Ihr habt wohl keinen klaren Kopf!
Ich hätte geschworen, eine Schlange unter ihrem Rock gesehen zu haben, sagte der Junge.
Ja, da schaut, unterm Fahrradsattel!
Die Schlange?
Ja.
Das Mädchen kreischte und ließ das Rad umkippen.
Aus der Sattelhöhle reckte sich tatsächlich eine Schlange heraus. Sie schnellte in ein paar zuckenden Bewegungen auf den Boden und ringelte sich zusammen.
Wir fangen sie, holt ein großes Einmachglas, rief der Lehrer. Und ein Buch zum Abdecken des Glases.
So etwas Unmögliches, eine Schlange unterm Hintern eines Mädchens, unterbrach Lucie wieder.
Du spielst deine Schülerrolle schon richtig, sagte ich.
Ein Junge kam dann gleich mit zwei dicken Büchern, es waren zwei Bibeln. Stell die zwei Bibeln zu einem Trichter auf, wies der Lehrer an, und halte an die Trichtermündung das Glas.
Verstehst du, Lucie, flachste ich, der Lehrer trieb mit einem Stock die Schlange aus dem Paradies durch den Bibeltrichter ins Glas.

Und was dann?
Im Schulhaus, was sonst, Äther, Äther, rief der Lehrer, Äther her und einen Wattebausch, Bibeln hochgekippt, äthergetränkten Wattebausch hineingeworfen. Stirb, Schlangenvieh. Wir präparieren dich.
Sie hat ihre schöne Farbe eingebüßt. Aber seither wird zur Belehrung der Kinder die tote Schlange gezeigt, die es gewagt hatte, unter einen Mädchenrock zu schlüpfen.

Das Gelächter ließ uns alle aufspringen. Wir tanzten. Alle beachteten nun mehr ihre Körper.
Zeigt die Sittengeschichte eigentlich, daß der Mensch sittlicher wurde?
Ich weiß es nicht.
Während ich mit Lucie tanzte und mit dem Kopf die Drehbewegungen ihres Unterleibes nachkreiste (meine Frau hatte mir vorher zugeflüstert: Lucie hat sich auch operieren lassen, ihr Mann weiß es gar nicht, sie gab einen Vorwand an, als sie ins Krankenhaus ging), fielen mir zur Sittengeschichte die Hethiter ein. Eine hethitische Prinzessin vor allem. Die Hethiter waren das erste Seefahrervolk, das sich auf das freie Meer hinausgewagt hatte. Sie hatten gelernt, sich an den Sternen zu orientieren, während andere nur auf Sichtweite zum Ufer segelten.
Eine Hethiterprinzessin badete nackt im Blute der besiegten feindlichen Männer. Ich stellte mir die große vergoldete Wanne im Marmorraum vor, in die von busenfreien Sklavinnen aus Krügen das Blut geschüttet wurde, das aus den aufgeschlitzten Kehlen der getöteten Männer geronnen war. Im Blute watend ließ sie sich einen Gürtel aus lauter abgeschlagenen Händen umbinden, daß die Finger auf ihrem Unterleib baumelten. Zuerst waren sie weiß, bis sie, da die Prinzessin tanzend im Bad stampfte, mit aufspritzendem Blut beschmiert waren. Ihr Hals schwoll vor Lust und

grölendem Gelächter. Sie schrie, warf ihren Bauch mit dem Fingergürtel auf und befahl den Dienerinnen, allen getöteten Männern den Penis abzuschneiden. Ihren nackten, tanzenden, blutbesudelten Körper ließ sie mit den abgeschnittenen schwammigen Geschlechtsteilen bewerfen, jauchzte, daß ihr der Bauch vor Lust schwoll.

Ich spürte dem Gefühl nach: eine schöne nackte junge Frau zu sein, im Blut von Männern zu waten, die im Tanz hüpfenden und zappelnden Finger auf dem Bauch zu spüren und die auf den Leib aufklatschenden Geschlechtsteile. Wie sie schwammig und kalt an meinem Körper, eine Spur ziehend, hinunterrutschen und im Blut schwimmen. In einem mich fröstelnden Schauer schüttelte ich die Bilder ab.

Hast du schon mal die Schlängelbewegungen deines eigenen Spermas gesehen, fragte mich Lucie.
Ich war verdattert und verschluckte mich. Wenn ich jetzt ›nein‹ sage, was der Wahrheit enspräche, würde sie jauchzen und sagen, sie hätte die Schlängelbewegungen des Samens ihres Mannes natürlich schon gesehen.
Nein. Ich schüttelte lachend den Kopf. Darauf bin ich noch nie gekommen.
Deine Frau kam auch nicht darauf?
Nein.
Unterm Mikroskop die Schlängelbewegungen der Samenfäden habt ihr noch nie angeschaut? Ich schon.
Sie klatschte auf ihren Bauch vor Lachen. Dann klatschte sie in die Hände.
Wer von den Anwesenden hat noch nie die Schlängelbewegungen des männlichen Spermas gesehen?
Alle hörten zu tanzen auf. Meine Frau rollte sich aus dem Tuch des Toreros. Einige tranken. Alle schauten sich an.
Ich schon, ich auch, wir auch. Gewiß.

Ich war wie beschämt. Das kommt eben davon, wenn man nie den eigenen Samen unters Mikroskop legt.
Was, du hast dein eigenes Sperma noch nicht unterm Mikroskop angeschaut?
Nein.
Ich schon. Ich auch. Ich das meines Mannes auch.
Alle hatten es angeschaut, das familieneigene Sperma. Alle im Keller. Nicht ich. Nicht meine Frau.

Warum ich nicht? Noch nach Tagen stellte ich mir die Frage. Dachte hin, dachte her.
Die Klasse 7b galt als die frechste Klasse. Der Klaßleiter der 7b gab in meiner Klasse Biologie, ich in seiner. Wir nahmen Pilze durch. Während eines Films, den ich zeigte, schrie ein Bub: Das ist eine Stinkmorchel.
Er hatte recht.
Steht so richtig, kicherte ein anderer. Und stinkt.
Ich verlangte Ruhe.
Wie aus der Unterhose guckt er raus.
Wer? Er? Die Stinkmorchel?
Auf dem Weg zu meinem Klassenzimmer traf ich den Kollegen.
Es gab Dreinschreier heute, sagte ich.
Sind immer dieselben Störer, sagte er. Der größte Feind, den die haben, ist doch die Schule.
Ist aber doch die Schule daran schuld, daß es soweit kommt.
Nein, nein, die mögen nicht.
Warum mögen sie nicht?
Sind faule Typen.
Ach so.

Die Schüler in meiner Klasse schrieben und zeichneten. Ich mußte einige Minuten zugeben. Drei Seiten Tafeltext und

eine exakte Zeichnung. Pilze im Moos. Mehrfarbig, wie im Buch. Schönste Lehrerschrift, einige Wörter farbig abgesetzt.
Wie geht das bei Herrn Kloos im Biologieunterricht, fragte ich leise ein Mädchen.
Er schreibt an die Tafel und dann zeichnet er.
Ja und vorher?
Da sagt er uns, was heute dran ist.
Und dann?
Wir schreiben ein paar Zeilen hinter ihm her und zeichnen ab.
Ja, aber hoffentlich auch so hübsch, sagte ich.

Mein Biologielehrer war ein Pater. Er hatte einen kräftigen großen Körper und machte beim Gehen sehr weite Schritte, so daß der Stoff seines Talars wie ein Fahnentuch um seine Beine klatschte. Noch auffallender war sein Sprechen. Aus dunklen, dumpfen, barsch ausgestoßenen Urlauten mußte man die Wörter heraushören. Er hatte an den Wangen vom Krieg her einen Durchschuß, und die Vernarbung war so grob, daß er in Gesicht und Sprache etwas von einem Halbwilden hatte.
Ich ahmte den Durchschuß manchmal nach, öffnete meinen Mund sperrig und angestrengt weit, schoß mit dem rechten Zeigefinger gegen die angespannte rechte Wange, rutschte blitzschnell mit dem Finger in den offenen Mund, um an der linken Wange von inner her den Durchschuß fortzusetzen. Dann vernarbte ich beide Wangen, indem ich mit allen Fingern die Haut zusammenwulstete, und redete nun in bellenden, groben, dumpfen Lauten.
Wenn wir auf den Spazierwegen eine Stinkmorchel fanden, mußten wir ihn immer herbeirufen. Wir Buben standen kreisrund um die Stinkmorchel herum, während er den dicken Pilz betastete und uns erklärte, er sehe aus wie ein

Penis. Er bellte mit seinem rund aufschnappenden Mund die Stinkmorchel an und näherte sich dem Pilz so, daß ich meinte, sein Mund sei die Vagina. Und er sagte uns jedesmal, die Stinkmorchel verbreite einen Aasgeruch und locke damit die Fliegen an. Er erzeugte in mir das Bild von Fliegen auf der Eichel, so daß ich heftige Abneigung entwickelte. Ich wußte nicht recht, ob gegen den Pater, gegen die Stinkmorchel, gegen die Fliegen oder gegen meine Eichel.

Ich ging zu Uli.
Du hast uns beim Faschingsfest gefehlt. Lauter Ehepaare im Keller. Schöne Frauen und witzige Geschichten. Warum bist du nicht gekommen?
Ich war so erschüttert wegen dieser Zeitungsmeldung, sagte er, und legte das Blatt weg.
Wegen welcher Meldung?
Nonne ermordet!
In Öding?
In einem anderen Öding. 76jährig. In der Kirche von einem jungen Mann vergewaltigt und mit dem Kruzifix erschlagen. Ein größeres Glück konnte der am Lebensende nicht passieren.
Du bist aber in Stimmung, sagte ich. Das gibt wieder eine Heilige mehr, meinst du. Ich hatte als Kind, laß es dir erzählen, immer ein Bildchen von Pater Chanell bei mir. Sein Mörder holte gerade mit dem Beil zum Schlag aus, und Chanell erwartete mit schon umstrahltem Haupt, ganz verklärt blickend, den Hieb. Dafür wurde dann die schöne Südsee, du weißt es, erfolgreich christianisiert. Aber sag, warum bist du nicht gekommen? Es war wirklich lustig.
Ich denke zur Zeit immer nach, ob Ehe lebenslänglich ist.
Na ja, aber doch versüßt mit Ordnung und Haus und Kindern. Komm zu uns auf ein Glas Wein.

In den Kinderzimmern unterm Dach und im Keller hingen noch die bunten Girlanden und Lampions, geringelte Papierschlangen tanzten vor unseren Gesichtern, Kerzenlichter flackerten, Musik klang auf, die Kinder grölten durchs Haus.
Meine Frau hatte sich einen langen bunten Wickelrock umgebunden, war in eine kurzärmelige, weiße, weit ausgeschnittene Bluse geschlüpft. Arme und Brustwölbung ließ sie uns sehen, und sie spielte mit ihren Lippen ein stummes Spiel. Wir tranken, tanzten, und Uli fragte wieder, ob Ehe lebenslänglich sei.
Dich bedrücken wohl eher die Sorgen und der ganze Kram drum herum.
Nein, ich kenne jedes Wort, jede Regung, das wiederholt sich alles zu oft.
Prost, Uli.
Wir tranken uns heiter.
Lange nach Mitternacht, die Kerzen waren abgebrannt, die Kinder schliefen, ich wischte mir mehrmals über Stirn und Augen, sagte meine Frau:
Ich will mich doch operieren lassen.

Der Garten, seit Monaten naß und immer wieder von Schneegestöbern überrannt, wurde aper. An einem unerwartet hell beleuchteten Nachmittag zerrten wir die Gartenmöbel aus der Garage: Kinder, schaut, die Schneeglöckchen gucken raus.
Meine Frau und ich gingen die Bachböschung entlang; die nasse lehmige Erde war wie hingeklatscht von der wochenlangen Schneelast.
Frank hatte das Dachfenster aufgekippt; Musik heulte heraus.
Ich muß allmählich ernsthaft an meine zweite Lehramtsprüfung denken, sagte ich zu meiner Frau.

In ein paar Monaten ist dann alles vorbei.
Das Thema Lehrer- und Schülerverhalten deckt ja fast alles ab. Ich tippe auf Streß. Eine Sache, die mich selbst nicht in Ruhe läßt. Schulexperten meinen, Leistungsstreß entsteht durch Prüfungsangst, Leistungsdruck, zu große Klassen, Notenterror und Überforderung.
Die gleiche Erfahrung machen wir ja auch, sagte meine Frau. Das Gymnasium findet doch zu Hause statt. Vokabeln lernen die Schüler zum Beispiel grundsätzlich nur daheim. Wäre das nicht Aufgabe der Schule? Überspitzt gesagt, ist es so, daß die Schule Hausaufgaben gibt und sie abfragt. Lernen und Üben finden zu Hause statt.
Der Oberstudiendirektor gibt es ja zu, wenn er sagt: Meine Studienräte üben zu wenig in den Klassen. Bei jeder Lehrerbeurteilung stelle er das fest. Aber es ändert sich natürlich nichts.
Ich habe mich in den Weihnachtsferien nicht erholt, sagte ich. Ich fühle mich müde und kraftlos.
Wir gingen ins Haus.
Wie die anderen einen Mittagsschlaf machen, sagte ich und kippte mich auf die Couch. Ich kann das nicht, entspanne mich nicht. Liege, verträume die Zeit, zittere und hab ein inneres Beben. Die Augenlider flattern mir. Ich atme dann, daß es mir den Kopf wirft, betäube mich dabei noch mehr. In kleinen Bewegungen mache ich Lebensversuche. Lege über beide Daumen die Finger, daß die Daumen dehnbare, vierfingerbreite Höhlen haben. Reibe die Daumen hin und her und zeuge Leben. Reibe so lange, bis ich in jeder Hand den Orgasmus spüre und die stoßenden Bewegungen sich im ganzen Körper fortsetzen. Sehe meinen eigenen Schoß weiblich, wie ich ihn als Junge wünschte, als ich ein Mädchen sein wollte. Ich zwickte den Penis zwischen den Schenkeln nach unten, daß nur das behaarte Schamdreieck da war. Eine Frau. Aus der ich mich selbst wiedergebäre.

Weil ich denke, existiert Gott. Aber die Natur, die Gott ist, denkt nicht. Sie entwickelt, paßt an, macht lebens- und überlebensfähig, läßt komplexe Materieansammlungen zum Denken kommen, kümmert sich nicht um Leiderfahrungen, macht Fehler, korrigiert, oft zu spät.
Um einen, um Millionen schert sie sich nicht.
Wir selbst müssen korrigieren.
Wir sind Frühgeburten, Früh-linge.
Ein Frühling bin ich.
Wie schön.

Der Zugriff der Schule wurde, als die letzten bunten Luftballons geplatzt waren, wieder grimmig, unbarmherzig, die Kinder hatten ständig Schulaufgaben, abfragbar mußten sie sein, die Lehrer jagten ihnen Existenzängste ins Hirn: Du bist ja nicht gut, du kannst ja nichts, meinst du, so kommst du weiter.
Sind Lehrer dazu da, die Kinder zu zerstören, fragte mich Frank.
Nein, Frank. Sie zu fördern, in jeder Weise.
Eigentlich, sagte meine Frau.
Aber in unserem Leistungsstaat, sagte Frank, ist die Schule dazu da, Kinder willfährig, angepaßt, unselbständig, gehorsam und gefügig zu machen.
Das wird natürlich jeder Schulpolitiker entsetzt von sich weisen.
Aber ist es in Wirklichkeit nicht so?
Ja.

Einfach mal wegfahren.
Kinder, wir fahren weg.
Sie sprangen auf und packten Schokolade und Äpfel in einen Rucksack.
Zum Tegernsee fahren wir, Kinder.

Das Auto gibt mir Schutz und Freiheit, Innenraum und Bewegung.
Märztag. Schnell ziehende Wolken, kühle Luft, nur selten der Glanz der Sonne auf dem See.
Das ist der Gmunder Berg, sagte ich. Ich zählte die Tegernseegemeinden auf. Ich wäre am liebsten in Rottach-Egern. Dort würde ich am liebsten wohnen. Zuerst hielten wir vor dem Kloster. Die Kinder liefen zum See, wollten bootfahren. Es war noch kein Betrieb. In der Kirche lasen wir, das Kloster sei 748 gegründet worden.
Wurde nicht hier der erste deutsche Roman geschrieben, fragte ich meine Frau.
Sie wußte es nicht sicher.
Von hier aus sind Mönche ins Oberland hinausgezogen, erklärte ich. Für die Holzkirche haben sie eine Glocke mitgeschleppt. Sie siedelten an der Isar. Später entstand dort München.
Wir fuhren weiter, und die Kinder suchten an den Hängen Häuser, die sie haben wollten. Rechts blickte der Fockenstein schneebedeckt und felskantig herüber. Der Berg vor uns ist der Wallberg, sagte ich. In Rottach stiegen wir aus und gingen auf den Friedhof. Meine Frau fand das Grab von Leo Slezak.
Das war ein Sänger, sagte sie den Kindern.
Länger brauchten wir, um die Gräber von Ludwig Thoma und Ganghofer zu finden. Wir suchten zu nahe an der Kirche. Thomas Grab war ungeschmückt. In der Mitte lag eine weiteren Aufwand sparende Steinplatte.
Wir sprachen von ›Erster Klasse‹.
Zuerst war er ein Linksliberaler, sagte ich, dann aber schlug er sich mehr und mehr auf die Seite der Konservativen.
Einen Schritt weiter ruht Ganghofer. Ich dachte an ›Der Mann im Salz‹ und hatte sofort die Vorstellung, im Salzstock eingeschlossen zu sein, leblos, nein bewegungslos,

noch mit Gedanken. Als Kind las ich das Buch. Ohne mich an Näheres erinnern zu können, meine ich, der Salzstock sei grün und durchschimmernd beschrieben gewesen, so daß man den eingeschlossenen Mann sah.
Wie kam er eigentlich ins Salz, fragte ich meine Frau.
Wer?
Ach so, es waren ja nur Gedanken. Den Mann im Salz meine ich. Ist er in einen Spalt gefallen und in der Salzsohle erstickt? Und wurde er allmählich vom trocknenden Salz wie in Stein gefaßt?
Ist doch auch eine Art Denkmal.
Mir brennen plötzlich Lippen und Augen, sagte ich.
Meine Frau lachte.
Stell dir vor, von Salz umschlossen zu sein. Diese unerfahrene Wirklichkeit. Im grünen durchscheinenden Salzstock zu stehen.
Wo sind denn unsere Kinder, fragte meine Frau.
Ich denke, sie sind zum See hinunter.
Treffen wir uns am Auto, rief ich ihr nach.
Sie holte die Kinder.
Woanders Lust, Freude, Lebensmut, Verantwortung und Aufgabe suchen. Weggehen wie Klaus von der Flüe wegging? Am Straßenrand ruhen, aber bitte niemanden um Rat fragen. Sonst geht es dir wie ihm. Du träumst von einer Winde, die daheim steht und an der deine Gedärme aufgewunden werden. Dein ganzer Bauch wird leer, und das Wohlsein ruht doch auch im Bauch: Du läßt dich nach Hause ziehen von der Darmwinde. Frage niemanden.

Habe ich euch schon mal vom Kneißl erzählt, fragte ich beim Heimfahren die Kinder.
Vom Kneißl? Nein.
Paß auf, daß dich der Kneißl nicht erwischt, hab ich als Kind oft gehört. Der Kneißl, der Räuber, der in Augsburg

gevierteilt wurde, damit je ein Viertel seines Körpers über einem Stadttor hängen konnte.
Das war aber grausam, sagte Jürgen.
Zur Abschreckung machte man das.
War er denn so böse? Was hatte er denn angestellt?
Er war mit der Obrigkeit in Konflikt geraten. Mit dem Gesetz und der Polizei. Die Bauern gaben ihm Unterschlupf.
Warum gaben ihm die Bauern Unterschlupf?
Manche Bauern nur. Sie waren auch seiner Meinung.
Er war doch ein Herumstreuner, sagte meine Frau. Ein Dieb, und er kam der Polizei in die Hände. Ich glaub, er hatte einen Polizisten erschossen.
Aber warum waren manche Bauern seiner Meinung?
Sie mußten hohe Steuern zahlen und wurden ausgebeutet. Was die Obrigkeit und den Staat betrifft, wißt ihr, waren die Bauern seiner Meinung. Es gab viele arme Leute, die nicht genug zu essen hatten, und reiche, die in Überfluß lebten. Er wurde gejagt, landauf, landab, und schließlich fand man ihn in einem alten Haus. Es wurde umzingelt und beschossen. Er mußte sich ergeben.
Ist der Kneißl eigentlich ein Räuber gewesen?
Er war arm, und da stahl er sich manchmal sein Essen.
Vielleicht hätte er doch eine Arbeit finden können?
Ich weiß es nicht.
Und warum hat man zu dir als Kind gesagt, paß auf, daß dich der Kneißl nicht erwischt?
Das war eine Warnung, daß ich nicht zu weit fortginge und nicht in die Nacht hineinkäme. Hinter Hirschhorn, sagten die Leute, im Wald hinter Hirschhorn hat ihn kürzlich einer gesehen. Aber der Kneißl hat ihm gar nichts getan, er hat ihn durch den Wald begleitet. Beschützt hat er ihn. Wenn ich ordentlich bin, dachte ich, tut mir der Kneißl nichts.

Aber er war doch schon tot.
Das war es ja. Ich hatte immer Angst, dem Kneißl zu begegnen, der so ein Rebell und Räuber war, und manchmal wollte ich ihm gern begegnen, er kam mir auch so wie ein Held vor, und die Leute sagten, er lebt, hinter Hirschhorn hat man ihn wieder gesehen und ein andermal bei Zeilarn, so daß ich nicht mehr wußte, gibt es den Kneißl, der in Augsburg gevierteilt wurde und zur Schande an die Stadttore gehängt wurde, gibt es den Kneißl? Hab ich ihn zu fürchten, oder beschützt er mich?
Das möchte ich wissen, sagte Klaus, ob der Kneißl lebt.
Der ist doch gevierteilt worden und kann nicht mehr leben, antwortete Jürgen.
Vielleicht gibt es ihn aber doch irgendwie. Ich möchte ihm einmal begegnen.
Nun beunruhigt euch nicht wegen des Kneißl.

Ort und Leute kennenzulernen, wurde mir immer wichtiger. Bin ich der Eindeutigkeit, mit der hier alle auftreten, heillos ausgeliefert: dem angepaßten, fleißigen Erfüllertum und der gleichförmigen Maskerade, oder kann ich hier einfach auch ›normal‹ sein?
Die Stadt hat doch irgendwie etwas Komisches an sich, sagte ich zu Uli. Auf Auswärtige muß die hiesige Lebensart doch skurril und exotisch wirken?
Du meinst, dies ist eine gesonderte Wirklichkeit hier?
Ja, eine unaufgeklärte Weltschau, die Kinder und Erwachsene unmündig hält.

Wir überquerten gerade den Kapellplatz, und Uli führte mich in den niederen, nach außen offenen, mit danksagenden Votivbildchen benagelten Rundgang hinein.
Schau, so viel Trost, sagte er. Die Leute brauchen keinen Psychologen.

Ich entdeckte unter den Bildern einen Zeitungsbericht: Zwei Mädchen aus Straubing, die in einer Gruppe hierher pilgern wollten, hat unterwegs die Gnade Gottes ereilt. Sie starben um fünf Uhr früh am Straßenrand.
Wie ist denn das geschehen, fragte ich Uli.
Ein Besoffener hat sie totgefahren.
Mir wurde etwas schwindlig, und ich drehte mich um. Ein kurzbeiniger Mesner lief mit rudernden Armen der Kapelle entgegen. Gerade hatten sich vier Leute Holzkreuze auf die Schultern gelegt und trugen sie betend im Rundgang. Abwinkend eilte der Kurzbeinige herbei: Nein, nein, rief er. Es ist falsch, es ist falsch.
Niemand wußte, was er meinte, bis er die vier Kreuzträger anhielt und ihnen zu verstehen gab, man dürfe nicht gegen den Uhrzeigersinn um die Kapelle herumbeten. Sie gingen aber dagegen. So gelte es nicht. Und er riß ihnen nacheinander hinten die Längsbalken der Kreuze herum, damit sie nach dem Uhrzeigersinn das Kreuz schleppten.
Du möchtest am liebsten etwas verändern hier, sagte Uli.
Ich antwortete nicht, aber mir fiel ein, daß Napoleon in Öding zwei Spuren hinterlassen hat: abgekratztes Porzellan mit einer Ritze ins Gold hinein und einen aufgeschnittenen Sarg.
Das goldene Rößl ist das kostbarste Kunstwerk der Ödinger Schatzkammer. Eigentlich französischer Herkunft, steht es seit Jahrhunderten in Öding. Napoleon wollte das goldene, mit Porzellan überzogene Rößl wieder in Frankreich haben und prüfte, ob unter dem Prozellan denn wirklich pures Gold sei. Er schabte an einem Bein des Pferdes und kam auf Gold.
In einer Ödinger Gruft ruht, von zerfransten Fahnen geehrt, Feldmarschall Graf Tilly. Napoleon wollte den berühmten Widersacher Wallensteins sehen. Tot sehen. Er ließ in den Sarkophag ein viereckiges Fenster schneiden.

Seither können die Gruftbesucher einen Blick auf des Feldherrn und Marienverehrers Überreste werfen.
Die Kratzspur im Gold und der aufgeschnittene Sarg. Wie Napoleon das Gemüt der Leute hier traf: die Gier nach Gold und Geld und die Hoffnung auf den geöffneten Sarg, ihre Auferstehung.

Traditionen geben den Leuten Orientierung und Einbettung, sagte Uli. Was ist denn schöner als Geborgenheit? Und was so viele Jahrhunderte alt ist, hat auch etwas Ehrwürdiges. Ich hab das nie so ernst genommen.
Aber andere, die von Kindheit an auf diese Lügen hereinfallen und die Schuldgefühle schlucken, die können sie ohne Verletzungen nie ausspeien.
Fastenzeit zum Beispiel, ist doch eine vernünftige Sache. Weniger Fleisch, weniger Süßigkeiten, das reinigt den Körper.
Und schärft den Geist.
Ja.

Zu Hause konnte ich in einem alten Ödinger Mirakelbuch nachlesen: Wer in der vierzigtägigen Fastenzeit Fleisch versehentlich aß, mußte nach Öding wallfahrten. Wer es wissentlich und willentlich tat, wurde mit Geldstrafe und Gefängnis belegt.
Unter ein heiliges Bildnis, das von einem Papst geküßt war, streckte man eigenhändig die Opfergaben hin:
›durch ein gemeines paursweib geopfert, durch Morgretha Sibilla, sonst ain zigeinerrin, derselbigen Zeit im walt von Behaim wohnhafft'. Ihr Name gefiel mir:
Morgretha Sibilla, sonst ain zigeinerrin.
Wer kam da alles nach Öding: Schuster, Müller, Tuchknapper, Jäger, Brauer, Schmied, Reiter, Bischöfe und Könige. Alle Herzen der regierenden Fürsten, vom Urenkel Maxi-

milians I. bis zum letzten bayerischen König Ludwig III., wurden in der heiligen Kapelle beigesetzt. Gute und schlechte Zeiten gab es für Öding. Schlechte, als Ende des 30jährigen Krieges die Kapelle verwaist war. Das nach Salzburg ›geflüchtete‹ Gnadenbild war nicht mehr in der uralten Kapelle, weswegen es ohnehin keinen Sinn gehabt hätte, hierher zu pilgern, hatte mir einmal die Bolde gesagt. War das Holzbild nicht da, war Öding keine Wallfahrt wert.

In den guten Zeiten stieg die Wallfahrt wieder an, abzulesen an den Opfergaben, Kommunionen und Beichten. Das 17. Jahrhundert wurde das goldene Jahrhundert genannt. 1719 wurden täglich 1000 Beichten erreicht, im Jahr 300 000 Beichten und Kommunionen. Man hatte Mariazell und Maria-Einsiedeln überholt. 1930 waren es 500 000 Kommunionen, 1954 schon 820 000.

Sitzt du wieder über deinen Büchern für die Prüfung, fragte meine Frau.

Ich fuhr ganz erschreckt auf. Nein, über einem Ödinger Mirakelbuch. Ist aber gut, daß du mich aus meiner Versponnenheit herausreißt. Ich muß Unterrichtsstunden vorbereiten. Das Seminar kommt zu mir in die Klasse.

Der Seminarrektor und fünfundzwanzig Lehramtsanwärter und Lehramtsanwärterinnen saßen hinten im Klassenzimmer und schauten zu. Ich wurde beurteilt. Wichtig war, daß ich das sofortige Lüften nicht vergaß. Die Kinder richteten das Arbeitsmaterial her; beim Gongschlag standen sie. Sie grüßten nach vorne und nach hinten. Eines betete vor: Wolken. Am Himmel stehen Wolken. Manchmal ziehen sie an uns vorüber, langsam oder auch ganz schnell. Immer aber sind Wolken schön. Lieber Gott, wir sind froh, daß es Wolken gibt, die wir anschauen können.

Wenige Tage später überprüfte mich der Schulrat. Wir grüßten im Chor: Grüß Gott, Herr Schulrat.
In einer anderen Klasse hatte er den Nikolaus gespielt. Meine Kinder standen, als er, fein als heiliger Nikolaus verkleidet, durch den Korridor schritt, in einer hübschen Reihe hintereinander da.
Bei einem Mädchen blieb er stehen und sagte tadelnd, mit tief gesenkter Stimme: Du hast heute einigemal während des Unterrichts umgeschaut.
Das Kind lief ganz rot an. Er erhob den Nikolauszeigefinger: Du hast einigemal umgeschaut, du sollst aber auf den Lehrer aufpassen.
Das Kind drehte sich verlegen hin und her und brachte keinen Ton heraus. Gerade als ich hilfegebend eingreifen wollte, ging er knurrend weg: Du hast einigemal umgeschaut, der Nikolaus sieht alles.
Aber er hatte falsch gesehen, denn das beschimpfte Mädchen saß in der hintersten Bank und hatte keinen Grund, die rückseitige Wand anzuschauen.

Die Schülerhefte wollte er sehen. Die vorgeschriebene Zahl der Einträge mußte erreicht sein. Ordentliche Hefte sind beeindruckende Hefte.
Er prüfte, ob Tage, an denen Kinder fehlten, eingetragen waren, und ob ich für jede Stunde eine Unterrichtsvorbereitung mit Lernzielangabe und korrektem Stundenaufbau abgeheftet hatte. Fünf oder sechs ausführliche, mit Maschine geschriebene Vorbereitungen fand er für jeden Tag.

Die Treppe des Aufsteigers besteht aus Menschen. Mit einem aufgeblähten, eigentlich aufgeschwollenem Gefühl warf ich zu Hause die Türen zu. War mir die Schulratanerkennung in den Kopf gestiegen, oder machte mich die Überlastung nervös?

In Prien findet ab morgen abend ein Vorbereitungsseminar zur zweiten Lehramtsprüfung statt, sagte ich zu meiner Frau, da muß ich hin.
Ich kramte meine Kartei des Wissens hervor, blätterte, ergänzte. Im Wohnzimmer lief der Fernseher, die Kinder hockten davor.
Wir wollten uns waschen, sagte eines der Kinder. Ihr könnt erst ins Bad, wenn Mami fertig ist.
Das Wasser rann über ihren Körper. Ich ging hin und her und klopfte an die Badtür. Verschlossen. Auch das Schlüsselloch verhängt. Die Kinder hatten immer hineingeguckt. Mamis Schamhaare. Seifenschaum abrinnend. Ihre festen Oberschenkel.
Laß die Badtüre offen. Ich mag die dampfende Luft.
Meine Frau kam im schwarzen Hausanzug mit Reißverschluß vorne. Haare eingewickelt.
Ich muß noch arbeiten, sagte ich.
Nun macht schnell, daß ihr ins Bett kommt.
Wir haben noch Hunger.
Jetzt habt ihr wieder Hunger.
Ich muß Vorbereitungen schreiben. Denkst du daran, daß ich morgen nachmittag nach Prien fahre, sagte ich zu meiner Frau. Bis Sonntagabend bleibe ich weg.
Ja, ich richte dir die Wäsche her.
Als sie mit einem gebügelten Hemd kam und sagte, ob das recht wäre, griff ich ihr an die Hüfte. Sie schnellte mit dem Unterleib nach vorne.
Ja, sagte ich, und schaltete die Heute-Sendung ein. Der Apparat flimmerte minutenlang.
Keine Ruhe an so einem Abend, rief ich. Ich muß in den nächsten Wochen Ruhe haben.
Ich lege mich derweilen schon hin, sagte meine Frau. Ihr Warten. Ich mußte ein Referat ausarbeiten. Mathematik in der Grundschule. Zahlbegriff, Abstraktionsprozeß, opera-

tive Prinzipien: handelnd lernt das Kind denken. Ich lernte Reihen auswendig, deckte ab, sagte sie auf.
Nach zwei Stunden war meine Frau eingeschlafen.

Während der Autofahrt nach Prien erlebte ich lustvoll das Schalten in die Gänge. Vor der Nordbucht des Chiemsees das Erinnern an ein malerisches Bild. Dann die Wirklichkeit ähnlich. Die ruhige Wasserweite, Frauchenchiemsee mit dem Zwiebelturm, bläulich dahinter die Berge.
Atmen. Wieder ein Staunen über die Stimmung gegen Abend. Meine Gelassenheit war nur erzeugt durch das monotone Motorgeräusch. Ich wechselte es durch Gasgeben.

Ankunft im ›Haus des Gastes‹. Sofortiger Skriptenkauf zum Training für die zweite Lehramtsprüfung. Der Saal füllte sich zügig; ich saß auf dem äußeren Stuhl einer Mittelreihe an einer halbgeöffneten Glastüre. Ich brauchte Luft.
Dann immer das Hochschnellen aus dem Sitz und Rundherumblicken nach bekannten Gesichtern aus der Studienzeit. Die Münchener waren nicht da.
Doch Helga.
Wir sahen uns gleichzeitig. Daneben Tina, die von ihrem Mann getrennt lebt. Er ist in Kuweit. Wir winkten uns zu.
Der Einführungsvortrag war uns aus der Literatur bekannt.
Schön, daß wir uns sehen. Du bist unverändert. Welche Klasse hast du? Was, auch eine erste? Ist doch lieb, eine erste. Neulich gab mir ein sechsjähriges Mädchen einen Handkuß. Du gehörst mir allein, flüsterte sie.
Aber ein anstrengender Gang, die drei Jahre. Anpassungsmanöver. Widerspruch und Anpassung, so heißt nur ein Religionsbuch.
Ich hab in der praktischen Prüfung eine Vier, sagte Helga.

Was, eine Vier! Das kann ich nicht glauben.
Tina auch.
Das gibt es nicht.
Eine Vier hab ich wirklich nicht verdient, sagte Helga. Die Kinder mögen mich. Ich bringe sie zu guten Leistungen.
Die Erstkläßler kannst du nicht auf den Schulrat einstimmen. Angstmachen geht nicht. Angst macht dumm. Preisversprechungen vergessen sie nach wenigen Minuten.
Aus der Hauptschule weiß ich die Methode: Wenn ihr gut mitarbeitet, andauernd die Finger oben habt und mich durch die Prüfung rettet, gibt es eine Woche ohne Hausaufgaben.
Disziplin und Perfektion wollen die sehen. Über eine Schwätzminute freute sich bei uns der Schulrat.
Auf Befehl der Lehrerin durften die Kinder eine Minute lang schwätzen. Was sollten sie nun schwätzen? Zaghaft schwätzten sie. Sie wußten, daß nach sechzig Sekunden das Kommando Stille kommt. Ein Fingerschnalz.
Die wollen gar nicht schwätzen, sagte der Schulrat.
Manche Lehrer haben eine Symboletafel an der Wand. Der Lehrer zeigt an ein Symbol und die Kinder reagieren. Zirzensische Spiele könnte man so eine Prüfungsstunde nennen.
Eine Vier hast du nicht verdient. Du hattest doch im Studium eine Zwei.

Der See lag in Abendstille. Ein Tanzschiff mit vielen bunten Lampions fuhr hinaus. Wir saßen im Freien, nahe am Ufer. Es wurde kühl. Jemand sagte, gehen wir doch noch auf ein Gläschen Wein. Ich weiß ein Lokal. Wir waren dort nicht allein. Vierhundert Lehrer in Prien begegnen sich. Moselwein, Säure.
Helga berührte meine Hand. In München wolltest du doch immer meine Hand nehmen, sagte sie.

Wir lachten.
Es setzte sich eine Kollegin dazu. Eine Freundin von Tina. Mit sechsjähriger Tochter, erfuhr ich. BMW-Fan.
Sie fühlte sich sagenhaft emanzipiert.
Nicht immer bloß den Saft des einen, sagte sie. Alle vierzehn Tage es mal anderweitig ausprobieren. Ich liebe BMW und drehe wie ein Kreiskolbenmotor.
Sie war rötlich.
Sie nahm ein Papiertaschentuch und stieß mit dem Kugelschreiber durch das gefaltete Tuch ein Loch. Dann gab sie mir den Stift. Das Tuch mit dem Loch spannte sie zwischen die Fingerspitzen der beiden auseinandergehaltenen Hände. Nun bewegte sie Hände und Lochtuch rasch hin und her und sagte: Kommst du mit dem Stift durch das Loch?
Sie wich jedem Versuch meinerseits flink aus.
So mache ich es aber nicht, sagte sie.
Wenn ich nicht jeden dritten Tag einen Mann hab, könnte ich die Glühbirnen aus den Lampen beißen.
Lehrerverhalten, dachte ich sofort und genierte mich vor mir selbst. Das hat doch nichts mit der Güte einer Pädagogin zu tun. Ich erinnerte mich an einen nächtlichen Bummel durch München. Eine Dirne sprach Uli und mich beim Vorbeigehen an: Seid ihr häßlich. Bist du ein Luder. Das hat doch nichts mit Gott zu tun, sagte sie unvermittelt.
Moralbegriffe.
Wenn ich nicht jeden dritten Tag einen Mann hab, könnte ich die Glühbirnen aus den Lampen beißen.
Schön, der Moselwein.
Ich merkte, daß ich immer noch Helgas Hand hielt. Ich wollte gierig wahrnehmen, ob sie wirklich eine geruchlose Haut hat.
Sie war sehr schlank. Wir gingen.

Im Auto küßten wir uns. Wir leckten unsere Gesichter naß. Ich zog sie aus und berührte ihren ganzen Körper, den ich einen Augenblick lang weiß sah, weil ein Autoscheinwerferlicht vorbeistreifte. Ich genoß ihren Hautduft und drückte ihren feucht gewordenen Körper an mich.
Du kannst drinnen bleiben, sagte sie.
Ich riß ihre Perlenkette, hörte im Stillhalten, wie die Perlen sich verliefen.
Die Kette.
Macht nichts. Wir müssen bloß alle Perlen wieder sammeln.
Ich hatte zwei oder drei zwischen den Fingern und klebte sie an ihrer nassen Haut fest.
Hör nicht auf.
Es ist schon drei Uhr früh.
Sei mein Liebhaber, immer. Sovielmal, wie Perlen wegfielen.
Ich spüre dich, sagte ich.

Nach zwei Stunden Schlaf, vor Beginn des Trainingsseminars, hastete ich zur Kirche. Dort wußte ich einen Marienaltar. Ich fühlte mich froh und stark und überschäumend. Danke, sagte ich zur Gottesmutter, danke, das war herrlich mit Helga. Du weißt doch auch, daß es wunderbar ist. Und ich spritzte mit Weihwasser herum, zündete eine Kerze an und nahm erst dann ein Frühstück ein.

In der zweiten Nacht wiederholten wir unser Umarmen und Körperöffnen und Zusammensinken, wieder saugten wir uns aneinander fest, rannen unsere Körper ineinander über. Die Erregung hatte nichts Zerreißendes, Zerschneidendes, unsere Bewegungen waren ein sanfter Rhythmus, schier unendlich im Beben der Körper verlängert, wir waren froh und leichtherzig wie Kinder. Erst nach Stunden, behutsam, immer wieder uns umschließend, lösten wir uns. Wir wurden ganz allmählich wieder selbst und zwei.

Ich wollte von dem zarten, wachen Rausch, der mich gar nicht entrückte, sondern lebendig und kräftig atmen ließ, etwas mit nach Hause nehmen. Als ich von der Höhe der Terrassenhänge ins Flußtal hinabblickte und die Stadt vielfingrig dahocken sah, verwehrte ich mir das Bild der Spinne, ich wollte die Dächer farbiger sehen, die Häuser weniger grau, und stellte mir die Menschen mit Körpern vor, wie Helgas Körper war.
Die Kinder stürmten mir entgegen, sprangen mir an den Leib, küßten mich, und ich umarmte meine Frau sofort und koste sie mit noch von Helgas Mund erregten Küssen.

Auf dem Schreibtisch lag das Ödinger Mirakelbuch offen da.
Eine Lust ist es zu sehen, wann die Creutz also hauffenweiß, eines von disem, das ander von einem andern ort, etwa in einem tag, jha in einer stund sechß, sibene oder noch mehr daher gezogen kommen vnnd das einfältig Bawrsvolck, Weib vnd Mann, jung vnnd alt, so ernstlich vnnd andaechtig vnder dem gehen, zu Christo vnnd seiner werden Mutter, vmb gnad vnd hülff rueffen vnd schreyen. Wann sie dann zu dem heiligen Capellen gelanget, platzen sie lang nit von stund an hinein: Sondern gleichsam als erkennten sie sich ahn ein also heiliges orth zu gehn, vnwürdig, wegen ihrer suend, deren sie sich zweiffelsohn, bey so vilen Geistlichen Liedern, welche sie vnderwegen gesungen, erinnert. Halten sie vor der Thur haussen eine gute weil, eine station: Fallen auff ihre Knie nider: Grüssen mit einem Christlichen Ruff, die Hochgelobt Jungkfraw Maria: Vnd als dann erst gehen sie hinein in die innere Capell, vnnd verrichten daselbst, mit einem gesungenen

Ampt, den Gotsdienst. Wer auch wille, Opffert sein gab auff den Altar, vnd bezalet was er verglobet hat.
Es tregt sich auch wol zu, das ein grosse maenge Kirchfäter, die gantze nacht wachende, vmb die heillig Capellen herumb ligen, vnnd Christo, auch seiner Mutter zu Ehren, die liebe lange Nacht hinumb biß zu morgens der tag anbricht, das sie bey dem Gottsdienst sein mögen, Teutsche Catholische Psalmen vnnd Lobgesaeng singen.

Frühjahrsstürme fauchten durch den Ort. Schneegrießel nadelten die Haut. Bußzeit war, der man sich in Öding besonders hingibt. Die Kinder wurden in Bußandachten gesammelt; ich mußte eine vierte Klasse zur Beichte führen.
Die Schulranzen ins Klassenzimmer und aufstellen!
Ich hab die halbe Nacht nicht geschlafen, sagte Manuela, so aufgeregt bin ich. Wegen der Beichte.
Mir ist ganz schlecht, meinte Gerd.
Beim Hinübergehen zur Kirche begegnete uns ein evangelischer Junge, der jetzt frei hatte. Er bleckte die Zunge raus: Sünde, Sünde, riefen die Beichtgeher im Chor aus Reih und Glied.
Einige Kinder haben ihre Sünden auf Zettel geschrieben. Wie ich früher einen gefunden hatte: Ich habe Weiberleit scherzt, ich habe Hoizschuh einisoacht, ich habe Mannerleit stubst.
Ich dachte an die Gitter, die in den beiden Beichtgehäusen die Kinder erwarten. Mich hatten sie immer an das Teiggitter erinnert, das meine Mutter aus fingerdicken Streifen über den Heidelbeerkuchen legte.
Der Armin will nicht, flüsterte ein Mädchen.
Ich sagte, Armin, geh auch rein.
Er stand auf und sagte als nächster seine Sünden auf. Abwechselnd links und rechts reingehen, ordnete ich an.

Unser Kooperator sprach uns durch das Teiggitter mit Vornamen an. Dabei hatten wir gemeint, das Gitter wäre zum Abdunkeln und Nichterkennen gut. Einmal, als ich, aus achter Position heraus wartend, endlich dran war und scheu die Tür des Beichtstuhles öffnete, kam der Hofstaller zur Kirchtür herein, riß die Mütze runter, kehrte sich ohne Knieknicks dem Beichtstuhl zu, nahm die geöffnete Tür wahr und verschwand im Beichtstuhl.
Er war der Sohn des Müllermeisters und Sägewerksbesitzers. Im Nu war er wieder draußen, knickste, zog die knarzende Kirchentür auf und grölte davon.
Derweilen kannte ich seine schlimmste Sünde genau. In einer Scheune und Holzlege, die hinter unserem Haus stand und schon zum Mülleranwesen gehörte, hatte er mit einem Luftgewehr auf Jesus am Kreuz geschossen. Schon das Anschauen des Frevels durch ein Astloch kam mir wie eine Todsünde vor, die auf meinem Beichtzettel vermerkt war.
Drei Kreuze waren an die Holzwand gehängt, wie auf Golgatha ein größeres in der Mitte, links und rechts ein kleineres, an jedem hing Jesus.
Er schoß auf die Körper. Schoß Arme und Beine ab. Jesus zerbrach.
Bei jedem Arm- und Beinzersplittern hielt ich mir, ein wenig verzögert, die Augen zu.
Die Strafe folgte. Nach einem halben Jahr stand die Scheune und Holzlege in Flammen. Ich hab das Feuer als erster entdeckt und machte den Feuermelder im Dorf.
Das Unglück nahm seinen Lauf. Sein Vater bekam schwarze Hände. Die Finger faulten ihm ab. Er schrie Tag und Nacht. Und konnte doch Nikotin und Alkohol nicht lassen. Im Bett liegend, hielt er zwischen den abfaulenden schwarzen Stummeln die Zigaretten.
Die Mühle ging ein. Das Sägewerk ging ein. Der Hofstal-

ler-Sohn mußte fort, um sein Geld zu verdienen. Jahre später, er arbeitete bei einer Tiefbohrfirma, stieg er in einen schmalen Erdschacht, um zu schweißen. Es gab eine Gasexplosion. Im tiefen Schacht verkohlte er.

Per Post bekam ich die Ankündigung des Termins der zweiten, praktischen Lehramtsprüfung. Ich mußte in der Klasse Perfektion einüben. Wir schmückten aber auch einen Osterbaum, bemalten Eier, fädelten sie auf und hängten sie an die Zweige.
Wir redeten über die Plastiktüten, in denen die Kinder die Eier mitgebracht hatten.
Die sind Umweltverschmutzung, wenn man sie wegwirft.
Die verfaulen nicht, wußte einer. Die verfaulen nie. Wenn man sie verbrennt, stinken sie.
Die darf man nicht über den Kopf ziehen, da kann man dran ersticken.
Manchmal kommen mir schreckliche Vorstellungen, wenn ich die Kinderköpfe vor mir sehe. Zum Beispiel: Über jeden Kinderkopf schlüpft eine Plastiktüte. Ich erfinde zweierlei Möglichkeiten: Erstens, die Kinder ersticken in den Tüten. Sie ringen nach Luft, haben die Tüten tief in die Hälse eingesogen, kriegen Krämpfe, können sie mit den Händen nicht mehr aus dem Mund reißen, fallen um, sind blau, zucken, sterben. Zweitens, die Kinder schnappen mit dem Mund nach der ganzen Tüte, helfen mit den Händen nach, sie schlürfen die Tüte hastig ein, daß sie das Plastik vom Kopf runterbekommen, kauen, würgen, fressen die Tüte und leben.

Einmal träumte ich, ich hätte in der Schule in dreißig aufgeblasenen, verschlossenen Plastiktüten dreißig Köpfe. So wie ich den Kindern zeigte, daß man ein hohles Ei unversehrt in einer aufgeblasenen, verschlossenen Plastiktüte tra-

gen kann, ohne es zu zerstören. Die pralle Luft ist Polster für das Ei.
Ich sah die Köpfe der Kinder in den prallen luftgefüllten Plastiktüten. Wie sie rauslachten, da sie doch meinen mußten, Köpfe in Tüten gehen wie Eier in Tüten nicht kaputt. Dann schüttelte ich alle Tüten heftig durch, ging von Platz zu Platz, wiederholte ständig das Durchschütteln und hatte nur noch Brei in den Tüten.
Kopfbrei.

Frank bekam eine Strafaufgabe, weil er bei einer Rechenübung einen Bruchstrich vergessen hatte. Dann vergaß er bei der Strafaufgabe wieder einen Bruchstrich und bekam sie nochmals als Strafaufgabe.
Er bekam eine Strafaufgabe, weil er zum Klo lief, und dann einen Verweis, weil er zum wiederholten Male zum Klo lief.

Hinterhältigkeit ist die Form von versteckter, hämischer Aggressivität.
Wenn ich mich wehrlos wehre, die Faust in die Luft schlage, mit den Fingerknöcheln an die Schläfen trommle und verzweifelt immer wieder erkenne: der Eifer der Mittelmäßigen, der Terror der Erfüller bringt die Schrecken in die Welt.
Repräsentanten von Ordnung und Leistung, sagte mir der Oberstudiendirektor, können nicht gleichzeitig auch Kinder lieben.
Die müssen dich fürchten, deine Erstkläßler, vom ersten Tag an fürchten, rieten mir zwei erfahrene Kollegen. Wie man sie sich am Anfang herrichtet, so hat man sie.

Ein Schüler, Sohn des Rektors, baut eine Maschine, einen Mechanismus, den er mit einer Handkurbel bewegen kann.

Zahnräder greifen ineinander, Hämmer schlagen, Zangen zwicken, Wirbel kreisen, Räder strecken, Kerker sperren ein.
Was baust du da?
Eine Lehrervernichtungsmaschine.
Folter entwirft er. Er hat die Rache im Denken und Fühlen entdeckt. Pure Notwehr. Selbsthilfe zum Überleben. Zahnräder, die ineinander greifen und Lehrerkörper zerquetschen, Räder, die sie zerreißen. Elf Jahre ist er alt. Sein Vater schlägt die Frau, daß sie wiederholt durchs Fenster flüchtet. Die Nachbarn hören sie schreien. Er ist gnadenlos. Als pädagogisches Vorbild.

Ein schon älterer Schüler gibt eine Todesanzeige in der Zeitung auf: Nach heftigem Todeskampf starb Lehrer Terror. Er setzt Name und Wohnort seines Lehrers ein. Ein übler Scherz, der ihm gehörige Bestrafung einbringt. Sonst niemandem.

Mir fiel zum erstenmal das Wort Folter im Zusammenhang mit Schule ein. Folter als Lohn für Meinungsabweichung: Wer meint, Folter in der Schule sei abgeschafft, verkennt das System der Schule.

Ich gab ihnen recht: Ja, Herr Schulrat hierhin, ja, Herr Schulrat dorthin. Zwei waren zur Prüfung gekommen und der Seminarrektor dazu.
Was man von mir verlangte, tat ich. Ich löste in der Klasse diesen Mechanismus von Agieren und Reagieren aus, der den Prüfern als das Wichtigste erscheint. Wenn ich einen selbstgebauten Spielautomaten mit Handkurbel in Bewegung bringe: Glöckchen läuten, Flöten pfeifen, Puppen tanzen: dann funktioniert er. Wenn ich funktioniere, habe ich innerhalb von zwei Jahren die Verbeamtung auf Le-

benszeit zu erwarten. Dann noch alle vier Jahre einen Schulratsbesuch, immer mit Beurteilung.
›Sehr tüchtig‹ ist die zweitbeste Note. Fast nicht erreichbar.
›Sehr tüchtig‹ werde ich später trotz aller Liebe zu Kindern, trotz aller Hingabe und erziehlicher Geduld und Mühe nicht sein. Nicht vor Schulratsaugen. In der Siebenerskala stuft er mich in den dritten Rang ein. In der Sechserskala bekomme ich vielleicht eine Zwei.
Drei Stunden wurde geprüft. Die Hoffnung auf Revanche hatte ich nicht. Erinnerungen genug. Der Unterlegene muß verzeihen. Ich wurde erniedrigt, ich erniedrige nicht. Ich bin der Glücklichere. Das kam mir so österlich vor.
Ich habe tatsächlich eine Zwei, sagte ich zu meiner Frau. Jetzt stehen noch die schriftlichen und mündlichen Prüfungen aus. Dann, denke ich, habe ich doch mehr Zeit für die Familie.

Wer sich nicht mehr rührt, rührt auch uns nicht mehr. Früh beugt sich, wer ein Buckel werden will. Redensarten. Ostergedanken.
Die ersten Frühlingsblüten im Garten sind aufgebrochen, die Schneeränder verschwunden.
Wir zerren das Gartengestühl ins Freie.
Kinder, die Sonne strahlt wieder.
Du mußt sagen, ihre Strahlen erreichen uns wieder.
Du hast recht.
Palmsonntag. Am Kapellplatz sammeln sich Pilger, Nonnen mit zurückgebundenen Busen, in braunen Kutten schleppen sich Ordensbrüder dahin.
Der Herr wird ihnen allen sterben und in einer Woche auferstehen, und alle sind aufgefordert, ihm Gaben zu bringen und seiner Gnadenmutter, wie seit jeher. Kleine Gaben: Kreuze, Rosenkränze, Agnus-Dei, Balsambüchlein, Münzen, Medaillen, Wolfgangihackl, Sebastianipfeile,

Breverl, Krampfring, Koralle, Wolfszahn, Schreck-, Blut-, Adler- und Krötenstein, Natternzunge, Nagel, Löffel, Hammer, Fraisketten.
Große Gaben: rössl und khüe, kälbl, Widder, lämpel und Ziegen, hennen und hiener, Conäryvogel, turteldauben, Imp und natürlich ayr, khaß und smaltz, waitz, khorn und habern.
Die Kapellverwaltung verkaufte die geopferten Naturalien gegen Geld; der Verkauf der Opfergaben erbrachte 1492 einen Gegenwart von 12 375 Pfund Pfennigen (ein Pfund Pfennige waren 240 Silberpfennige, geschlagen aus einem Pfund Silber), was damals einem Kaufwert von 400 Pferden und 660 Kühen entsprach.

Um sich die Seligkeit zu erkaufen, wurden geopfert: zum Schmuck des Gnadenbildes Gnadenröckl, Krone, Zepter, goldene Ketten, zur Zier des Altares silberne Tabernakel, Silberaltar und Silbergitter, zum Ruhm der Gnadenkapelle Seitenaltäre, Schmuck, Engel, Heiligenstatuen, Leuchter, und zur Bereicherung des Vermögens und Schatzes Grundstücke, Häuser, Testamente und Universalerbschaften, womit man sich auch heute noch der Seligkeit näherbringen kann.

Die unaufgelösten Widersprüche, die mir schon als Kind blieben: Ostereier müssen geweiht sein. Weihe heiligt. Weihwasser durfte ich nicht trinken. Weihwasser trinken macht dumm. Dann stellte ich mir immer wieder eine Begriffsreihe zusammen: Schöpfergott, Schöpfer, schöpfen, erschöpft sein.

Ich versteckte das Mirakelbuch in der untersten Schreibtischschublade, blätterte in Vorbereitungsskripten, tippte seitenlange Klausurarbeiten, sagte die Inhalte der gelben und rosaroten Karteiblätter auswendig her. Ich tat alles, um ein nützlicher und tricksicherer Pädagoge zu werden.

Jede Abwechslung erlöste mich: zum Essen, rief meine Frau. Ich aß nun besonders gern und aufmerksam, blickte dabei den Kindern aufmunternd in die Augen: Wenn das Schuljahr vorbei ist, machen wir eine große Reise.
Ich schau mal, ob Uli zu Hause ist, sagte ich dann zu meiner Frau.
Ich traf ihn nicht an. Er war mit dem Fahrrad unterwegs. Bis in die Nächte hinein strampelte er allein auf dem Rad herum.
In der Stadt traf ich einen Bekannten.
›Frohe Ostern‹ wünschte er mir. Frohes Fest auch. Wir haben den Tod bereits hinter uns. Und wir leben. Also sind wir bereits in der Unsterblichkeit.
Mir ging das zu schnell. Wie ist das, fragte ich.
Mit Jesus haben wir den Tod bereits hinter uns. Er hat den Tod für uns besiegt. Und wir leben. Also sind wir bereits in der Unsterblichkeit.
Ich ging kopfschüttelnd weg und wäre beinahe in ein Auto gelaufen.

Sehnsüchte und Wünsche. Das Geheimnis ihrer Stärke ist die Stärke dieser Wünsche.
Welchen Sinn hat das Leben?
So intensiv sind die frühen Antworten gelernt, daß sie wesenseins mit dem Menschen werden und nicht mehr leugbar.
Sinn ist, die Art zu erhalten.
Sinn ist, sozial zu sein.
Sinn ist die Lust am Leben.
Sinn ist die Liebe.
Solange die Menschen an Gott glauben, dachte ich, und sie

glaubten früher aus Furcht und weil sie vieles nicht erklären konnten, kommen sie vom Bösen nicht weg. Sie haben die Instanz oben, nicht in sich. Sie hassen, morden, erfinden Exzesse des Mordens und Hassens.
Ganz unmerklich mußte mich der Sog der nach innen strebenden Spirale erfaßt haben, denn ich kreiste immer enger um die Kapelle. Wie die vieleckige, uralte Kapelle vor tausend Jahren dastand, stellte ich mir vor: auf sanfter Anhöhe über dem frisch sprudelnden Bach, inmitten von grünen Matten auf kleiner Rodungsfläche. Ein betäubendes Glokkengeläut warf mich wie aus einer Wasserwelle heraus ans Kapellrund. Der Strom der Menschen spülte mich hinein.

Oben öffnet sich ein raumloses Dunkel. Endlos verläuft sich der Blick im Finsteren. Von dort beginne ich die Einkehr ins schwarze Oktogon der uralt heiligen Kapelle. Aus dem grenzenlosen Dunkel des Kosmos, aus dem wie fünf Sterne fünf Ewiglichtlampen hereinhängen, hole ich in den irdischen Raum wie aus einem Traum die Besinnung. Die Ewiglichtsterne grenzen nach oben ab, wölben einen Nachthimmel. Unter diesem Firmament spüre ich Mauern. Einsperrung. Das Nachtschwarze, nur silberschattig aufgehellt von Ex-voto-Gaben in lichtlosen Fensternischen, wischt mir über die Augen. Macht mich müde, übergibt mich dem Kult. Das Gold funkelt vorne. Im Altargewölk. Wie ein himmlisches Amulett hängt die goldene Bildwand des Altares vor mir. Schützt. Gibt Ziel. Das fremdländische Holz des Gnadenbildes, vom Mundhauch der Jahrhunderte genäßt, gehärtet, von den Augen beweint und bestrahlt, atmet Zeitloses. Geduld. Ruhe. Das edelsteinschwere Prunkkleid sättigt mich. Die Augen prallen am Goldrausch ab. Und unter dem Firmament der fünf Ewigkeitslampen stört mich seit Kindheitstagen zweierlei. An der linken Altarseite kniet, die Hände inbrünstig vorgereckt, ein Heiliger in Silber. Seine Name ist angeschrieben. Damit wird er erklärt und bedeutungslos. Geschmeidig hingegossen beugt sich rechts ein Edelmann. Sein linker Fuß, feingliedrig und zart, verliert die Standsicherheit am Sockel, ist abgerutscht, und knapp streift der dünne Säbel an der linken Wade vorbei. Ritter und Edelmann. War er ein bayerischer Maximilian oder Graf Tilly? Nichts stand angeschrieben. Der abgesetzte Helm, adlerschnabelspitz, gab, stelle ich mir vor, dem Helden Zier, Stolz, Schutz und Kampfesmut. Auf dem Helm lauert sprungbereit ein beflügelter Löwe. Löwe und Adler sein!

Aus meinen Betrachtungen wurde ich immer wieder auferweckt: ein helles, mehrmals aufschlagendes und weiterspringendes, manchmal leichtklirrendes, manchmal schwerklopfendes Geklapper störte mich. Ich sah, wie knochige, dickadrige, faltige, dünnfingrige Hände die silbernen Münzen über das Goldblech des Opferstockes schoben, sie blechanwetzend in den Schlitz rieben und fallen ließen. Es hinterblieben leere, zitternde, faltige, sich in Gebetskrämpfe verkrallende Hände. Das Geld schepperte im Opferstock. Oft hellklingend schlug es auf.
Immer wieder in der Stille der nur lautlos flatternden Lippen: das klirrende, oft nachklappernde Geschepper der fallenden und prallenden Münzen. Dann der Höhepunkt: Ich schob die Hand über das kalte Goldblech, kratzte das Zehnpfennigstück darüber, wetzte es am Schlitz hin und her, blickte vom Schlitz hin zum goldfunkelnden Altargewölk, kehrte über das bleichweiße Altartuch zurück zum Blechschlitz und ließ die Münze los. Sie klapperte hell, sprang und kippte, und ein dünnes Geschepper im über tausendjährigen, dumpfen, muffigen, schweißtranigen Raum klang auf, das ich fröhlich ins grenzenlose Dunkel nach oben, in den Kosmos hinein, verschallen hörte.

Mein Leib, sagte Jesus. Brach das Brot und teilte es unter die Jünger. Mein Leib wird brechen, wie ich dieses Brot breche.
Wer machte daraus: Das ist mein Leib, den ihr essen müßt, sonst werdet ihr nicht selig sein?
Die Hostie flach und, solange es gelang, ungenäßt vom Speichel zu halten, war mein ganzes Trachten als Kind. Ich legte die Zunge lahm. Preßte sie starr nach unten, denn oben klebte die Hostie am Gaumen fest, und ich mußte sie mit der Zunge aufrollen. Das hätte auch zu bald die Verdauung eingeleitet: schon im Mund tötete ich ›ihn‹ wieder. Am Kreuz zuerst, jetzt wieder. Auf der erstarrten, brettglatten Zunge ließ ich ›ihn‹ liegen, bis sie anschwoll, da schluckte ich ›ihn‹ mit einem Würgen.
Ich konnte, bitte, für diese Umstände nichts.

Zunge war gut für das Sprechen, zum Speisenumrühren, Spucken und Hostiendrauflegen. Aus Versehen biß ich mich oft in die Zunge. Meist in die Spitze. Sie schwoll an und schmerzte. Die Zunge konnte man sich verbrühen und abbeißen. Davor hatte ich panische Angst. Wenn ich auf's Kinn fiel, hatte ich Angst, ich könnte mir die Zunge abgebissen haben.
Nichts ist mehr Muskel als die Zunge. Nichts ist kürzer, länger, drehbarer, stumpfer, spitzer, gewundener, gerollter.
Ich haßte es, eine Zungenröhre zu formen und sie als Spuckrohr herzunehmen.
Zunge ist edel. Ohne Zunge keine Sprache. Zunge spricht. Zungenkünstler, zungengewandt, nicht zungenfaul sein! Eine schnelle Zunge haben! Die Zunge pfeift, flötet, sie braucht den Mundraum: ist wie der Klöppel in der Glocke. Kinder lernen sie zu spitzen, zu drehen, zu rollen, zu verkürzen, vorzustoßen, herauszustrecken.

Wir üben Zungenbrecher. Zungenverdreher mit ehrlicher Zunge schlagen!

Es schmeckte ganz salzig in der Kapellenge. Andauernd schoben sich Menschen herein, die sich unter den Ewiglichtlampen hinkauerten, zum Holzbild aufschauten, Kreuze schlugen, sich an die Brust klopften und, sich an den anderen reibend, hinausdrängten. Ich setzte mich in eine der schwarzen Nischen, und mir kam plötzlich dieses dunkeldumpfe Gehäuse wie die Hölle vor; draußen schien doch die Sonne. Hier herinnen wurden die Köpfe in Angstbilder gesteckt, von der Sonne kamen sie ins Trübdunkle. Ich konnte mich kaum wach halten, fiel in Schreckensbilder zurück, die mir eingepflanzt wurden, und schwitzte in einem Qualtraum, wie betäubt, oder als wenn ich mich erbrechen mußte, die Ängste aus:
Ich aß einen Menschenkopf.
Den Kopf hatte ich vom Körper eines Bekannten mit einem Fuchsschwanz abgeschnitten. Ich hielt den Kopf hoch und trank das Blut, das aus dem grob abgesägten Hals floß. Ich leckte von den hängenden Hautfetzen das warme, süßliche, ziemlich dick fließende Blut, das ich mir gut vorstellen konnte, denn ich trank als Kind warmes, dickes Schweineblut, das aus dem Hals der gerade gestochenen Sau spritzte.
An den Lippen begann ich zu essen. Ich biß die Zunge heraus, saugte die tote Zunge in meinen Mund und biß sie an der Wurzel ab. Der zähe Zungenmuskel würgte mich. Er knirschte, als ich ihn durchbiß, und ich zermalmte sein Fleisch besonders gut und speichelte es lange ein. Die Wangen schmeckten. Jetzt erst skalpierte ich den Kopf, damit die Haare weg waren. Mit den Zähnen zog ich, den Schädel an meinen Mund pressend, die Haut von der Stirn. Ich schlug die Schädeldecke auf und schlürfte das Hirn heraus,

sog das Gerinde und die schlüpfrigen Windungen in meinen Mund. Fettig und ohne Ende schienen sie, so daß ich das Schlüpfrige mehrmals abbiß und hinabwürgte. Mit dem langen Mittelfinger griff ich in das Schädelloch und drückte einen Augapfel aus der Höhle. Riß ihn heraus. Ich hatte nicht die Gier, ihn zu essen, aber ich steckte das Auge in meinen speichelschleimigen Mund, drehte es so, daß Pupille und Regenbogenhaut aus meinem Mund schauten und das Weiße von den roten Lippen augengleich umformt war: sah den Hohn der ganzen Welt (ohne sprechen zu können).

Es nützt nichts, einen anderen zu fressen, um mit seinen Augen zu sehen, dachte ich und kam zu mir. Und berührte die eigenen Augäpfel und die eigene Zunge.

Ich hatte mich im Dunklen und im salzigen Tränenschweiß verloren. Eine hell aufkippende, klappernde Münze weckte mich. Ich griff an die Schädeldecke. Es kam mir vor, als wenn die Münze jemand in mich hineingeworfen hätte.

Wie lange lehnte ich in der Schwärze der Kapelle? Draußen, noch im Laubengang, war mir der Tag wie verdunkelt, und erst beim Überqueren des Platzes schmerzte mich das helle Licht in den Augen.

Ich war benommen, trank zu Hause Wein, küßte die Kinder und suchte in der Nacht die Körperwärme meiner Frau.

Ich nahm ihre Hände und legte sie auf meinen Rücken; sie klemmte mich zwischen ihre gespreizten Beine, und ich verkroch mich an ihrem Leib, glich meinen Atem ihrem Atem an, gab mich ganz in sie auf.

Körper sind warm.

Wenn ich Menschen umarme, küsse, ihre Haut berühre,

denke ich immer daran, daß ich es tue, weil die Körper warm sind.
Kalte tote Körper könnte ich nicht umarmen, küssen, berühren. Die tote Mutter vielleicht. Sie doch. Die mich erschreckte. Sie lag im Bett neben mir, rührte sich nicht mehr, atmete nicht, war schlaff und begann steif zu werden. Ihre Hand, die ich hochhob, fiel leblos und schwer auf das Bett. Ich schüttelte sie, aber sie rührte sich nicht. Ich klatschte auf ihre Wangen, heftig, schrie: Mama, Mama, du mußt leben.
Sie war tot.
Aber ich fühlte ihren Körper: warm und dampfend kam er mir vor. Ich schlüpfte eng an ihn, ja, warm und dampfend. Mama. Sie lebte.
Sie hatte sich nur totgestellt.
Ich sank erschöpft in ihre Arme. Sie war warm.

Ich war eingeschlafen und wurde wach, als ich aus der Umklammerung meiner Frau herausfiel.
So allein auf dem weißen Laken, auf dem ich schon als Kind immer die gestreckte Rückenlage mit ineinandergelegten Händen auf der Brust fürchtete, die Totenbettlage nämlich, krümmte mich die Angst wieder zu einem Körpergeringel. Mich irritierten Ahnungen von Katastrophe, verändertem Leben, Sterben und Auferstehung.
Der Traum entzog mich der Wirklichkeit, täuschte Farben vor, wo keine waren, verschob die strengen Linien eines Dachgrates zu welliger Auflösung. Die starren Fassaden um den Kapellplatz drehten sich und flogen wie die Sitze eines Kinderkarussells. Ich hielt die Hände vor die Stirn: wann zum erstenmal hatte ich die Vision einer Veränderung? Damals, in meiner siebten Klasse, schon am Anfang?

Kinder, wir bauen in Gemeinschaftsarbeit ein Modell unserer Stadt.
Als Material habe ich graue Pappe mitgebracht. Jeder braucht Lineal, Winkel, Bleistift, Schere und Kleber.
Jedem teilte ich die Arbeit zu: An der Gnadenkapelle arbeiten zwei, an den Kirchen und Amtsgebäuden um den Kapellplatz acht Schüler. Die anderen bauen die Wohn- und Geschäftshäuser und den Bahnhof.
Ich bespannte eine Tischtennisplatte mit Papier und zeichnete den zentralen Kapellplatz und die wichtigsten Straßen ein.
Die fertige Stadt, sagte ich, stellen wir in der Aula aus.
Um die Form des Oktogons zu bekommen, mußt du zuerst mit dem Zirkel einen Kreis schlagen. Paßt auf die Proportionen auf. Die Fassaden der Kirchen sind höher als Einfamilienhäuser. Ihr müßt euch an den Maßstab halten.
Darf ich einige winzige Menschen machen, die vor den Fassaden stehen?
Bitte nein.
Ihr müßt die Vorderansichten der Kirchen und Amtsgebäude möglichst naturgetreu nachbasteln. Wir haben Vorlagen zum Abzeichnen da.
Stellt mal die Fassaden um den Platz herum auf.
Das ist wie eine Bühne mit Kulissen.
Ihr könnt die Modelle auswechseln, dann gibt das einen anderen Platz.
Schau, wenn der Bahnhof an Stelle der Stiftskirche stünde. Und ein Kino und eine Disko würden die Chorherrenstökke verdrängen. Dann wäre das ein richtiger Treff für die Jugend.
Aber wir haben ja in der Stadt kein Kino. Und keine Disko. Nicht mal ein Jugendzentrum.
Nun klebt die Kirchen und Chorherrenstöcke und Klöster und Amtsgebäude um den Platz. Wie sie wirklich dastehen.

Ein Abbild der Wirklichkeit ist das.
Ohne Veränderung.
Die Schulen waren am leichtesten zu basteln. Sie sind groß und rechteckig und haben gleiche Fensterreihen.
Nein, noch leichter waren die Einfamilienhäuser. Die sehen ja hier alle gleich aus. Auf einen gestreckten Quader klebe ich einen Dachdeckel drauf. Wenn ich sie neben die Straßen hinklebe, stehen sie in Reih und Glied da.
Schaut wie ein Sarglager aus, deine graue Einfamilienhaus-Siedlung.

Wir konnten ausschlafen.
Meine Frau kämmte lange ihr Haar, probierte Frühlingskleider an. Ich schaute vom Bett aus ihren Verwandlungsspielen zu.
Ich werde mich doch operieren lassen, sagte sie, als ob sie nur zu sich selbst spräche, und fügte laut hinzu: die Sonne scheint.
In dem Augenblick drehte Frank die Musik auf hohe Lautstärke: ein Trompetenknall riß mich aus dem Bett.
Könnte ein herrlicher Tag werden, sagte ich. Du siehst schön aus.
Warum könnte?
Karsamstag ist, da durfte ich als Kind nicht pfeifen. Schauen wir uns die verschiedenen heiligen Gräber an, rief ich zu den Kindern hinaus.
Sie hätten sie schon so oft gesehen, immer das gleiche, lehnten sie ab, holten den Fußball und schossen ihn vom Garten aus weit über den Bach in die Wiese.

Zur Auferstehungsfeier trieb es uns doch in die Stiftskirche. Ich hatte erstmals die Empfindung, dieses Schauspiel nicht mehr lange nötig zu haben; die Kinder traten sowieso gelangweilt von einem Bein auf das andere: gehen wir.

Ja.
Draußen entließ ich sie: Geht allein nach Hause.
Ich brauchte in meiner Abschälung, begriff ich, mehr Sicherheit, eilte in ein nahes Nonnenkloster und hörte mir das Auferstehungsgewinsel an, einen müde dahingeschleppten, freudlosen Jammergesang; die Nonnen waren zu keinem Trost mehr fähig.
Das sollte den Kindern erspart bleiben.

In die Basilika kam ich zu spät. Die Feier war schon zu Ende. Aber mir wurde an der Tür ein Zettel gereicht: Anruf der sieben heiligen Erzengel, passend zu den sieben Gesätzen des Bluttränenrosenkranzes, denn unsere Himmlische Mutter weine Bluttränen über die sieben Hauptsünden: Stolz, Geiz, Unkeuschheit, Zorn, Neid, Unmäßigkeit und religiöse Gleichgültigkeit. Die sieben heiligen Erzengel bekämpfen die sieben bösen Geister. Michael bekämpft den Chaos-Drachen Leviathan, Gabriel den gewinnsüchtigen Mammon, Raphael den unkeuschen und sittenlosen Asmodäus, Uriel geht auf den Zorngeist Balberit los, Yehudiel auf den neidischen Beelzebub, Sealtiel mäßigt den Trunkenbold Belfegor, und Baraquiel bekämpft die religiöse Laschheit.
Baraquiel, der Segen Gottes, muß hier sein Lager aufgeschlagen haben, dachte ich, zusammen mit Mammon, dem Geist der Gewinnsucht; beide bekämpfen sich ja nicht.

Sollte an diesem Ostersonntag Jesus zum letztenmal für mich auferstehen müssen? Ich begriff in einer meinen ganzen Körper erregenden Freude: ich selbst muß auferstehen, aufstehen, stehen! Die gelernten Schuldgefühle und Ängste wie verschließende Grabsteine wegstoßen, heraustreten vom Dunklen ins Helle, auch die Wächter umwerfen.
Leicht und erlöst fühlte ich mich, wollte rennen und

schreien: es geht doch, die Kette des Bösen abreißen zu lassen, wegzukommen vom Hassen und Wiederhassen, vom Schlagen und Wiederschlagen.
Der erwachsene Sohn schlug seinen alten Vater, sagte mir die Mutter. Die Hand gegen Vater und Mutter erheben ist das Abscheulichste. Ist die größte Sünde. Der erwachsene Sohn erhob die Hand gegen seinen Vater. Er schlug ihn im Austragszimmer im oberen Geschoß nieder, daß der alte Vater neben seinem braunen Bettgestell zusammensackte und blutete. Dann zerrte der Sohn den Vater, ihn am Joppenkragen packend, zum Austragszimmer hinaus, schleifte ihn auf dem Holzboden über den Gang an den Zimmern vorbei, zog ihn rumpelnd über die Stiege hinab, daß der alte Vater vor Schmerzen aufstöhnte und ächzte: Hör auf, hör auf, Bub. Es langt! Bis hierher hab ich meinen Vater auch gezogen.

Ich lief einem Priester in die Hände.
Frohes Auferstehungsfest! Wie geht es Ihnen?
Ich steckte den Erzengel-und-Bösegeister-Zettel in die Innentasche. Ja, schönes Wetter, sagte ich, und mit Kindern, den eigenen und in der Schule, habe ich wirklich genug zu tun.
Da haben Sie eine große Aufgabe, sagte er, die Kinder auch an die Kirche heranzuführen. Wir müssen die Kinder achten.
Ja, sagte ich.
Hundekotsammler und Kinder, wissen Sie, sagte er, in einer so engen und heiligen Stadt wie Jerusalem konnte die Hundescheiße nicht auf den Straßen herumliegen, Hundekotsammler und Kinder wurden verachtet.
Haben die Kinder auch Hundekot gesammelt?
Nein, sie konnten die heiligen Schriften nicht lesen.
Ach so.

Man muß diese Dinge schon ganz früh, wissen Sie, ins Kinderhirn einpflanzen.
Welche Dinge?
Die Gebote und das Beten und was Sünde ist.
Dann braucht man die Kinder nicht mehr zu verachten?
So ist es gemeint. Und sie dürfen auch nicht zweifeln.
Sie leben sich leichter, auch als Erwachsene, wissen Sie, wenn sie nicht zweifeln. Im Glauben an Gott sind sie doch glücklicher.
Ja, sagte ich.

Ich rannte nun wirklich, um schnell zu Hause zu sein, keuchte, noch im gehetzten Atem, die Angst aus meinem Körper raus, bis ich ein fast körperloses, heiteres Gefühl von Leichtigkeit, Helle und Lust hatte.
Als wir die farbigen Ostereier anpickten und schälten, sagte ich etwas über Eiform und Glockenmutter, vom Sichselbst-Gebären. Der Ostermorgen trieb uns dann hinaus, wir spielten im Garten, ich rief, als sollte es für alle gelten: ist doch ein Paradies hier.

In den Ostermontag hinein hielt meine Laune an: Kinder, ihr wißt doch das Rehgerippe. Mögt ihr hinfahren?
Gern. Dann suchen wir auch den Fuchsbau.
Diesmal lasse ich euch das Rehgerippe allein suchen. Zuerst müßt ihr den Himbeerschlag finden. Von seiner Nordostecke aus, ins Niederholz hinein, sind es bis zum Reh keine hundert Schritte.
Die Buben duckten sich ins Unterholz.
Ob es noch da sein wird?
Unaufgefordert verhielten wir uns alle lautlos.
Dort muß es sein, flüsterte dann Klaus.
Ich meine etwas weiter links, hörte ich Jürgen. Sicher finden wir es. Oder meinst du, Papi, daß es sehr vermoost ist?

Das blaßweiße Knochengestänge wird schon durchschimmern.
Da, rief Klaus. Ich hab es.
Wir stellten uns schweigend um das Gerippe.
Wie man auf Gräbern Unkraut wegzupft, wischten die Kinder die Moosfäden von den Knochen. Sie berührten den Schädel, die Wirbelsäule, die langen Beinknochen. Klaus hob ein paar Wirbel hoch. Jürgen griff zum Schädel. Aber dann betteten sie die Knochen wieder ins Moos.
Die Sonne strahlte durch das Geäst. Von irgendwoher hörten wir einen Kuckuck. Die Kinder nahmen die Köpfe hoch.
Eigentlich, sagte Klaus, möchte ich das Rehgerippe gern mitnehmen.
Ich sagte nichts.
Dürfen wir die Knochen aufheben und mitnehmen?
Nehmt sie mit, sagte ich und nickte länger, als es nötig gewesen wäre.
Seit deiner Kindheit liegen sie da, sagte Jürgen, und wir dürfen sie mitnehmen.
Ja, bitte.

Das Rehgerippe haben wir, schrien die Buben meiner Frau entgegen, dürfen wir es im Kindergrab beerdigen? Ich sagte nichts.
Ob wir die Rehknochen im Kindergrab beerdigen dürfen?
Ja. Fragt aber die Mami nochmals.
Müßt ihr nun deswegen die Rosen rausreißen, hörte ich sie sagen.
Wir wollen das Rehgerippe richtig zusammenstellen, daß wirklich ein ganzes Gerippe im Kindergrab liegt.

Während sie die Erde in der barocken Steinfassung aufschaufelten, die Knochen einbetteten und zuschütteten und

die Blumen daraufpflanzten, richtete meine Frau wieder den Hang am Bach her.
Der vergiftete Boden, dachte ich, braucht seine Zeit, muß sich selbst gesundleben.
Blühende Sträucher säumten den Garten ein. In der Mitte hatten die Kinder einen Spielplatz ausgesteckt. Am flachen, mit Steinen aufgeschütteten Uferteil am Bach wankte das Schilf im Wind, am steileren Böschungsteil, den meine Frau gerade bearbeitete, blühten die Weidenkätzchen.
Schon ein Paradies hier, rief ich wieder. Die Kinder schauten einen Augenblick lang her, ließen sich aber nicht von ihrer Rehgerippe-Grablegung abbringen.
Warum haben im Bibelbericht die ersten Menschen das Paradies verlassen? Aus purer Langeweile?
Ist Paradies gleich Langeweile? Einfach nicht auszuhalten?
Warum haben Hänsel und Gretel die Hexe verbrannt? Die Hexe, die seit altersher in der Kindererziehung als Gehorsamsschreck eingesetzt wurde. Und erst als die Hexe verbrannt war, ließ es sich gut leben.
Unser Paradies. Ist es unser Paradies? Ein Paradies zum Verlassen?
Habe ich nicht hier vom Baum der Mitte gegessen und mich selbst gefunden? Keinen Gott mehr über den Wolken suchen. An leeren Altären vorbeigehen. Religionen und Kirchen wie Museen anschauen. Barock, ja, ich verstehe.
Aber eine Liebe zur körperlichen Herkunft entdecken. Alle Empfindungen dem Leben, dem Nächsten und der Erde geben.
Immer schon wußte ich mich der Erde verwandter als einem unstofflichen Gott.
Nun doch wie Franziskus die Vögel und Vierbeiner als Brüder und Schwestern begrüßen.
Die Erdbrösel durch die Finger rieseln lassen und den Leibstoff erkennen.

Mutter zur Erde sagen, Vater zur Sonne.
Tanzen und singen und froh sein heute, heute und morgen.
Übermorgen bin ich wieder Erde. Welches Glück.

Papi, wir wollen am Bach eine Hütte bauen. Eine richtige Hütte, daß wir darin schlafen können. Jetzt kommt bald der Sommer.
Bitte, Papi, wir brauchen Holz, die Bretter, die im Speicher liegen, und Dachlatten. Hilfst du uns?
Sie suchten auf der Böschungshöhe über dem Schilf einen Platz und fingen mit dem Spaten zu stechen an. Das ist die beste Stelle.
Aber warum schaufelt ihr ein so großes Loch aus?
Wir wollen eine Höhle unter der Hütte haben. Damit wir von der Hütte aus in die Höhle schlüpfen können.
Das ist doch Unsinn, sagte ich ärgerlich. Dieses Erdloch macht ihr wieder zu.
Aber sie schaufelten weiter, belegten die rechteckige, mehr als knietiefe Kammer mit Steinplatten.
Mir kam sie wie eine Gruft vor.
Ihr könnt keinen Abgang von der Hütte aus schaffen. Wie stellt ihr euch das vor, bloß hinabschlüpfen. Ich helfe euch, aber wir überdecken die Erdkammer.
An wenigen sonnigen Nachmittagen war die Hütte entstanden. Mit zwei Fenstern, Türe und einer Pritsche zum Schlafen. Mit Bitumenpappe dichteten wir das flache Satteldach ab.
Unter dem Holzboden klang es hohl. Darunter war die mit Steinen ausgemauerte Erdkammer. Ohne Zugang.

Uli kam.
Du bist uns eine willkommene Abwechslung, rief ich.
Bloß eine Abwechslung?
Meine Frau warf sofort ihre Gartenkleidung ab, streckte

sich gerade, löste ihr aufgebundenes Haar, verwandelte ihr Gesicht.
Uli, magst du eine Tasse Kaffee?
Er lobte unseren Fleiß, immer schöner würden Haus und Garten, es gefiele uns eben doch hier. Er hätte sich einen alten Bauernschrank gekauft mit großstrahligen Herz-Jesu- und Herz-Maria-Gemälden auf den Türen. Günstig. Wir sollten ihn anschauen.
Unvermittelt gerieten wir aus dem Gerede um Kleinkram und Arbeit in unser Lieblingsthema vom freieren und lustvolleren Leben.
Ist das eigentlich ein bedingungslos erträumtes Wunschbild: Freisein, weniger Mühe und Enge haben, oder denkst du dabei an verwirklichungsfähige Pläne, Uli?
Er sprach von seinen Vorstellungen, Einbindungen in den Ort, Literatur, und ich dachte an seinen Bauernschrank, und daß wir auch eine leere Nische hätten, daß kaum ein Tag vergehe in Öding, ohne daß man ein Auto beladen mit einem Bauernschrank sehe.

Am Abend sagte meine Frau: Ich hab mich jetzt in der Klinik angemeldet.
Du? Schon?
Ja. In acht Tagen muß ich nach München.
Wird es dich nicht reuen? Ich meine, es könnte sein, daß du doch noch ein Kind willst. Man weiß nie, wie das Leben spielt.
Nein.

Unruhe löste und verkrampfte mich in den nächsten Tagen.
Kinder, Mami muß bald ins Krankenhaus, sagte ich einmal beiläufig.
Warum?
Eine kleine Operation.

Welche? Ist es schlimm?
Nein.
Jeden Tag umarmte ich sie: Du mußt es dir gut überlegen.
Ja.
Ist das ein Anspruch, eben ein Zugang zu mehr Freiheit und Körperlust? Eine kleine Möglichkeit?
Ist es nicht auch ein Verlust, sagte ich.
Ein Gewinn.
Kinder, wir bringen die Mami ins Krankenhaus.
Muß es jetzt schon sein?
Ja. Nach München.
Hier gibt es doch auch ein Krankenhaus.
Sie muß aber nach München. Es dauert nur vier Tage, dann holen wir sie wieder. Seid ihr zufrieden?
Ja.

Die Nachbarn nahmen Anteil: Ihre Frau ist in der Klinik, was fehlt, hoffentlich geht es gut, kommt sie bald wieder?
Ja.
Als ich sie zurückholte, kam sie mir gläsern vor, zerbrechlicher, mit einer zarten, fast samtenen Gesichtshaut, nicht blaß, von innen her leuchtend.
Fühlst du dich gut?
Ja.
Die Kinder umklammerten ihren Bauch: Mami.
Rote Rosen überreichte ich ihr, Frank hatte eine Torte gebacken, Klaus und Jürgen deckten Kaffee auf.
Sie kam mir wie wiedergeschenkt vor.

Laß mich deinen Nabel sehen.
Man merkt überhaupt nichts.
Ich möchte meinen Finger mit Spucke nässen und auf deinem Nabel reiben. Ist eine sehr erotische Mitte, der Nabel einer Frau.

Schau, man sieht den Schnitt wirklich kaum.
Keine Narbe. Keine Verstümmelung, aber doch so etwas wie ein Verlust. Drinnen.
Nein, ich freue mich.
Bei alten Völkern mußte ein schöner Nabel ein schönes Nabelgrübchen haben, das man mit Öl auswog. Je mehr Öl Platz hatte, desto begehrenswerter.
Mir ist dein Saft drinnen lieber.
Das wird aber jetzt nicht mehr oft sein.
Ist doch schön für beide, jedesmal beisammenzubleiben.

Am nächsten Tag kam Frau Taim mit einem zuerst glasigen, harten Gesicht, das sich dann aber bewegte und in Tränen abrann.
Sie fragte nach dem Wohlbefinden, erzählte von ihrem Schicksal, und mich trieb ihre Geschichte hinaus, die mir als Gedicht widerfuhr, als ein abtropfendes Verzweifeln.

Eine nackte Frau im Bad,
die mit den Händen im Haar zu tun hat,
gerade einen Schritt macht
von der flauschigen Auflage vor dem Spiegel
zur angenäßten Auflage vor der Wanne
und drei glatte Bodenkacheln übersteigt,
hört ein sanftes platschendes
Plup.
Die Frau, die den Atem anhält,
um sich blickt, nichts Rinnendes sieht,
doch erschrickt,
keinen Ausfluß hat, nichts Rotes,
wundert sich,
sagt mit deutlicher Lippen- und Zungenbewegung
nachahmend
plup

und findet auf einer senffarbenen glänzenden Bodenkachel
als Ausfall aus ihrem Leib ein glasreines Kügelchen.
Bückt sich, staunt,
nichts als Schönheit, denkt sie,
nur an einem Punkt ein rotes Fädchen,
flüstert zu dem Gallertweichen,
antwortet dem Schönen mit glänzenden Augen,
beugt sich auf Zentimeter heran,
sieht millimeterklein –
ihr Baby.
Die Augen als Pünktchen,
die Arme und Beine als Knöspchen.
In dieser wunderbaren Blase ihr Kind.
O mein Kind. Millimeterkleines Kind mit Herzchen.
Ich wollte dich behalten.

Die verwirrte Frau,
warum, sagt sie,
jede andere hat doch einen trüben Blutfluß dabei,
bei mir vollkommene Schönheit,
ist das grausam.
Du mein Baby,
alle Erbanlagen von Vater und Mutter
hast du,
Mädchen,
blondes Haar,
170 Zentimeter,
schmalhüftig,
schöne Lippen,
sprachbegabt und musikalisch,
ich wollte dich mit Weltdingen beschenken,
Erdkind,
was tue ich?
Ich hebe dich auf, schiebe dich auf weißes Papier,

küsse dich –
anhauchend bloß.
Wie zart du bist.

Ich hatte mich ans Bachufer auf den Kies gehockt, riß ein Schilfrohr ab und stocherte ins Wasser.
Meine Frau brachte mir eine Tasse Kaffee.
Du verwöhnst mich, sagte ich.
Frau Taim ist jetzt weg. Warum bist du gegangen?
Die Geschichte hat mich mitgenommen, sagte ich.
Dabei hast du das Ende gar nicht mehr gehört.
War es unhöflich, weil ich ging?
Nein. Sie erzählte noch, sie hätte in der Nacht versucht, den Arzt zu erreichen. Ihr Mann war ja auch nicht da. Aber sie erreichte niemanden und war dann eingeschlafen. Das Bläschen hatte sie auf dem Papier neben sich liegen. In der Frühe war es natürlich vertrocknet, und sie fühlte nur noch mit der Fingerkuppe einen Gallertrest.
Weißt du, was mich so anging?
Nein.
Sie hat die Geschichte so zärtlich erzählt.
Ja, aber jetzt mußt du noch das Ende hören. Am nächsten Tag ging sie zum Arzt und fragte, was sie hätte tun können. Der Arzt sagte, sie konnte nichts tun. Aber die Schwester krächzte, sie hätte das Bläschen aufbrechen sollen, dann hätte das Kind gezappelt. Aufbrechen und taufen hätten Sie es sollen.

Ich stellte die leere Tasse auf den Steg im Bach, nahm meine Frau an der Hand, wir schauten uns an, schlenderten Hand in Hand, durch den Garten, warfen uns im Haus auf das Bett. Sie gab mir ihren Körper hin, wir wußten, daß hier kein Kind gezeugt wird.

Kinder, hab ich euch schon den Schwerpunkt-Versuch gezeigt?
Ich stelle ein Weißbierglas in die Tischmitte, spreize die Zinken einer Gabel in das Mundstück eines Löffels, so daß Löffel und Gabel ein bogenförmiges Instrument bilden. Von der Bogeninnenseite her bohre ich neben der Löffelwanne zwischen die Zinken der Gabel ein Streichholz durch. Am eingeklemmten Hölzchen, das wie ein zu kurzer Pfeil im Bogen steckt, hebe ich Löffel und Gabel hoch. Das freie innere Ende des Streichhölzchens lege ich auf den Rand des Bierglases. Löffel und Gabel, von dem Hölzchen hinausgestreckt, schweben weit überhängend.
Die Kinder staunen. Wie können Löffel und Gabel, nur von dem waagrecht liegenden Zündholz gehalten, schweben?
Sich überhängen lassen, sage ich zu Frank, und trotzdem Halt haben.
Der Schwerpunkt macht's, sagt er. Das scheinbare Rätsel liegt in den wie Flügeln zurückgestreckten Bestecken. Der Schwerpunkt dieses Aufbaues ist dort, wo das dünne Holz auf dem Glasrand ruht.
Richtig. Der Schwerpunkt macht's.
Als ich in der siebten Klasse diesen Versuch vorführte, es waren zwanzig Junglehrer anwesend, trug ich das Hölzchen mit Gabel und Löffel auf der Zeigefingerkuppe herum.
Hinterher, als alle weg waren und ich die Versuchsinstrumente in den Schrank räumen wollte, brach ich mir wie zum Hohn den Zeigefinger. Der Schrank hatte anstelle des Schlosses bloß ein rundes Loch im Holz. Ich steckte den Zeigefinger ins Loch, um die Tür aufzuziehen, da reckte der Seminarleiter seinen Kopf zur Tür herein. Eilfertig wollte ich zu ihm rennen, vergaß meinen Zeigefinger im Loch und brach ihn mir.

Frank ist in der Schule gefährdet, sagte meine Frau. In Chemie hat er in diesem Jahr vier Noten. Er steht auf Fünf. Er hat sich dem Lehrer angeboten, er solle ihn nochmals ausfragen und ihm ein Referat geben.
Vier Noten sind im Jahr vorgeschrieben und vier Noten hat er, war dessen Antwort.
Wie kam er denn zu der mündlichen Fünf?
Der Lehrer hat so lange bohrend nachgefragt, bis eben Lücken da waren. Aus der Unfallzeit auch.
Ich gehe zum Oberstudiendirektor, sagte ich.

Warum er so stolz auf seine Ausleseerfolge sei, fragte ich ihn, und ob er sich darüber klar sei, welche ›Besten‹ dabei übrigblieben?
Er sei nicht stolz darauf. Er sei nur Wächter eines Systems
Er selbst sei immer für die menschliche Schule gewesen.
Das sei ja wohl das Mindeste, unterbrach ich, es sei ja schließlich eine Schule für Menschen.
Zucht und Ordnung müßten sein, und es machten zu viele das Abitur.
Wir hätten hier nur ungefähr zwanzig Prozent Übertrittsschüler, woanders seien es fünfzig Prozent, und hier würden die zwanzig Prozent noch so gnadenlos aussortiert. Das sei nur ein rigoroses Anpassen und Kaputtmachen.
Er sprang auf: ob ich seine Schule als Hunzerschule darstellen wolle, das würde er sich nicht bieten lassen.
Die Schule sei da, um zu erniedrigen, und zwar in politischer Absicht, sagte ich, um duckmäuserisch, schleimerisch und mundtot zu machen. Die Erfüller sollen von Anfang an wieder in die Ämter gehoben werden.
Er fauchte mich an.
Ich ging.
Über dich, Frank, haben wir kein Wort gesprochen. Das heißt, in Wirklichkeit haben wir alles besprochen.

Du hättest ihm aber die schlechten Notenschnitte und die persönlichen Verletzungen durch Lehrer vorhalten sollen.
Da hat einmal ein Mönch, sagte ich, seinen Abt vergiftet. Im 17. Jahrhundert war es. Er hat sich aus seiner Ohnmacht befreien wollen. Natürlich war das Mord. Barfuß, die Mönchskutte am Körper, mit wirren Haaren wurde er vorgeführt. Man legte ihm priesterliche Gewänder an, gab ihm Kelch und Evangelienbuch, damit ihm Stück für Stück alles weggenommen werden konnte. Seine Tonsur wurde symbolisch vernichtet. Mit einer Glasscherbe wurde ihm die Weihe von seinen Händen geschabt. Obwohl es das Malefiz-Recht anders verfügt hatte, wurde er aus besonderer Gnade Gottes mit dem Schwert hingerichtet.
Mit der Glasscherbe, verstehst du, Frank, unsichtbar, haben die dir doch längst nicht bloß die Hände, auch das Gesicht abgeschabt, um dir alles freudestrahlende Recht auf deine Lebensideen zu nehmen.

Die Sortierung der Kinder.
Ich kann es nicht leugnen, daß ich mit einer gewissen Lust, die ich körperlich empfinde, die Kinder in die Gaußsche Kurve einteile, sagte mir ein Kollege. Ein kleiner Orgasmus sozusagen jedesmal.
Wie war das bei mir?
Wenn Einsern und Zweiern, die überwiegen, einige Vierer und Fünfer gegenüberstehen und wenige Dreier die Mitte ausmachen, bin ich da froh? Um die Vierer und Fünfer? Ein wenig froh bin ich, ja. Vor der Zeugnisausgabe muß ich den Notenschnitt in die im Lehrerzimmer ausliegende Liste schreiben. Wenn ich die Kinder wieder eingeteilt habe, in die Ordnung gebracht habe, da spüre ich die irgendwo im Körper sitzende Lust in mir hochsteigen. Ich stehe auf, wenn die Sortieranstrengung überwunden ist, habe Bewegungsdränge, schmunzle, sehe mich dann gern mit lächeln-

dem Gesicht eine Weile im Spiegel an und weiß, daß ich so gehandelt habe, wie man es von mir verlangt.
Und ich merke dann plötzlich, daß eine zweite Lust, vom Bauch her rumorend, in mir aufsteigt, die Lust: ich hab Kinder nicht hinabgestuft, sondern ihnen die Freude am Lernen gelassen.
Gibt es die dritte Lust beim Blattausteilen? Eine Lust, die ich mir zuerst hinter einer Strenge verweigern will, die ich aber dann doch loslasse: Lob und Ermunterung, und niemand ist entmutigt. Aus glänzenden, aufgeregten Augen lese ich, daß sie etwas Schrecklicheres erwartet hatten.

Seit Tagen trieb es Regen an die Fensterscheiben. Ich schaute gegen die Osterwiesen hinaus, kam mir wie auf einer Hallig vor, erinnerte mich an diesen Vergleich, den ich bei meiner Zuganfahrt hierher von dem alten Mann gehört hatte.
Trotz Regen pilgerten aus allen Richtungen größere und kleinere Gruppen zu Fuß nach Öding. Eine Gruppe kam in einem Viertagemarsch aus Eichstätt an. Mit Omnibussen und Personenautos wurden so viele Pilger wie seit langem nicht herbeigefrachtet. Einige tausend kamen mit der Bahn. Auf dem Kapellplatz scharten sich um den Freialtar über zehntausend. Der Prediger verkündete das Thema der Wallfahrt: Die Grundwerte leben. Dazu sei ein neuer Aufbruch unter dem Schutz der Gottesmutter nötig. Die Erneuerung gelte den Grundwerten Klugheit, Gerechtigkeit, Tapferkeit und Zucht. Mit wehenden Bannern zog die Landjugend um den Altar herum. Drei Bischöfe und ein Erzabt brachten Farbe durch ihre Ausstattung mit. Der Gesang der Menge rann in die Gehirne; von der jeweils anderen Seite her schwappte er nach. Ein Minister, mit dem Hubschrauber eingeflogen, sprach von geistigen Impulsen, geistigsittlichen Werten. Wieder von Klugheit, Tapferkeit,

Gerechtigkeit und Zucht. Mir stieß die Frage auf, warum Christen seit zweitausend Jahren so viele Feinde haben, die sie per Gebot lieben müssen. Bei der Schlußzeremonie, in der die Zehntausend den ›Engel des Herrn‹ beteten, erinnerte ich mich, wie ich einen Theologie-Lehrer gefragt habe, was denn ›Heil‹ sei. Ich hatte immer ›Heil-Rufe‹ im Ohr, ›Heiland‹, ›Heilserfahrungen‹ auch.
Im Alten Testament, sagte er, wußte sich der im Heil Gottes, der mit Reichtum gesegnet war, schöne Frauen und zahlreiche Kinder hatte, viele Zelte und Kamele und große Herden besaß, der in Wohlstand und Gesundheit ein langes Leben erreichte. Der war im Heil Gottes, sagte er.
Jetzt verstand ich, warum der Bischof vom Vorbild sprach, dem nachgelebt werden müßte, und den Grundwerten: Klugheit (was gehört nicht alles dazu, um zum eigenen Vorteil zu leben), Gerechtigkeit (ein Wort, das der Klugheit folgen muß: klug ist immer, wer von Gerechtigkeit spricht), Tapferkeit (denn es verlangt schon etwas, andere auszubeuten, immer tapfer egoistisch zu bleiben – wozu wir aber jahrelang in guter Einübung erzogen werden), und Zucht (nach außenhin, damit sich wieder alles in Klugheit und Gerechtigkeit befindet, was einige bekenntnishafte Tapferkeit verlangt). Da war ja die Tradition des Heilsbegriffs, sah ich ein, gewahrt; seit Jahrtausenden: klug, gerecht, tapfer und zuchtvoll.

Hofdult ist, gehen wir hin, riefen die Kinder begeistert und rissen mich aus meinen Gedanken heraus.
Ja, alle.
Es regnete ein wenig, wir wichen den Pfützen auf dem Dultplatz aus. Die Budenstraße führte uns in einem Oval um das Karussell in der Mitte und die Brunnenschale herum, die extra aufgeschüttet und bepflanzt wurde. Jahrmarktsmusik orgelte. Die Buben flogen, vom Kettenkarus-

sell geschleudert, über meinem Kopf. Mir wurde beim Hinschauen schwindlig.
Die Kinder trafen Freunde, Kollegen grüßten, Uli lief uns in die Arme. Die Lichter an den Budengiebeln und Gestängen der Fahrgeschäfte blitzten auf. Wir hockten uns im Bierzelt mit Uli um einen Tisch. Das Zelt senkte bis knapp an unsere Köpfe einen blauen Himmel herab. Vor einer Berghüttenattrappe spielten die Musikanten auf. Brathähnchen, Bier, Brezen, Käse, Rettiche tischten wir uns auf. Prost! Die Kinder stemmten die schweren Krüge an ihre Münder, schluckten nach, als sie das Bier abgestellt hatten; glänzende Augen bekamen sie. ›By the rivers of Babylon‹ spielten die Musikanten. Wir klatschten mit, sangen, schrien, sprangen auf die Bänke, schunkelten, gossen uns mit Bier voll, stiegen auf den Tisch, und plötzlich standen alle auf den Tischen, alle ließen sich hinreißen von dem rinnenden Schaukeln: by the rivers of Babylon. Die ersten Maßkrüge krachten ans Holzgerippe des Zeltbaues, Girlanden wurden herabgerissen, ich sah Frank an, weiß war sein Gesicht, wie nicht da, brüllend sang er mit, Klaus und Jürgen glühten, klatschten, grölten. Meine Frau, Uli, ich auf dem Tisch, alle auf den Tischen, wenn die Musik nachläßt, dachte ich, wird sie uns alle wieder absenken.

Hinterher, draußen, war es kalt und naß, wir hängten uns ein, hörten den Lärm schwappend und entfernt.
Gleich, wenn wir heimkommen, trinken wir heißen Tee, sagte meine Frau.

Immer häufiger tauchte in mir das Bild auf, der Kapellplatz sei ein Rummelplatz. Öding sucht ja seit Jahren einen neuen Volksfestplatz. Warum nicht den Kapellplatz nehmen? Macht doch die Kapelle zur Börse, sagte ich einmal. Vom Geld versteht ihr doch das meiste.

Und irgendwann hatte ich Lust, sie mir als Freudenhaus vorzustellen. Unter dem Altargewölk ein Himmelbett aufgeschlagen, von der Vorkapelle her das Jauchzen zu hören, das orgienhafte, tief herausgestoßene, sehnsüchtige, erlösende und triebgierige Geröchle nackter Mädchen.
Bilderlebnisse voller Schrecken bedrängten mich. Tief ziehende hohle Wolken, aschgrau, senkten sich als breit daherwälzende Bäuche ins Tal. Ein heftiger Wind kämmte in gestoßenen Böen die Stadt durch; er riß die Menschen von den Straßen. Haltlos, aber aufrecht stehend, trieben sie in die sich verengenden Straßen, deren Mauerbegrenzungen sich perspektivisch zuspitzten: dort wurden alle vom Windstau abgefangen, in einen Wirbel gedreht und im Fluchtpunkt aufgelöst.
Auf dem Kapellplatz brodelte der tiefhängende Wolkenbauch, der sich zu einem alles ansaugenden, fressenden Wanst blähte. Eine Feuerzunge leckte die Stadt weg.

Meine Gedanken erweckten mich: in einer kranken Gesellschaft leben, im ganz normalen Wahnsinn, wie Frank oft sagte.
Im ganz normalen Wahnsinn, hatte ich offenbar laut gesagt.
Was ist der ganz normale Wahnsinn, fragte meine Frau.
Ach, hab ich das laut gesagt?
Im ganz normalen Wahnsinn sich sauwohl fühlen, das wäre die glücklichere Lebensart.
Schau mich an, sagte sie.
Im Bademantel stand sie vor mir, den sie nun nach hinten fallen ließ. Sie streckte ihren nackten Körper, hob die Arme, bin ich wieder sehr schlank, fragte sie, während sie sich drehte, du warst zuletzt immer schlank, sagte ich, sie schlüpfte in die Wäsche, zog die Strümpfe langsam an, probierte Kleider, die sie lange nicht mehr getragen hatte,

mädchenhaft frische Röcke, ein tailliertes, den Busen betonendes Kleid dann, ich sagte einmal dazwischen, was du alles hast. Sie ließ mich vom Parfüm riechen, ob dies, ob das andere passend wäre, süß, sagte ich, entfaltet sich auf deiner Haut am besten.

Immer wieder, wenn sie sich zurückverwandelte in eine Frau von Anmut und Charme, mit einem unaufdringlichen, natürlichen Glück im Gesicht, das ich Lächeln nennen könnte, wenn es ihr gelang, alle Sorgen wegfließen zu lassen, sich zu lockern, bewunderte ich sie.

Du siehst zauberhaft aus, sagte ich.

Ich fahre weg.

Ja, tu es. Ich überrumpelte jeden Einwand, redete ihr unbedenklich zu, fahr weg, vergaß, daß sie in die Nacht hineinfahren würde.

Die Gegenkrankheit des allgemeinen Wahnsinns ist nicht die Ohnmacht, sagte sie, rief die Kinder zu sich, küßte sie; ich hab doch schon große Buben, helft zusammen, in der Nacht komme ich wieder.

Sie stülpte das Auto über sich, ich schlüpfte mit den Kindern ins Haus zurück.

Wir backten Pfannkuchen, wickelten Marmelade darin ein, die Kinder tranken Milch.

Hat es geschmeckt?

Ja.

Ihr Sich-Schönmachen als Rettung. Gelang ihr darin mehr Hilfe, als wenn ich sagte, sich von den Kindern erlösen zu lassen?

Es ist doch eine Flucht mit Rückkehr, sagte ich ins Weinglas hinein. Ich hatte eine Flasche geleert, hörte die Verkehrsdurchsagen, hoffentlich passiert ihr nichts auf den dunklen, nassen Straßen.

Nach München fahren, bummeln, Kaffee trinken, heimfahren? Fuhr sie überhaupt nach München? Sich schönmachen, einen liebesfähigen Körper haben, ohne schwanger zu werden, einen Mann kennen, sich in seine Arme werfen, nimm mich, unter seinem Körper strampeln und beben. Ja, ich will ihr die ausgelassene Lust gönnen, den gierigen Rausch des Abenteuers, dieses süße Gift des Vergessens und Erneuerns, wenn sie bloß mutig wiederkommt. Vielleicht rieche ich es an ihrem Körper, ob sie einen anderen geliebt hat?

Du.

So spät ist es.

Wieder, wie immer, wenn sie fort war, riß sie die Frische mit ins Haus. Sie glühte, hatte schnelle Bewegungen: laß mich einen Schluck trinken.

Wonach roch sie, nach Zigaretten, Wein, Schnaps, Kaffee? Ein fast scharfes Parfüm überdeckte alles.

Schön war es.

Ich war gierig nach ihr.

Das Morgengrauen kam mir häßlich vor. Mein Körper war trocken und kalt, ich stammelte: mein Gott, ein Tag.

Die Mittagswärme war mild, ich legte mich in die Sonne und sagte Auswendiggelerntes vor mich hin: Lehrerverhalten, Schulstreß, Zahlbegriff.

Frank kam.

Willi hat, hastete er mit erregter Stimme, die Matrize der Lateinschulfaufgabe aus dem Papierkorb im Lehrerzimmer mitgenommen.

Oh, sagte ich, da habt ihr's hoffentlich einmal leichter gehabt.

Es kam auf. Zu viele gute Noten. Das heißt, es kam nur auf, daß die Matrize ›gestohlen‹ wurde, wie der Oberstudiendirektor sagte.

Sonst wissen die noch nichts?

Nein.

Willi. Verdammt! Und du?
Nein. Nur Mitwisser.
Was geschieht?
Stillhalten.
Hoffentlich.

Frank war nervös. Kaum hatten wir das gesagt, kam Willi. Wir setzten uns in den Garten und sprachen eine Stunde lang von der Insel Helgoland, auf der ich mit Frank bei stürmischer See war.
Man wollte die Insel sozusagen wegsprengen mit Dauerbombardements, sagte ich, aber sie hielt und ragt immer noch aus der Nordsee heraus. Und die Bombentrichter, die paar, die man sehen kann, sind nun wie liebliche grüne Mulden. Nur an den Häusern merkt man das Neue.
Dann gingen die beiden, die ihre Erregtheit mit zuckenden Lippen verrieten, in Franks Zimmer. Musik schlug durch das Haus. Es wurde Abend, Willi fuhr mit dem Mokick weg, Frank legte jetzt heulende Musik auf.
Hast du deine Aufgabe gemacht, Frank?
Ich mache meine Aufgabe nicht.
Du kannst deine Aufgabe nicht verweigern, sei vernünftig.
Ich laß mich nicht kaputtmachen.
Du mußt aber deine tägliche Aufgabe machen. Das verlangt die Schule. Jeder muß das.
Was ist denn los, sagte meine Frau.
Es geht um seine Aufgabe.
Ihr zwingt mich dazu, genauso wie die Lehrer, rief Frank von seinem Zimmer herab. Er schlug die Tür zu, trommelte mit den Fäusten: Ich gebe mich trotzdem nicht auf. Hört ihr es, ich gebe mich nicht auf.
Verstehst du ihn?
Mach deine Aufgabe!
Er verweigert die Aufgabe. Er will sich nicht aufgeben, sagt

er. Die Schule und wir verlangen von ihm die Selbstaufgabe.
So geht es doch allen Schülern. Der Notenterror. Das Aussortieren. Zu viel Stoff wird ohne Herz und Lust in die Kinder gestopft. Bis es sie würgt. Mit der Erfüllung der Aufgaben geben sie sich auf. Und weil sich die Erwachsenen aufgegeben haben, zwingen sie die Kinder wieder zur Aufgabe.

Ich ging zu Frank hinauf. Er hatte sich etwas beruhigt.
Ich begriff erst später als du, entschuldige, den Doppelsinn des Wortes.
M mü mün münd mündi mündig: So baust du doch mit deinen Erstkläßlern ›mündig‹ auf.
Ja.
Wie wird es denn abgebaut?
mündig mündi münd mün mü m.
Aber es kommt in unserem Gedanken- und Wortschatz nicht vor.
Dann wird es gar nicht erst aufgebaut?
Nein.
Damit braucht man es auch nicht abzubauen.
Nein.
Er sperrte sich ein.

Frank soll sich die Hütte anschauen; wir haben sie angestrichen, sie ist jetzt ganz fertig, rief Klaus. Wo ist Frank?
Er ist in Haus und Garten nicht zu finden.
Er hat sich in sein Zimmer eingeschlossen.
Nein. Er ist nicht oben.
Ich fand auf seinem Schreibtisch einige sehr ordentlich beschriebene Blätter mit der Überschrift ›gemeinsam – einsam‹. Ich las alles schnell durch und rief meiner Frau.
Schau, was er geschrieben hat.

Sie las und sagte einige Sätze halblaut: Ich darf Sprachen lernen – die machen dir schon einen Buchaufschlageaufunterricht. Ich darf auf mein Leben hoffen – die zerstören schon dein Selbstvertrauen. Bin wie herausgefallen, willenlos, abhängig-von. Wie lange werde ich mich behaupten können? Kein Leben lang. Ich stürbe in dem Bewußtsein, nicht abzugehen, ein Versager gewesen zu sein. Die Beerdigung, letzter Umstand mit meinem Körper.

Mir drückte es den Hals zu. Niemanden, dachte ich, würde diese Grabinschrift zu ändern vermögen.
Um Himmels willen, wo ist denn Frank, rief meine Frau.
Ich sprang die Treppe hinab und schrie: Wir müssen Frank suchen.
Aber da kam er gerade zur Tür herein.
Frank. Du bist da. Komm, trinken wir etwas. Das Leben ist lebenswert. Trotz mancher Mitmenschen. Es gibt auch gute Freunde.
Und Hasser, sagte er betont.
Lehrer, Priester, Vorgesetzte sind meist zwanghafte Hasser, sagte ich und nahm Frank am Arm. Sie sind von ihrer Erziehung und von ihren Ämtern her unfähig zu lieben. Liebe können sie nur als Verordnung und Gebot weiterbefehlen, nicht leben.
Setz dich her, Frank, wir trinken auf deine Jugend. Du weißt ja, was mir der Oberstudiendirektor sagte: Ich bin etabliert und habe nichts mehr zu sagen und mir fällt auch nichts mehr ein. Repräsentanten von Ordnung und Leistung können nicht auch noch Kinder lieben. Ich habe die Fähigkeit verloren, an den Umständen der Gesellschaft und der Kinder zu leiden.
Wütend schaute Frank vor sich hin.
Ich habe damals, Frank, gleich hinterher, mich in eurer schönen Aula hingesetzt und die Sätze aufgeschrieben.

Man könnte an seine Stelle auch einen mechanisch ablaufenden Roboter setzen. Du bist ein anderer, wertvoller Mensch, Frank, du sollst dich selbst zu schätzen wissen.

Kennst du das DDD-Schema?
Nein.
Das sind Manipulationstechniken nach einem Schema, das man mit DDD bezeichnet.
Nein.
Dependency, Debility, Dread. Abhängigkeit, Erschöpfung, Schrecken.
Ich hab verstanden, sagte Frank.
Durch DDD schafft man äußere und innere Zustände, gesellschaftlich, körperlich, seelisch, so daß Gehorsam eine ganz natürliche Folge wird. Man hat immer gewußt, wie man Menschen angepaßt, gehorsam und unterwürfig macht.
Zum Beispiel, wie man sie mit Jauchzen an die Front schickt. Erziehung zum Kanonenfutter.
So war es, Frank.
Es ist nachzuweisen, daß mit immer denselben ›Anwendungen‹, Andersdenkende und Abweichler zur Selbst-Aufgabe gezwungen wurden. Das beginnt mit Isolierung, auch Gruppenisolierung. Jetzt erschreck nicht, Frank, über vielleicht neue Einsichten.
Wer bei uns ein paar Jahre auf der Schulbank sitzt, den kann nicht mehr viel erschrecken.
Du meinst, der hat sich an den Schrecken schon gewöhnt.
Ja.
So etwa ist es. Eine Schulklasse ist ja auch eine isolierte Gruppe, die gleichgeformt werden soll, ohne natürliche Lernumgebung.
Die Aufmerksamkeit der ›Behandelten‹ wird völlig widernatürlich kanalisiert. Über Stunden hinweg dürfen sich die

Kinder, du weißt es, kaum rühren. Auch seelische oder kreative Ausflüge sind unerlaubt. Durch Dauer, Wiederholung und Monotonie werden schematisierte Reaktionen aus ganz verschieden veranlagten Kindern herausgeholt. Körper und Geist ermüden, werden erschöpft. Verstehst du, erschöpft, im Sinne von leergeschöpft.
Oder es kommt zu Widerstand und Aggressionen, fuhr Frank dazwischen. Wer noch ein bißchen an sich selbst glaubt, macht doch Widerstand.
Natürlich hast du recht. Der Lehrer wird autoritär, bestraft, schreit alle zusammen. Oder, Frank, er lockt mit Gefälligkeiten, mit Zuckerchen: Gehorsam ist doch schön. Er lobt vielfingriges Reagieren, er lobt die Nachsager. Dieses Lob, du verstehst, gehört zur Methode. Es verhindert die zu schnelle Erschlaffung und Anpassung und damit die Depression. Die Schüler sollen ja soweit willig und lernfähig bleiben, daß sie das gewünschte Tun und Denken und Nachsagen noch aufnehmen können.
Prost Frank.
Du kannst dir, sagte er, die Spinnerei der Lehrer, die Ungerechtigkeit und Erniedrigungen, die es im Gymnasium jeden Tag gibt, gar nicht vorstellen.
Das Schema DDD, Frank, läuft, gewollt oder ungewollt jeden Tag, das ist mir klar, tausendfach in Schulen ab. Der Lehrer demonstriert immer wieder Macht, die Widerstand sinnlos erscheinen läßt: Noten, Drohungen, Verweise, seelische Erniedrigungen. Der Schüler kommt zwangsläufig, da er bestehen muß, zu der Einsicht, nur Anpassung, willfährige Zusammenarbeit mit dem Lehrer und dem System verblieben ihm zum Überleben. Die Folge ist die fast völlige Kontrolle des Lehrers, des Systems über den Schüler. Bricht einer erneut aus, setzt sofort der einzig zu erwartende Mechanismus ein: schlechte Beurteilung, Bedrohungen, erniedrigende Strafen, Beleidigungen, Hohn, Verachtung.

Mit dieser Methode, Frank, wird die banale Forderung entwickelt, die gewohnheitsmäßiger Gehorsam heißt. Der Schüler tut folglich nichts mehr freiwillig. Jede Leistung, das hat er gelernt, wird ihm abgezwungen. Eigentlich hat er längst seine Persönlichkeit verloren. Die herrliche Chance, ein individueller Mensch zu werden, ist für alle Zeit vertan. Das Verbrechen an ihm ist gelungen. Jeden noch so sinnlosen Hefteintrag wird er von der Tafel ›willig‹ abschreiben, jede noch so unbedeutende, ungeprüfte Vorschrift wird er, erzwungen, ›willig‹ tun.

Frank biß sich in die Fingernägel. In drei, vier Fingernägel auf einmal.

Das ist doch Wahnsinn!

Ich habe dir von meiner besten Schülerin erzählt. Sie kann Anweisungen von acht Uhr früh bis Mittag ungeprüft befolgen. Wenn ich morgen sage, heute tupfen wir lauter kleine Pünktchen ins Mathematikheft, in jedes Karo ein Pünktchen, zwei oder drei Seiten, sie wird es fraglos tun. Schau, die kann das schon als Siebenjährige.

Du hast doch da eine wissenschaftliche Analyse zugrundegelegt, sagte Frank, ist die in Schulen gemacht worden?

Nein, so etwas steht nicht in unserem bayerischen Elternaufklärungsblättchen. Darin wird die Schule nur mit glitzerndem Glasschmuck behängt.

Hoffentlich zerspringt das Glas dann bald.

Nein, das sind Untersuchungsergebnisse über die Folter.

Über die Folter?

Ja, das ist die Beschreibung der Folter.

Die bis in Einzelheiten auf die Schule zutrifft!

Ich nahm ihn am Arm. Und ließ ihn allein.

Ich zitterte und mußte es dem Buben längst verbergen. Ich schüttete drei, vier Schnäpse in mich hinein, ging hinaus, schaute mit leeren Augen über die Osterwiesen. Hundert

Bilder stürzten auf mich ein, nein, sprangen aus meinem Kopf heraus: Mundtot, Öding, mundtot, Öding, hier, überall?

Mundtot. Oder Öding ist überall.
Wir greifen in die Gehirne der Kinder hinein und machen Gehirne, wie wir sie wollen. Die sollen nicht loskommen von den Spuren unserer Finger und unseres Denkens: Geldgier, Besitzgier, Macht, Gewalt, Haß, Heuchelei, Verlogenheit, Scheinheiligkeit. Wie Fettzellen immer nach Fett verlangen, müssen sie gierig sein nach den gelernten Spuren.

Im Krieg ist es vorgekommen, daß Männer, die hundert oder mehr Tage auf andere schossen und zu tun hatten, ihre eigenen Verwundeten und Toten wegzuschaffen, vom Lärm des Tötens so zerstört wurden, daß sie weiterkämpften, auch als das Gefecht zu Ende war. Sie warfen sich in die Gräben, schleuderten Handgranaten, schossen auf Scheinfiguren, kämpften ohne Essen und Schlaf, so daß sie mit Gewalt vom Schlachtfeld zurückgeholt werden mußten.

Mundtot. Oder Öding ist überall.
Die Gebotestadt, Gebetestadt, Gefolgestadt. Nichts ist dir selbst überlassen, alles ist Gebot, Verbot, Erlaubtes, Unerlaubtes, Sündiges, Todsündiges. Gefragt und geantwortet wird nur innerhalb dieser Zonen.
Der Mensch ist unter der Kleidung nackt. Das genügt, seine Schlechtigkeit zu beweisen.

Mundtot. Oder Öding ist überall.
Ich bin ein Zentimeter des Erdumfanges. Mit einem Schuhabsatz ist der Spalt zugetreten. Aber auch die Triftung im

Ozean zwischen Amerika und Europa macht jährlich einen Zentimeter aus. Die ruckartige Krustenverschiebung von fünfhundert Zentimeter löst ein Erdbeben aus.
In der Ödinger Basilika beredet einer Fünftausend. Ein Mund stopft fünftausend Ohrmünder.
Mit Lügen.

Das Bild ›Mutter mit Kleinkind auf dem Arm‹ ist besetzt durch ›Madonna mit Jesusknaben auf dem Arm‹. Nie habe ich meine Frau mit einem Kind auf dem Arm fotografiert. Das Kind hoch über den Kopf gehalten, ja, das Kind im Bettchen und Mutter darübergebeugt, ja, das Kind an der Seite der Mutter liegend, ja, aber nie: Das Kind auf dem Arm der Mutter.

Beiß dich auf die Lippen, gegen die Großen kann man nicht an. Töte dich ab. Sich abtöten wurde mir als heilig vorgestellt. Kaiser Karl V. schlief, sagte meine Mutter, gichtkrank, in seinem Sarg. Er ließ von seinem Zimmer einen Schlitz durch die Mauer brechen, so daß er geraden Blicks in die Kapelle und auf das Altarkreuz schauen konnte.
Vielleicht war es auch, dachte ich, eine Pritsche, auf der der Kaiser lag, ähnlich meinem Bettgestell, und ich übte das: sargeng mit angepreßten Händen daliegen, Oberkörper aufsetzen, starren Blick auf den gnädigen Gottsohn am Kreuz lenken, sich zurücklegen, sich aufsetzen, starren Blick auf den gnädigen Gottsohn am Kreuz lenken. Lippen zugepreßt.
Und dabei, wie Kaiser Karl V., im Kopf die ganze Welt denken.

Mundtot. Oder Öding ist überall.
Schon als Kind hatte ich immer Angst, Wundstarrkrampf

zu bekommen: in den Dreck fallen, sich aufschürfen, sich im Dreck infizieren, starr werden, Mundsperre haben, in der Starre zittern, verkrampfen, sterben.
Später gab es weitum keine Wälder, in die ich nicht hineinejakuliert hätte. Ich schrie ins Moos der Wälder, hatte ganz und gar ihre feuchten Kompostreste an mir, bekam keinen Wundstarrkrampf. Vielleicht, weil ich keine offenen Wunden hatte.
Einmal hat mir ein scharfer Halm die Eichel aufgeschnitten. Ich hatte tödliche Angst.

Mundtot. Oder Öding ist überall.
Für mich war immer die Glocke die Vagina und der Klöppel der Penis. Ich hatte eine Spielglocke, deren Klöppel ich aushängen konnte. Ohne Klöppel war die Höhle der Glokke sinnlos leer. Hohl, ohne Ton, nur Hülle, nur Becken, nur Schale. Ich flüsterte in die Höhle hinein, leckte sie mit der Zunge aus, ließ die Zunge hin- und herpendeln wie den Klöppel, da hatte ich ein wohliges anschwellendes eröffnendes tönendes Gefühl, ein Gespür, das sich fortsetzte, wenn ich den echten Klöppel einhängte, in ein den ganzen Körper umkrabbelndes Kitzeln, daß ich jauchzte, froh war, schrie: ich bin glücklich, mit den umherliegenden Gegenständen sprach, die Fensterflügel weit aufriß und mit den Vögeln zwitscherte. Mir lief der Mund über.

Die Tage fallen wie riesige Öffnungen auf mich zu. Weiße Blitze verändern mir die Stadt. Wie Angstlichter erschrekken sie mich zuerst. Helles Licht macht alles um mich schattenlos. So faßbares Licht, daß ich es zwischen die Hände ballen will. Und die Augen halten es aus, schlucken die Lichtwellen, ich habe schillernde, lila Nachbilder. Sie drehen Kugeln und laufen mir als buntes Spiel in die Seele über. Ich fliege auf Farbwolken.

Ist das die Stadt?
Mir wimmelt der Platz von Spinnen. Auf meiner Kopfhaut, unter den Haaren, krabbeln sie, langbeinige Kreuzspinnen, sie schlagen mir ihre giftigen Kiefernklauen in die Haut, spritzen mir ihren Verdauungssaft ein, saugen mich aus.
Mir wimmelt der Platz von Spinnen, und ich renne, um nicht im Netzgewebe hängenzubleiben, dessen Fäden ihnen nicht bloß aus den Hinterleibern, sondern auch aus den Mündern rinnen, Speichelfäden, mit denen sie in lallendem Gesang den ganzen Platz einspinnen.

Das karpfenmäulige Mundtotsein hier in Öding! Ich selbst kriege vor lauter Redeüben die Mundsperre, mein Hals versteift sich – da trifft mich das Raunen, das längst als volle Wahrheit durch den Ort flüstert: Er kommt! Wer? Der Heilige! Der Vater!

Die Organisation sei das Wichtigste, spricht mich einer auf der Straße an. Den Papstbesuch kalkulieren! Ob man die Osterwiesen hernehmen soll als Aufmarschplatz für die halbe Million Menschen? Was ich denn dazu meine? Sie könnten dann von Ihrem Dachfenster aus zuschauen, sagt mir der Ödinger. Alteingesessen sei er und glücklich, nun das noch zu erleben.
Der Kapellplatz sei zu klein, die einunddreißig rundbuschigen Jungbäume um das Heiligtum müßten wieder ausgegraben werden, aber Kulisse hätte der Kapellplatz, Fassade.
Fünfzigtausend hätten darauf Platz und sechs Videoleinwände, zehn mal zehn Meter in die Wiesen vor die Stadt gestellt, könnten das Bild seiner Heiligkeit vergrößern für die in den Pferchen Stehenden, denke ich.
Zweihundert Jahre lang werden wir davon Profit haben, sagt er, wenn er kommt.

Ich verabschiede mich. Die Absperrung auf allen Straßen und Wegen fünfzehn Kilometer vor dem Ort wird eingeübt, die Verriegelung und Platzkartensortierung, fünffache Kontrolle vor den mit Pfosten und Seilen ausgesteckten Pferchen, den Weideflächen.

Er kommt, Öding und das ganze Volk ehrend, sagt Uli. Hunderttausend wollen mit dem Papst hier eine Nacht schlafen. So steht's in den Zeitungen. Von Kirche und Stadt ist alles vorbereitet. Du willst es bloß nicht glauben. Die Videoleinwände werden ja schon montiert. Sechshunderttausend Mark Leihgebühr und Montagekosten. Der Altar wird aufgerichtet, Stahlrohrgerüst, vierzigtausend Mark. Du hast es bloß nicht wahrhaben wollen.

Die Kinder schauen von unserem Paradiesgarten aus zum Himmel auf.
Er wird eingeflogen, sage ich, im Heuschreckenkonvoi der Hubschrauber. Im dicksten Brummer sitzt er.
Die Kinder wollen ihn nicht sehen, aber mit Uli mache ich mich auf den Weg. Die Verkäufer an den Pilgerwegen winken uns an ihre Stände: Wurstsemmeln zu Hauf, Papstteller rufen sie aus, Medaillen, Kerzen, Kopftücher, Kugelschreiber, alle mit Papstkopf.
Schlecht geht das Geschäft, klagen sie.

Inzwischen hat sich die Himmelsfliege gesenkt.
Ob er auch hier den Boden küßt, die Duftspur aufnimmt, wie durchtränkt das Land sei? Ich frage Uli und ahne, daß der Boden, auf dem ich gehe, nun schon wieder geheiligt ist.
Hundertschaften von Soldaten und Polizisten säumen die Straßen, Schüler, die Papstmünzen verkaufen, drei Mark das Blech, alte gekrümmte Frauen unter Kopftüchern, Kin-

der werden in Richtung Kapellplatz gezerrt, Uli und ich erreichen die erste Videostation: menschenleer ist der abgesteckte Pferch, von der Leinwand strahlt das Bild des Hirten mit seinen segenswilligen Armen.
Wir bleiben stehen und warten auf seine Vorbeifahrt. Der Slalom durch die dünn menschenberänderten Straßen und um die leeren Pilgerstehflächen hat begonnen.

Dann sehe ich unter der Glaskuppel des Panzerwagens seine lächelnde, und wie mir scheint, offene Steinherzigkeit. Dreitausend Mark, überschlage ich, mag jede Minute Leihgebühr für die Videowände kosten. Einen Moment lang tänzle ich auf Zehenspitzen, von hinten sehe ich ihn, Lichtstrahlen spiegeln, werfen an die Glaskuppel einen riesigen Glitzerstern, der mir als hellstrahlendes Spinnennetz ins Auge springt.

Im Gasthof ›Zwölf Apostel‹ trinken Uli und ich Bier. Keine zweihundert Meter weg, unter fünfhörnigem, höllschwarzem Baldachin auf dem Stahlpavillon, zelebriert der Heilige die Messe; sechzig Kleinspinnen kriechen als Dienerchen hin und her, ein Dutzend Großspinnen zelebrieren mit.
Ist es möglich, denke ich, daß der Heilige verschmitzt über alle hinwegschaut und über den Kelchrand blickt und allen die Wandlungsworte zuflüstert: Ist bloß ein gnädiger Trick gewesen seit zweitausend Jahren, meine lieben Schafe?
Ist es möglich, daß der Heilige die goldgeränderte weiße Haut abwirft, die Hostien aus dem Kelch schüttet und bekennt: Ich will mich und euch nicht länger auszutricksen versuchen?
Unmöglich!

Ist es unmöglich, daß der Oberstudiendirektor wieder lernt, Menschen und Kinder zu lieben, nicht nur in abgenötigten, öffentlichen Wörtern, wenn er vom Theaterpodium aus zu den Eltern spricht, sondern so geheilt, daß er die Lust am Unterwerfsystem verliert? Oder ist er so in die Enge getrieben: Ich bin etabliert und nicht mehr fähig, an den Umständen der Menschen zu leiden, daß er in einsichtigem Entschluß zum letzten Mal die Schule betritt und sich in der Mitte der Aula, oben am Kassettenraster erhängt, damit er in der Frühe, wenn das Licht durchschlägt, würdig beleuchtet ist?
Es ist unmöglich!

Ist es unmöglich, daß ein Sechzehnjähriger, der sich der Vergiftung, Verstümmelung, Unterwerfung verzweifelt zur Wehr setzt, verliert: und sich in einem berauschenden Anflug von Klang, Farbe, Empfindung und Lust die letzten Minuten seines Menschseins gönnt, um dann zu sterben?
Es ist möglich!

In seiner Menschenleere dehnt sich der Platz. Zum erstenmal meine ich, daß er sich stark wölbt. In der Mitte sprudelt ein Brunnen. Nach allen Seiten rinnen Wassertücher aus den Schalenhänden. Gebende Hände. Umstellt ist der Platz von offenen Gärten und Pavillons. Ich sehe tanzende Menschen. Du, sagen sie, und ich lasse mich berühren. Dann falle ich von ihren Händen herunter und fließe aus dem Traum heraus.

Die Uhren tickten, die Sonne schien, die Kinder hatten Hunger, meine Frau putzte das Haus, ich korrigierte Hefteinträge, meine Erstkläßler beteten:
Wir haben eine Stimme. Wir können sprechen. Wir sprechen laut oder leise oder flüstern nur. Wir können lachen

und schreien, rufen und singen. Es ist schön, daß wir eine Stimme haben. Lieber Gott, wir danken dir dafür, daß du uns eine Stimme gegeben hast.
Man kennt sie heraus, die bei dir in der Klasse waren, und man wird es ihnen noch nach Jahren anmerken, machte mir ein Kollege zum Vorwurf. Sie reden und argumentieren und kritisieren. Einfach unangenehm sind sie.

Wenn ich die Kinder wegführen könnte.
In eine Flöte blasen, ein hübsches Trällerliedchen pfeifen, verrenkte Sprungschritte vortanzen, rechts-links-links, rechts-links-links. Sie könnten mitsingen und mitklatschen, mithüpfen und den Kopf in die Höhe strecken, rechts-links-links, rechts-links-links. Nicht verführen, sie nicht in andere Abhängigkeiten und Befehlslager locken, sie ins eigene, eigenständige, selbstbewußte, selbstverantwortliche Leben bringen. In dem sie die Erniedrigungen, den Hohn, die Lüge, den Haß vergessen.

In der Klasse übte ich das Trällerlied: einem pfiffigen Jungen setzte ich ein Hütchen auf, er blies in die Flöte und sprang voraus. Er führte die Kinder im Kreis, alle sangen, tanzten, sie küßten und umarmten sich. Den Strom ihrer freigelassenen Gefühle sah ich aufeinander überschwappen. Schluß, rief ich, alle an die Plätze.

Kinder, ein Gartenfest für euch und eure Freunde! Im Widerschein des Feuers leuchteten ihre Gesichter rot auf, das Grillfleisch schmeckte ihnen. Klaus und Jürgen steckten brennende Fackeln in die Erde, um mit dem Flackerlicht den Zauber in die Nacht hinein zu verlängern. Zu einer sehr stampfenden Musik schüttelten sie ihre Körper, sprangen über die Flammen. Dann setzte die Musik aus, das Kindergeschrei war wie von den Flackerstößen verbrannt.

Klaus und Jürgen hatten sich von den Freunden verabschiedet und sich in ihre Hütte verzogen. Frank und Willi hockten am Steinrand des Kindergrabes.
Was ist denn los, keine Stimmung mehr? Es gibt noch Grillwürste.
Wenn sich der oder die Täter melden, hat der Oberstudiendirektor versprochen, geht die Sache mit der aus dem Papierkorb genommenen Lateinschulaufgabe nur mit einem Verweis aus. Jedenfalls keine schlimmere Strafen, kein Schulrausschmiß.
Willst du dich melden?
Wenn ich wüßte, daß er Wort hält.
Traust du ihm nicht, wenn er es doch verspricht? Laß jetzt den Kopf nicht hängen.
Ich gehe von hier weg, sagte Frank.
Was meinst du?
Ich wechsle die Schule.
Ich tat überrascht, und war doch längst damit einverstanden.
Wer siegen will, muß immer selbst siegen, sagte ich.
Was ist mit Frank, sagte Jürgen. Er will weggehen? Weiß das die Mami schon?
Ja, er will weg, und nein, sie weiß es noch nicht.
Was heißt das, wer siegen will, muß immer selbst siegen?
Sich mit Mut und Willen und Zuversicht auf die Beine stellen.

Als ich an einem der nächsten Tage im Vorzimmer des Direktorats auf den Oberstudiendirektor wartete, hörte ich ihn nach Namensnennungen immer wieder sprechen: Erhält die Erlaubnis zum Vorrücken nicht, erhält die Erlaubnis zum Vorrücken nicht.
Ich sagte ihm, das Weggehen sei auch ein Protest, aber ich merkte, ich hatte den Satz nur ins Leere gesprochen.

Sein bärtiges Gesicht kam mir sonderbarerweise bartlos vor, sehr glatt und babyhaft zartrötlich. Seine Hände waren von dem ständigen Vor-der-Brust-Reiben wie abgerieben. Handlos schien er mir.

Frank, du gehst. Dein erster Schritt ins Leben. Mach es gut, Junge.
Wir umarmten uns.
Tagelang konnte ich freier atmen. Immer wieder ging ich in sein leeres Zimmer, öffnete das Dachfenster. Luft ist unser Wesensmedium. Ich griff an meinen Kopf. Wie schön, dachte ich, der Ort für Raum und Zeit und Zahl als Grundlage meines Denkens liegt zwischen Sehzentrum und dem Platz für Körpergefühle. Im Sinnenhaften eingebettet.

Ich begann, die Zeugnisse für meine Schüler vorzubereiten. Mit Widerwillen. Ich erfaßte nur Aspekte, die Anpassung an die typischen Schulforderungen: Fleiß, Gehorsam, ständige Aufmerksamkeit, die Fähigkeit zum Nachvollziehen, die Fähigkeit zum schnellen Reagieren. Wer kann ein wenig besser lesen, schreiben, rechnen als der andere? Wer kann singen, malen, laufen?
Zeugnisse schreibst du, sagte meine Frau.
Ja.
Ich hab einmal über den Folterer und sein Opfer gehört, daß, wenn die Gefahr besteht, daß das Opfer für einen Augenblick die Menschlichkeit des Folterers anrühren könnte, ihm ein schwarzer Sack über den Kopf gezogen wird.
Wem?
Denk mal nach.
Du machst es mir schwer.
Neben den Schulen, sagte meine Frau, veranstalten die Stadt, der Landkreis und die Werbegemeinschaft der Kaufleute

Wettkämpfe für Kinder. Wertest du die auch für die Zeugnisse aus? Die Singwettbewerbe, Malwettbewerbe, Kettcargeschicklichkeitsbewerbe, Fahrradgeschicklichkeitsbewerbe, Bastelbewerbe.
Du mußt schon immer richtig Wettkämpfe sagen. Hier macht man den Kindern nur in Wettkämpfen Freude.
Irgendwo, hab ich gelesen, gibt es auch Schießwettkämpfe für Kinder.
Aber jemand hat sich eine bereits käufliche Spielesammlung ausgedacht, die heißt: Spiele ohne Sieger.
Hast du den Mut, in den Klausuren deine Ansicht zu vertreten?
Du erinnerst mich, daß ich noch eine Menge auswendig lernen muß.

Die Prüfungen in München dauerten drei Tage lang. Ich nahm ein Hotelzimmer. Eine Kollegin, im siebten Monat schwanger, wohnte neben mir. Hinter uns lagen drei Jahre Vorbereitungsdienst. Seit Monaten strebten wir die Prüfungen an.
Am Abend trank ich zweimal von einem Aktivmittel. Fast bis Mitternacht wiederholte ich mit der Schwangeren verschiedene Themen. Dann klopften wir uns noch einigemal durch die Mauer Signale zu.

Ich konnte nicht einschlafen. Es war zwei Uhr. Ich nahm Beruhigungstabletten.
Um drei Uhr rief ich meine Frau an. Ich kann nicht schlafen. Ich muß aber in der Frühe fit sein. Ich solle abschalten. Einfach monoton sein. Noch verblieben einige Stunden. Sie wolle mir noch sagen, daß sich Willi beim Oberstudiendirektor gemeldet hat. Als Täter.
So. Und ich würde einzuschlafen versuchen.
Dann wälzte ich mich hin und her. Willi. Von Willi fanta-

sierte ich und von Willi Plew, der an der weißen Mauer der Schmiedelagerhalle vom Holzfuhrwerk, weil er aufgesprungen war, zerquetscht wurde.
Um vier Uhr rief ich meine Frau zum zweiten Mal an.
Entschuldige, daß ich dich wieder wecke. Ich kann nicht schlafen. Jetzt am entscheidenden Tag komme ich nervös und ohne Schlaf zur Prüfung. Dann soll mir das Gelernte einfallen. Es geht schließlich um Zehntelnoten. Ich komme auch nicht mehr von Willi los.
Die verbleibenden zwei Stunden solle ich noch zu ruhen versuchen, vielleicht fiele ich doch noch in eine Tiefschlafphase. Entspannen solle ich mich, an nichts denken oder mich ganz verengen: nur eine Null denken zum Beispiel.
Um fünf Uhr wählte ich erneut, hängte wieder ein. Ich sah eine Katastrophe hereinbrechen: Ich versage. Ich habe die Zukunft der Familie kaputtgemacht.
Ich stand auf, duschte. Um sechs Uhr rief ich meine Frau an: Ich hab keine Sekunde geschlafen. Bin ganz durchgedreht.
Ich trank vom Aktivmittel.

Der Prüfungsraum war fensterlos. Ich rang nach Luft. Es war kein Streßthema dran. Schulstreß gibt es nicht. Es ging um die Bedingungen des Lehrer- und Schülerverhaltens. Bedingungen, die dann doch Streß in der Schule verursachen: Notenterror, Auslesesucht.
Am Nachmittag trank ich Bier. Ich traf eine zierliche Kollegin, die ich aus der Studienzeit kannte. Sie kam mir wie eine Siamesin vor.
Am Abend schlief ich bald. Der zweite Tag brachte die fachdidaktische Prüfung. Mathematik. Ich berichtete über Theorie und Praxis.
Dann rief ich meine Frau an: für heute geschafft. Es sei mir, als wenn ich die Augenlider nicht mehr schließen könne.

Man sieht dadurch ein wenig mehr, ein wenig intensiver. Aber die Augen werden trocken und brennen.

Im Hotel langte ich der Schwangeren an den Bauch. Wir prüften uns durch. Ich war am dritten Tag um 11 Uhr und um 15 Uhr dran. Mündliche Prüfungen. Um 15.30 Uhr ging ich über das Schulgelände an der Dachauerstraße.

Als Ihr Mann nach der Prüfung wegging, hatte er unterm linken Arm die Tasche eingeklemmt und mit der rechten Hand bildete er eine Faust mit hochgestrecktem Daumen. Ich habe eine Eins, sollte das wohl heißen. Er kam dann nicht mehr ins Hotel zurück, sagte die Schwangere am Telefon zu meiner Frau.
Eine andere Kollegin machte an das Schulamt Meldung, und meine Frau bekam einen weiteren Anruf von der Regierung von Oberbayern. Wir wissen nicht, wo Ihr Mann ist, sagte der Regierungsschuldirektor.

Vierundzwanzig Stunden war ich weg, sagte ich zu meiner Frau, ich wollte einfach mal einen Tag aussteigen.
Aber du mußt verstehen, daß ich mich gesorgt habe.
Das Schulamt und die Regierung schalten sich ein, wenn ein Lehrer einen Tag verschwindet; auch in den Ferien. Unverfügbar darf ein Lehrer nicht sein.
Wo warst du denn wirklich?
Ich wollte und möchte einen Tag, über den ich nicht berichten muß.

Kinder, Ferien!
Jetzt, da alles vorbei ist, möchte ich einmal nach Berlin, sagte ich.
Ich saß im Zug, und mir kam zum wiederholten Male ein Bild in den Sinn: ein sehr schöner kirschroter Mund, wie

auf einem Plakat, aber ohne Zähne, dafür eine herausgreifende Hand.
Am Zoo-Palast flog übergroß ›Der Supermann‹ mit ausgestreckter Faust, geöltem, glattem, schwarzem Haar, auf der Brust rot das Superzeichen.
Den kreisenden Mercedes-Stern auf dem Hochhaus nennen die Berliner I-Punkt, sagte einer.
Schultheiss-Bier, die Lichtreklame, machte mich durstig.

Mein Bewußtsein steigert sich in Einzelzimmern.
In Einzelzimmern komme ich zu mir.
Das Hotelzimmer war nicht größer als drei auf drei Meter.
Neben dem einfachen Bett stand ein Nachtkästchen; eine Bibel lag darauf.
Da fahre ich extra bis nach Berlin, um eine Bibel zu finden.
Ich nahm das Buch, spielte ›Gottesurteil‹. Ein wenig schwindelte ich, glitt mit dem Daumen an den Blatträndern entlang, um die gnädigste Stelle zu finden, Hiob. Ach, ja. Aber ein Hiob im Elend, der sich selbst täglich neu gebären muß. Das ist mehr, als in Gottesabhängigkeit wieder ins Heil zu kommen. Das Wort ›Elend‹ kam mir dann überflüssig vor.
Ich ließ mich von den Motiven der Wandtapete ablenken. Eine Pyramide mit Kamelreiter und Palmen, der Eiffelturm, eine Windmühle, ein Segelboot, eine französische Kathedrale mit großer Rosette und stumpfen Türmen, das Pantheon in Rom, das Brandenburger Tor, eine Hängebrücke, eine alte Stadtmauer, sehr wehrhaft, und eine gotische zweitürmige Kirche, vielleicht der Kölner Dom. Da noch ein Maler mit breitkrempigem Hut, ein Geißlein neben sich. Vor der Staffelei eine Frauenfigur, Früchte tragend. Südliche Stadthäuser, ein Hirte mit Stab und Eßbeutel, zwei liegende Schafe um ihn herum.
So reich ist ein Tapetenmuster, dachte ich.

Was erwartete ich von Berlin? Klarheit? Entscheidungshilfe? Das Beispiel von Einsperrung und Freisein?
Ich stand vor der Kaiser-Wilhelm-Gedächtnis-Kirche. Zwischen dem modernen achteckigen Neubau und den Resten des alten Turmes, der anstelle der einstigen Rosette, die ich mir farbig und strahlend vorstellte, ein riesiges Loch hat. In den neuen Kirchenteil konnte ich nicht hinein. An der Tür las ich in roter Schrift ›Automatiktür‹ und in Schwarz ›öffnet und schließt selbsttätig‹. Jetzt war sie wegen Gottesdienst versperrt.

Ich ging zu dem hohlen Turm hin und schaute die Mosaike an, die im unteren Hallenraum am rissigen Gewölbe zu sehen sind: Fr. Wilhelm III, Fr. Wilhelm IV, Wilhelm d. Gr., Friedrich III, Wilhelm II, die meisten mit Hermelin behängt, steife Würde.
Rechts davor las ich auf einer Tafel: FÜRCHTE DICH NICHT GLAUBE NUR.
Als ich um den halb zerschossenen Turm herum war, sah ich in sein hohles Innere. Wie ein Bauch ohne Gedärm. Oder wie ausgelaufenes Gedärm. Ich ging wieder zu dem Achteck hin und hörte einen sagen: das ist der Glaubensreaktor. Immer noch war er verschlossen. Ich begann, die Fensterkassetten zu zählen. Die untere Geschoßreihe ohne Gläser, darüber fünf Kassettenbänder. Jede Achteckfläche hat fünf mal fünf ist gleich fünfundzwanzig Kassettenfelder. In jedem Kassettenfeld zählte ich wieder fünf mal fünf blaue Glassteine. Ich rechnete: 25 mal 5 mal 5 mal 8.
Ehe ich ein Ergebnis hatte, wurde die Tür geöffnet. Inzwischen warteten viele, und mir kam es so vor, als wenn die Herausströmenden ihre Körper an den Körpern der Hineinströmenden rieben.
Der Bischof hat doch schön gesprochen, sagte eine alte Dame.

Von hinten schrie ein junger Mann: Ich glaube an die Auferstehung des Dollars.
Drinnen war es sanft und blau und ruhig. Jemand flüsterte: Man hat hier zwanzigtausend solcher blauer Fenstersteine verbaut, und ich erinnerte mich, daß ich mit dem Ausrechnen nicht fertig war. Ich setzte mich, überprüfte meine bisherige Rechnung und kam nicht mehr ins Klare. Innen zählte ich in einem Kassettenfeld 6 mal 8 Glasbausteine, draußen waren es doch 5 mal 5. Ich multiplizierte, da ich mich draußen getäuscht sah: 6 mal 8 mal 5 mal 5 mal 8. Trotz der Ruhe kam ich mehrmals durcheinander. Nicht alle Gläser, fiel mir auf, schimmerten blau. Zart eingesprenkelt waren die Farben Gelb und Rot und Grün.
Dann kamen mir die Lichtkassetten wie Gitter vor. Ich saß in einem achteckigen Gitterkäfig. Oktogonturm. Ist Öding denn überall? Ich stand auf.

Die Fenster blau, ein ruhiges irdisches Blaugefühl. Die Decke wie ein Autodach, ausgesprochen körpergerechte Sitze. Der Fußboden in farbigen Keramikscheiben. Was konnte mich da verwirren?
An einer Seite begegnete ich einem Kreuz. ›Kruzifix (spanische Schule – um 1300)‹ stand dazugeschrieben. ›Kruzifix‹ war doch bei uns daheim der schrecklichste Fluch.
Ich las: Unser Glaube ist der Sieg, die Orgel setzte ein, ich las weiter: der die Welt überwunden hat (1. Joh. 5.4.).
Welche Sprüche!
Ich blickte zur Orgelempore, die wie eine Schanze vorragt. Die Orgelpfeifen, einige in Halbmonden angereiht, liegen waagrecht wie Feuerrohre da. Ich wollte es hier aushalten, hatte die Absicht, es hier auszuhalten. Setzte mich wieder, so daß mir die Feuerrohre in den Nacken ragten. Im Blau versank ich in ein Nickerchen. Wenn ich die Augen öffnete und dann wieder schloß, sah ich im Nachbild lange die

Glasgitter. Mir fiel die Sperrmauer rings um Berlin-West ein, und ich empfand zwei Sperren: die Mauer um die Stadtinsel und diese achteckige Gitterzelle, in der ich hockte. Bedrohung vom äußeren Ring her und aus der inneren Kernzelle.
Und ich erinnerte mich wieder an das schwarze Steineachteck in Öding, in dem die abgestorbenen Herzen bayerischer Herzöge und Könige hängen: ein sarkastischer, mystischer, zum Denken ungeeigneter Raum.
Räume, die nicht mehr gedacht werden sollten.
Ich ging hinaus. Löste mich langsam von diesem Baukontrast Gedächtniskirche. Fand auf der nördlichen Seite des Turmes unter einer ziemlich dumpfen schwarzen Reliefbüste auf schwarzer Bronzetafel eingemeißelt:
Zur Erinnerung an Wilhelm I., König von Preußen und Deutscher Kaiser, wurde in den Jahren 1891–1895 unter der Regierung Kaiser Wilhelm II. aus Spenden des ganzen deutschen Volkes die erste Kaiser-Wilhelm-Gedächtnis-Kirche erbaut. Während des 2. Weltkrieges – in der Nacht zum 23. November 1943 – wurde sie beim Luftangriff zerstört.
Ein Blick auf die Kassettenfelder des Oktogons verschaffte mir keine Klarheit: von außen hat jede Kassette fünf mal fünf blaue Fenster.

Ich hatte einen süßen Geschmack im Mund, der rasch bitter, stumpf-tranig und ranzig wurde. Mir kam es vor, als lutschte ich ein hartes, glasiges, dünnwandiges, vielleicht blaues Bonbon, das mir plötzlich im Mund zerbrach. Ich wollte es ausspucken, würgte, aber es kam nichts heraus. Mir blieb ein Fäulnisgeschmack.

Ich ging auf der Fußgängerinsel herum und fand südlich auf dem Boden mit Kreide hingeschrieben:

Freiheit hat einen Namen: Anarchie.
Dann groß und gelb und quer dazu: Daß du dich wehren mußt, blau weiter: wenn du nicht untergehen willst. Freiheit kommt von Dir.
Ich griff mit beiden Händen an meine Schläfen.

Am Bahnhof Zoo trank ich Kaffee. Am Tisch saß ein bulliger blonder Kerl. Er wäre gerade aus Afrika gekommen, erzählte er mir, dort hätte er eine Schwarze geheiratet, seine rechtmäßige Frau wäre sie, so ein Weib, und ich müsse mir ein echtes Negerdorf vorstellen, er wolle aber jetzt für wenigstens ein Jahr hier in Berlin einen Job finden.
Ob er denn seine Negerfrau nachhole, fragte ich.
Wisse er noch nicht. Er wolle mal Geld machen. Und hier in Berlin wäre schließlich doch was los. Ob ich in eine Bar mitkommen wolle, lauter Neger und Negerweiber dort.
Ich müsse nach Hause fahren, in einer Stunde schon, sagte ich.
Wo ich denn zu Hause wäre.
In Öding.

Willi ist tot.
Während ich in der Ferne meine Frau und die Kinder sah, in farbigen Sommerkleidern, während ich mich dem weggeschobenen Bild meiner Familie näherte, die Vertrautheit rasch gewann, ohne die Bewegungen ihrer Gesichter zu sehen, stockte das größer werdende, heranrückende Bild: Willi ist tot, war der Schrei Franks.
Mich versteifte der Zuruf, vom Hinterkopf her schoß mir ein kalter Schauer über den Rücken, die Reisetasche fiel mir aus der Hand, da sah ich das Entsetzen in ihren Gesichtern.
Sie brachen in Tränen aus.
Wie ist das geschehen?

Von unserem Hausdach ist er kopfüber auf das Kindergrab gesprungen.
Ist er nicht bloß verletzt? Kann man ihn noch retten, fahren wir gleich hin, liegt er im Krankenhaus?
Nein, höre, tot ist er. Er traf mit dem Kopf auf den Rand des Kindergrabes.
Warum tat er es?
Noch einmal fliegen, hatte er zu Frank gesagt, dann für immer abschalten.
Der Direktor hat sein Wort nicht gehalten. Willi hatte sich im Vertrauen auf sein Versprechen gemeldet.
Daß er die Schulaufgabenmatrize aus dem Papierkorb genommen hatte.
Ja.
Dann hat er ihn doch von der Schule gefeuert.
Ich war in Berlin und ahnte nichts.
Gestern war es.
Einfach so: ex und hopp. Mein Gott, sagte ich.

Lange in die Nacht hinein redeten wir von Willi.
Die Kinder wollen wie Kinder leben, sagte ich, aber wir vergiften sie andauernd.
Wir lieben die Musik, sagte Frank, wollen unsere Gefühle zeigen dürfen und brauchen gar nicht so viel Protzzeugs wie ihr, aber ihr laßt uns ja gar nicht anders sein. Wir müssen wieder raffen und Geld wuchern und Ehrgeizlinge werden.
Der nie mehr heilbare Mensch, so kommt es mir vor, sagte meine Frau, wird hier erzogen.
Und wir können uns nicht wehren und uns nicht rächen, sagte Frank, können wir Willi rächen?
Nein, Frank, unsere Rache ist, menschlich zu bleiben.

Das steinerne Kindergrab im Garten, in dem die Rehknochen liegen, hatten die Buben mit Blumen überhäuft.
Morgen ist die Beerdigung, stöhnte Frank.
Frank, du darfst nicht kaputtgehen. Willi verlangt dein Leben. Halte durch.
Ich verlaß die Gegend hier. Ich fahr jetzt in den Ferien weit weg. Nach Portugal und Marokko.
Tu es. Gib dir selbst den Weg.
Laßt mich ein paar Tage allein, sagte meine Frau. Ich brauche Ruhe und Schlaf.
Dann fahr ich mit Klaus und Jürgen in die Schweiz.

In Grindelwald, unter der Eiger-Nordwand, zelteten wir. Von der Kleinen Scheidegg aus wanderten wir bis zum Eigergletscher. Die Kinder stiegen auf den Felsterrassen der Eigerwestflanke ein Stück bergan, überquerten Schneefelder und spielten in der Sonne. Ich fühlte mich ausgesetzt. Als stünde die Zeit still. Was ist, wenn wir zurückgekehrt sein werden?
Den Augenblick leben. Die Kinder sich in Abenteuer und Gefahr bewähren lassen.
Kinder, wir steigen heute über dreitausend Meter hinaus.
Sie hatten glänzende feuchte Augen. Ihre Gesichter zeigten Willen und Entschlossenheit.
Mir ging der Atem aus. Ich keuchte. Am Gletscherrand erholten wir uns. Eisabbrüche donnerten zu Tal.
Seht ihr den Durchstieg dort?
Diese Felsrinne?
Ja.
Wir steigen durch.
Aber wir kennen die Tücken und Gefahren dieser Felsrinne nicht. Schaut, Wasser stürzt runter.
Wir steigen durch, sagten sie fest.
Ich schaffe das nicht. Paßt auf euch selbst auf. Ihr seid jetzt

für euer Leben selbst verantwortlich. Es wäre ein zu früher Tod.
Willi ist auch tot. Einige Jahre hätte ich schon gelebt, sagte Klaus. Andere Kinder gehen noch früher zugrunde.
Bitte, paßt auf. Ich gehe außen herum, in einem großen Bogen. Oben müssen wir zusammentreffen.
Ich sah ihre Spuren im Schneefeld. Nach wenigen Griffen und Tritten waren sie in der Felsrinne verschwunden. Ich versuchte noch, sie durch Zurufe zu erreichen. Wir waren durch Fels getrennt. Keine Antwort.

Voll Angst, erschöpft, in Atemnot kam ich auf dem Felsvorsprung oben an. Über einen seitlichen weglosen Anstieg. Mehr als eine halbe Stunde war vergangen. Oben kannte ich mich nicht mehr aus, denn die Ausmündung nicht nur einer Felsrinne sah ich, sieben, acht, neun Einschnitte brachen steil hinab. Aus welcher Rinne müssen sie herauskommen?
Ich keuchte von einem Felsabbruch zum nächsten, schrie, aber meine Stimme blieb dumpf und tot. Kein Echo, keine Hoffnung, daß mich die Buben im Fels hören konnten. Wie wenn man zwei Fäuste aneinander hält und von oben in die Fingerspalten zwischen den Knöcheln sieht, sah ich in die Felsschluchten hinab. Nirgends eine Spur von den Buben. Ich hatte Todesangst. Mir würgte es den Hals. Wenn sie abgestürzt sind? Wenn sie tot sind?
Ich warf den Rucksack weg, riß den Anorak auf, die Sonne schien, in schöner schneeglitzernder Landschaft war ich allein; starrer Fels, Eis, kein Laut.
Da, mit hellen Augen und schwitzenden Gesichtern, wie aus einem Felsgrab auferstanden, die Buben: Hallo!

Nach acht Tagen fuhren wir heim. Braungebrannt, fröhlich flogen die Kinder der Mutter in die Arme.

Ihr seid wieder da.
Dann schob mich meine Frau ins Wohnzimmer. Wir sahen die Buben am Kindergrab stehenbleiben, dann zum Bach rennen. Klaus holte seine Angel heraus.
Darf ich fischen?
An seiner Mundbewegung, durchs Glas gesehen, konnten wir die Frage ablesen.
Ja.

Wir haben einen Hauskäufer, sagte meine Frau. Er wird sich das Haus morgen anschauen.
Ich fiel wie aus einer Felswand in die Wirklichkeit zurück. Das Haus verkaufen? Diesen äußeren Chitinpanzer abwerfen?

Draußen hockte Klaus am Bach und fischte.
Die Forelle hat den Haken verschluckt, schrie er, helft mir.
Ich öffnete die Schiebetür und sagte: du mußt sie töten.
Ich wollte sie aber wieder ins Wasser werfen.
Er schlug mit entsetzten Gebärden das Tier auf den Uferstein. Jürgen richtete die Hütte her. Diese Vorbereitungen kannten wir.
Sie wollen in der Hütte übernachten, sagte ich.

Weggehen? Ich tat ratlos.
Oder willst du hier vor Atemnot umkommen?
Aber wohin sollen wir ziehen?
Frank hat es uns doch vorgemacht. Etwas von Menschwerdung hat er geschrieben.
Komm, sagte ich, spielen wir im Garten Tennis. Wieder im Paradies, rief ich ihr zu und lachte. Paradiese muß man verlassen. Paradiese haben es an sich, daß es sie nicht geben darf.

Tagelang weißelten wir. Ich stach den Gemüsegarten um, meine Frau hackte am Hang das Unkraut aus. Das alte Gerümpel warfen wir in einen riesigen Container, der jeweils am nächsten Morgen von Nachbarn halbleer geräumt war. Tagelang telefonierte ich, fuhr weg, um eine Wohnung zu finden.

Kinder, wir gehen weg, das ist ein Neubeginn. Wir wollen bei anderen Menschen in einer anderen Gegend heimisch werden.
Werden wir wirklich das Haus verlassen, fragten Klaus und Jürgen.
Ja, Frank ist doch schon weg. Ihr werdet neue Freunde finden. Schaut, die Kinder dort wissen noch gar nicht, daß sie euch als Freunde bekommen.

Uns will es nicht in den Kopf, daß sie fortziehen, sagte eine Nachbarin, ein so schönes Haus verlassen. Und andere sagten leise, scheiden werden sie sich lassen, und wieder andere sagten, der Willi ist schuld.

Schau noch in den Briefkasten.
Es ist Post drinnen.
Was?
Von Pater Placidus ein Gruß.
Nie hat er uns hier besucht. Ich hatte auf ihn gewartet. Weißt du noch, daß er einmal sagte, er könne mir den Todestag voraussagen?
Nein. Hast du das zugelassen?
Ich wollte den Tag nicht wissen. Aber Fragen hätte ich an ihn gehabt. An den Theologen.
Was schreibt er?
Eine Ansichtskarte aus Rumänien.

Den letzten Blick warfen wir von der Osterwiese her auf das Haus.
Das war's, sagte ich. Schaut jetzt noch einmal zurück, hinter euch!
Aber dann redeten wir schon wieder von neuen Plänen, und ich dachte, eines habe ich doch verpaßt. So lange hatten wir Zeit und Platz im Garten, und auch übrige Dachlatten, und immer wieder habe ich darangedacht, es den Kindern zu sagen: Macht euch doch mal Stelzen. Aber nie habe ich es ihnen wirklich gesagt, nie habe ich dazugeholfen: Schaut, so geht es: zwei gehobelte Latten nehmen, auf der Höhe von einem halben Meter einen Keil festnageln, aufhopsen, die Stangen unter die Arme klemmen und auf Stelzen gehen.
Nie habe ich es ihnen beigebracht.